Der Geschmack von Glück

W0207642

© Fiona Aboud

Jennifer E. Smith wuchs in der Nähe von Chicago auf und studierte an der Colgate University sowie der University of St Andrews in Schottland. Ihre Jugendbücher wurden in über 30 Sprachen übersetzt. Heute lebt und arbeitet Jennifer E. Smith in New York City.

Jennifer E. Smith

Der Geschmack von Glück

Aus dem Englischen von Ingo Herzke

CARLSEN

MIX
Papier aus verantwortungsvollen Quellen
FSC® C083411
www.fsc.org

Wir produzieren nachhaltig

- Klimaneutrales Produkt
- Papiere aus nachhaltigen und kontrollierten Quellen
- Hergestellt in Europa

Veröffentlicht im Carlsen Verlag
Mai 2022
Originalcopyright © 2013 by Jennifer E. Smith
Copyright © der deutschsprachigen Ausgaben:
2013, 2015, 2016, 2022 Carlsen Verlag GmbH, Hamburg
Umschlaggestaltung und -typografie: formlabor
Umschlagfotografien: shutterstock.com / @ Katsia_Mat © Trigubova Irina
ISBN 978-3-551-32051-3

Carlsen-Newsletter: Tolle Lesetipps kostenlos per E-Mail!
Unsere Bücher gibt es überall im Buchhandel und auf carlsen.de.

Für Mom,
in Liebe

Prolog

Von:	GDL824@yahoo.com
Gesendet:	Donnerstag, 7. März 2013 22:18
An:	EONeill22@hotmail.com
Betreff:	**(kein Betreff)**

Hey, wir werden hier ziemlich überziehen. Wär's möglich, dass du heute Abend für mich mit Wilbur rausgehst?

Von:	EONeill22@hotmail.com
Gesendet:	Donnerstag, 7. März 2013 22:24
An:	GDL824@yahoo.com
Betreff:	**Re: (kein Betreff)**

Ich glaube, du hast die falsche Mailadresse erwischt. Aber weil ich auch einen Hund habe und nicht will, dass der arme Wilbur vernachlässigt wird, wollte ich wenigstens antworten und Bescheid geben …

Von:	GDL824@yahoo.com
Gesendet:	Donnerstag, 7. März 2013 22:33
An:	EONeill22@hotmail.com
Betreff:	**Re: (kein Betreff)**

Oh, tut mir leid. Neues Telefon – musste alles per Hand eingeben. Hab anscheinend eine Zahl vergessen. Wilbur und ich sagen Danke. (Er ist übrigens ein Schwein.)

Von: EONeill22@hotmail.com
Gesendet: Donnerstag, 7. März 2013 22:34
An: GDL824@yahoo.com
Betreff: Re: (kein Betreff)

Ein Schwein! Was ist das denn für ein Schwein, mit dem man spazieren geht?

Von: GDL824@yahoo.com
Gesendet: Donnerstag, 7. März 2013 22:36
An: EONeill22@hotmail.com
Betreff: Re: (kein Betreff)

Ein sehr kultiviertes Schwein. Er hat sogar eine eigene Leine …

Von: EONeill22@hotmail.com
Gesendet: Donnerstag, 7. März 2013 22:42
An: GDL824@yahoo.com
Betreff: Re: (kein Betreff)

Tolles Schwein!

Von: GDL824@yahoo.com
Gesendet: Donnerstag, 7. März 2013 22:45
An: EONeill22@hotmail.com
Betreff: Re: (kein Betreff)

Oh ja. Er ist grandios! Strahlend! Schlicht!

Von: EONeill22@hotmail.com
Gesendet: Donnerstag, 7. März 2013 22:47
An: GDL824@yahoo.com
Betreff: Re: (kein Betreff)

Wow, Schweinebesitzer *und* Fan von *Wilbur und Charlotte*. Du bist entweder Landwirt oder Bibliothekar.

Von: GDL824@yahoo.com
Gesendet: Donnerstag, 7. März 2013 11:01PM
An: EONeill22@hotmail.com
Betreff: Re: (kein Betreff)

Von beidem ein bisschen.

Von: EONeill22@hotmail.com
Gesendet: Donnerstag, 7. März 2013 11:03PM
An: GDL824@yahoo.com
Betreff: Re: (kein Betreff)

Ernsthaft?

Von: GDL824@yahoo.com
Gesendet: Donnerstag, 7. März 2013 23:04
An: EONeill22@hotmail.com
Betreff: Re: (kein Betreff)

Nein. Natürlich nicht. Und was ist mit dir?

Von: EONeill22@hotmail.com
Gesendet: Donnerstag, 7. März 2013 23:05
An: GDL824@yahoo.com
Betreff: Re: (kein Betreff)

Ich bin weder Landwirt noch Bibliothekar.

Von: GDL824@yahoo.com
Gesendet: Donnerstag, 7. März 2013 23:11
An: EONeill22@hotmail.com
Betreff: Re: (kein Betreff)

Dann lass mich mal raten. Du führst gern Hunde aus, aber hast zurzeit so wenig zu tun, dass du den ganzen Tag am Computer sitzt und hoffst, dass dir jemand was Aufregenderes zum Gassi-Gehen anbietet als einen Pudel?

Von: EONeill22@hotmail.com
Gesendet: Donnerstag, 7. März 2013 23:12
An: GDL824@yahoo.com
Betreff: Re: (kein Betreff)

Volltreffer. Heute ist wohl mein Glückstag …

Von: GDL824@yahoo.com
Gesendet: Donnerstag, 7. März 2013 23:13
An: EONeill22@hotmail.com
Betreff: Re: (kein Betreff)

Aber mal ehrlich. Was sollte ich über dich wissen?

Von: EONeill22@hotmail.com
Gesendet: Donnerstag, 7. März 2013 23:14
An: GDL824@yahoo.com
Betreff: Re: (kein Betreff)

… fragt der vollkommen fremde Typ aus dem Netz.

Von: GDL824@yahoo.com
Gesendet: Donnerstag, 7. März 2013 23:15
An: EONeill22@hotmail.com
Betreff: Re: (kein Betreff)

… sagt das Mädchen, das immer noch antwortet.

Von: EONeill22@hotmail.com
Gesendet: Donnerstag, 7. März 2013 23:17
An: GDL824@yahoo.com
Betreff: Re: (kein Betreff)

Woher weißt du, dass ich ein Mädchen bin?

Von: GDL824@yahoo.com
Gesendet: Donnerstag, 7. März 2013 23:18
An: EONeill22@hotmail.com
Betreff: Re: (kein Betreff)

Das war leicht. Du hast *Wilbur und Charlotte* gelesen.

Von: EONeill22@hotmail.com
Gesendet: Donnerstag, 7. März 2013 23:19
An: GDL824@yahoo.com
Betreff: Re: (kein Betreff)

Du aber auch!

Von: GDL824@yahoo.com
Gesendet: Donnerstag, 7. März 2013 23:24
An: EONeill22@hotmail.com
Betreff: Re: (kein Betreff)

Stimmt, aber meine Eltern sind Lehrer.

Von: EONeill22@hotmail.com
Gesendet: Donnerstag, 7. März 2013 23:26
An: GDL824@yahoo.com
Betreff: Re: (kein Betreff)

Du bist also tatsächlich kein Mädchen?

Von: GDL824@yahoo.com
Gesendet: Donnerstag, 7. März 2013 23:27
An: EONeill22@hotmail.com
Betreff: Re: (kein Betreff)

Nein. Kein Mädchen.

Von: EONeill22@hotmail.com
Gesendet: Donnerstag, 7. März 2013 23:31
An: GDL824@yahoo.com
Betreff: Re: (kein Betreff)

Du bist also ein ekliger alter Internet-Lüstling, der sein Hausschwein als Köder benutzt, um sechzehnjährige Mädchen zu belästigen?

Von: GDL824@yahoo.com
Gesendet: Donnerstag, 7. März 2013 23:33
An: EONeill22@hotmail.com
Betreff: Re: (kein Betreff)

Erwischt.

Nein, ich bin erst siebzehn, gehöre also eindeutig nicht zur Gruppe »widerliche alte Lüstlinge«.

Von: EONeill22@hotmail.com
Gesendet: Donnerstag, 7. März 2013 23:38
An: GDL824@yahoo.com
Betreff: Re: (kein Betreff)

Dann ist ja gut. Ich habe aber trotzdem keine Zeit, heute Abend mit Wilbur rauszugehen. Und selbst wenn, müsstest du dir wahrscheinlich wen suchen, der ein bisschen näher dran wohnt, denn ich bezweifle, dass du irgendwo in meiner Nähe lebst.

Von: GDL824@yahoo.com
Gesendet: Donnerstag, 7. März 2013 23:39
An: EONeill22@hotmail.com
Betreff: Re: (kein Betreff)

Woher willst du das wissen?

Von: EONeill22@hotmail.com
Gesendet: Donnerstag, 7. März 2013 23:40
An: GDL824@yahoo.com
Betreff: Re: (kein Betreff)

Ich bin aus Total Tote Hose, Maine.

Von: GDL824@yahoo.com
Gesendet: Donnerstag, 7. März 2013 23:42
An: EONeill22@hotmail.com
Betreff: Re: (kein Betreff)

Ah, dann liegst du wohl richtig. Ich bin aus Voll Was Los, Kalifornien.

Von: EONeill22@hotmail.com
Gesendet: Donnerstag, 7. März 2013 23:43
An: GDL824@yahoo.com
Betreff: Re: (kein Betreff)

Glückspilz.

Von: GDL824@yahoo.com
Gesendet: Donnerstag, 7. März 2013 23:44
An: EONeill22@hotmail.com
Betreff: Re: (kein Betreff)

Glücksschwein wolltest du wohl sagen.

Von: EONeill22@hotmail.com
Gesendet: Donnerstag, 7. März 2013 23:48
An: GDL824@yahoo.com
Betreff: Re: (kein Betreff)

Stimmt! Hattest du nicht gesagt, dass du bei irgendwas überziehst?

Von: GDL824@yahoo.com
Gesendet: Donnerstag, 7. März 2013 23:51
An: EONeill22@hotmail.com
Betreff: Re: (kein Betreff)

Ja, ich sollte damit wohl besser weitermachen …

Von: EONeill22@hotmail.com
Gesendet: Donnerstag, 7. März 2013 23:55
An: GDL824@yahoo.com
Betreff: Re: (kein Betreff)

Okay. War nett, mit dir zu reden. Und tut mir leid, dass ich nichts für Wilbur tun konnte.

Von: GDL824@yahoo.com
Gesendet: Donnerstag, 7. März 2013 23:57
An: EONeill22@hotmail.com
Betreff: Re: (kein Betreff)

Er wird dir bestimmt verzeihen. Er ist ein sehr großherziges Schwein.

Von: EONeill22@hotmail.com
Gesendet: Donnerstag, 7. März 2013 23:58
An: GDL824@yahoo.com
Betreff: Re: (kein Betreff)

Da bin ich aber erleichtert.

Von: GDL824@yahoo.com
Gesendet: Freitag, 8. März 2013 00:01
An: EONeill22@hotmail.com
Betreff: Re: (kein Betreff)

Hey, E?

Von: EONeill22@hotmail.com
Gesendet: Freitag, 8. März 2013 00:02
An: GDL824@yahoo.com
Betreff: Re: (kein Betreff)

Ja … G?

Von: GDL824@yahoo.com
Gesendet: Freitag, 8. März 2013 00:03
An: EONeill22@hotmail.com
Betreff: Re: (kein Betreff)

Wie wär's, wenn ich dir morgen wieder maile?

Von: EONeill22@hotmail.com
Gesendet: Freitag, 8. März 2013 00:04
An: GDL824@yahoo.com
Betreff: Re: (kein Betreff)

Weiß nicht recht. Ich bin eigentlich nicht auf der Suche nach Netzfreundschaften …

Von: GDL824@yahoo.com
Gesendet: Freitag, 8. März 2013 00:05
An: EONeill22@hotmail.com
Betreff: Re: (kein Betreff)

Aber?

Von: EONeill22@hotmail.com
Gesendet: Freitag, 8. März 2013 00:07
An: GDL824@yahoo.com
Betreff: Re: (kein Betreff)

Aber ich bin auch ganz schlecht im Verabschieden.

Von: GDL824@yahoo.com
Gesendet: Freitag, 8. März 2013 00:08
An: EONeill22@hotmail.com
Betreff: Re: (kein Betreff)

Okay. Wie wär's einfach noch mal mit Hallo?

Von: EONeill22@hotmail.com
Gesendet: Freitag, 8. März 2013 00:09
An: GDL824@yahoo.com
Betreff: Re: (kein Betreff)

Viel besser. Oder eher Guten Morgen!

Von: GDL824@yahoo.com
Gesendet: Freitag, 8. März 2013 00:10
An: EONeill22@hotmail.com
Betreff: Re: (kein Betreff)

Aber es ist doch gar nicht Morgen …

Von: EONeill22@hotmail.com
Gesendet: Freitag, 8. März 2013 00:12
An: GDL824@yahoo.com
Betreff: Re: (kein Betreff)

In Maine schon.

Von: GDL824@yahoo.com
Gesendet: Freitag, 8. März 2013 00:13
An: EONeill22@hotmail.com
Betreff: Re: (kein Betreff)

Ach ja, stimmt. Na dann: *Howdy!*

Von: EONeill22@hotmail.com
Gesendet: Freitag, 8. März 2013 00:14
An: GDL824@yahoo.com
Betreff: Re: (kein Betreff)

Oh, das klingt ja wie im Wilden Westen. Grüße!

Von: GDL824@yahoo.com
Gesendet: Freitag, 8. März 2013 00:15
An: EONeill22@hotmail.com
Betreff: Re: (kein Betreff)

Bist du etwa eine Außerirdische? *Ni hao.*

Von: EONeill22@hotmail.com
Gesendet: Freitag, 8. März 2013 00:17
An: GDL824@yahoo.com
Betreff: Re: (kein Betreff)

Das hast du garantiert grad gegoogelt.

Von: GDL824@yahoo.com
Gesendet: Freitag, 8. März 2013 00:19
An: EONeill22@hotmail.com
Betreff: Re: (kein Betreff)

Du glaubst nicht, dass ich fließend Chinesisch spreche?

Von: EONeill22@hotmail.com
Gesendet: Freitag, 8. März 2013 00:20
An: GDL824@yahoo.com
Betreff: Re: (kein Betreff)

Nein, glaube ich nicht.

Von: GDL824@yahoo.com
Gesendet: Freitag, 8. März 2013 00:21
An: EONeill22@hotmail.com
Betreff: Re: (kein Betreff)

Na schön. Dann eben mit besten Empfehlungen! (Das kam natürlich von Wilbur.)

Von: EONeill22@hotmail.com
Gesendet: Freitag, 8. März 2013 00:24
An: GDL824@yahoo.com
Betreff: Re: (kein Betreff)

Natürlich. Bis morgen …

Von: GDL824@yahoo.com
Gesendet: Freitag, 8. März 2013 00:25
An: EONeill22@hotmail.com
Betreff: Re: (kein Betreff)

Moment mal, verabschiedest du dich gerade, ohne dich richtig zu verabschieden?

Von: EONeill22@hotmail.com
Gesendet: Freitag, 8. März 2013 00:27
An: GDL824@yahoo.com
Betreff: Re: (kein Betreff)

Nein. Eigentlich hab ich noch gar nicht aufgehört, Hallo zu sagen.

Von: GDL824@yahoo.com
Gesendet: Freitag, 8. März 2013 00:30
An: EONeill22@hotmail.com
Betreff: Re: (kein Betreff)

Ich auch nicht. Hallo.

Von: EONeill22@hotmail.com
Gesendet: Freitag, 8. März 2013 00:31
An: GDL824@yahoo.com
Betreff: Re: (kein Betreff)

Hi.

Von: GDL824@yahoo.com
Gesendet: Freitag, 8. März 2013 00:33
An: EONeill22@hotmail.com
Betreff: Re: (kein Betreff)

Guten Morgen.

Von: EONeill22@hotmail.com
Gesendet: Freitag, 8. März 2013 00:34
An: GDL824@yahoo.com
Betreff: Re: (kein Betreff)

Das hab *ich* schon gesagt.

Von: GDL824@yahoo.com
Gesendet: Freitag, 8. März 2013 00:36
An: EONeill22@hotmail.com
Betreff: Re: (kein Betreff)

Schon, aber es ist wirklich ein guter Morgen.

1. Teil

Von: EONeill22@hotmail.com
Gesendet: Samstag, 8. Juni 2013 12:42
An: GDL824@yahoo.com
Betreff: Re: hi

Findest du es nicht auch furchtbar, wenn Leute in Mails Smileys verwenden?

Von: GDL824@yahoo.com
Gesendet: Samstag, 8. Juni 2013 12:59
An: EONeill22@hotmail.com
Betreff: eigentlich nicht

☺

Von: EONeill22@hotmail.com
Gesendet: Samstag, 8. Juni 2013 13:04
An: GDL824@yahoo.com
Betreff: Re: eigentlich nicht

Das lasse ich unkommentiert.

Ich habe mal gelesen, dass man in Russland nach dem Abschiedsgruß immer ein Ausrufungszeichen setzt. Ist das nicht komisch? So als ob man sich immer anschreit. Oder total überrascht ist, dass man sich noch grüßt.

Von: GDL824@yahoo.com
Gesendet: Samstag, 8. Juni 2013 13:07
An: EONeill22@hotmail.com
Betreff: oder anders

Vielleicht sind sie aber sehr glücklich, diesem Menschen zu schreiben …

So wie ich: ☺!

Von: EONeill22@hotmail.com
Gesendet: Samstag, 8. Juni 2013 13:11
An: GDL824@yahoo.com
Betreff: Re: oder anders

Vielen Dank auch. Aber das ist bestimmt nicht meine Vorstellung von Glück.

Von: GDL824@yahoo.com
Gesendet: Samstag, 8. Juni 2013 13:12
An: EONeill22@hotmail.com
Betreff: Re: (kein Betreff)

Was dann?

Von: EONeill22@hotmail.com
Gesendet: Samstag, 8. Juni 2013 13:18
An: GDL824@yahoo.com
Betreff: Meine Vorstellung von Glück

Sonnenaufgänge über dem Hafen. Eiscreme an einem heißen Tag. Das Geräusch der Wellen am Ende der Straße. Wenn sich mein Hund neben mir auf dem Sofa einrollt. Abendspaziergänge. Tolle Filme. Gewitter. Ein guter Cheeseburger. Freitage. Samstage. Sogar Mittwoche. Die Zehen ins Wasser stecken. Pyjamahosen. Flipflops. Schwimmen. Gedichte. Die Abwesenheit von Smileys in E-Mails.

Und deine?

eins

Im Grunde war es wie ein Zirkus, und der Tross zog auch so in die Stadt ein. Nur dass statt der Elefanten und Giraffen Kameras und Mikrofone kamen. Und statt der Clowns, Käfige und Hochseile gab es Produktionsassistenten, Wohnwagen und meterweise dicke Kabel.

Es wirkte ein bisschen wie Zauberei, weil das Ganze scheinbar aus dem Nichts und so plötzlich auftauchte, dass sogar diejenigen, die es erwartet hatten, überrascht davon waren. Und als die Einwohner Henleys gucken kamen, spürten sogar die abgebrühtesten Mitarbeiter des Filmteams die leichte Erregung, die die kleine Stadt durchpulste. Sie waren Drehorte wie Los Angeles oder New York gewohnt, wo die Leute einen weiten Bogen um jedes Filmteam machten und grummelten, weil der Verkehr verstopft und ihre Parkplätze belegt waren, wo sie den Kopf über die riesigen Scheinwerfer schüttelten, die ihre Dunkelheit zerrissen. In manchen Städten waren Dreharbeiten bloß lästig, eine ärgerliche Störung im Alltagsleben.

Nicht so in Henley.

Es war Juni, weshalb sich eine beträchtliche Menschenmenge versammelte, das Ausladen der Lastwagen zu beobachten. Die Einwohnerzahl der Stadt nahm zu und wieder ab wie Ebbe und Flut. Im Winter stapften die Einheimischen in leeren

Läden herum und mummelten sich gegen den Frost ein, der vom Meer hereinzog. Doch sobald der Sommer heranrückte, schwoll die Bevölkerung auf die vier- bis fünffache Größe an, und ein Touristenstrom füllte die Souvenirläden, Ferienhäuser und Pensionen, die an der Küste entlang aufgereiht lagen. Henley war wie ein Bär, der Winterschlaf hielt und dann jedes Jahr um die gleiche Zeit zum Leben erwachte.

Fast der ganze Ort erwartete sehnsüchtig den Memorial Day, denn Ende Mai wurde der Schalter umgelegt, und der übliche Dreimonatswahnsinn mit seinen Seglern und Anglern, Flitterwöchnern und Urlaubern brach über sie herein. Ellie O'Neill jedoch hatte ihn immer gefürchtet, und als sie jetzt versuchte, sich durch die Menschenmengen auf dem Grün zu drängen, fiel ihr auch wieder ein, wieso. Außerhalb der Saison gehörte das Städtchen ihr. Doch ab diesem glühend heißen Tag Anfang Juni gehörte es wieder den Fremden.

Und in diesem Sommer würde es noch schlimmer werden als sonst.

Denn diesen Sommer sollte hier ein Film gedreht werden.

Über ihr kreisten ein paar Möwen, auf einem Boot weit draußen fing eine Glocke an zu läuten. Ellie hastete an den gaffenden Touristen vorbei, weg von den Wohnwagen, die jetzt an der Hafenstraße aufgereiht standen wie eine Karawane. Ein scharfer Salzgeruch hing in der Luft, und aus dem ältesten Restaurant des Ortes, *The Lobster Pot*, wehte schon der Duft von gebratenem Fisch. Der Besitzer Joe Gabriele lehnte im Türrahmen, den Blick auf die hektischen Aktivitäten weiter unten auf der Straße gerichtet.

»Irgendwie durchgedreht, oder?«, sagte er. Ellie blieb stehen, folgte seinem Blick und sah eine lange schwarze Limousine vor das Zelt des Produzenten gleiten, gefolgt von einem Lieferwagen und zwei Motorrädern. »Und jetzt auch noch Fotografen«, murmelte er.

Unwillkürlich runzelte Ellie die Stirn, als das Öffnen der Limousinentür von einem Blitzlichtgewitter begleitet wurde.

Joe seufzte. »Ich kann nur sagen: Hoffentlich essen sie eine *Menge* Hummer.«

»Und Eis«, fügte Ellie hinzu.

»Richtig.« Er neigte den Kopf in Richtung des blauen T-Shirts, auf dessen Brusttasche ihr Name gestickt war. »Und Eis.«

Als Ellie endlich zu der kleinen gelben Eisdiele mit der grünen Markise kam, auf der in verblichenen Lettern *Sprinkles* stand, war sie schon zehn Minuten verspätet. Aber das war kein Grund zur Sorge; der einzige Mensch im Geschäft war Quinn – ihre allerbeste Freundin und zugleich die schlechteste Angestellte der Welt –, die sich über die Eistheke beugte und eine Zeitschrift durchblätterte.

»Ist das zu fassen, dass wir heute hier drin festsitzen?«, fragte sie, als Ellie zum Klingeln der Türglocke eintrat.

Drinnen war es herrlich kühl und roch nach Zuckerwatte, und wie immer fühlte Ellie sich in ihre Kindheit zurückversetzt. Sie war erst vier gewesen, als sie mit ihrer Mutter hierhergezogen war. Nach der langen Autofahrt aus Washington, DC – der Wagen ächzte unter der Last der Dinge, die sie mitgenommen hatten, die schweigenden Insassen bedrückten die

Dinge, die sie zurücklassen mussten – hatten sie im Ort angehalten, um nach dem Weg zu dem Ferienhaus zu fragen, wo sie den Sommer verbringen würden. Mom hatte es eilig gehabt, wollte diese Reise hinter sich bringen, die schon lange vor der zehnstündigen Fahrt begonnen hatte. Aber Ellie war schnurstracks durch die Eingangstür marschiert und hatte ihre sommersprossige Nase gegen das gewölbte Glas der Vitrine gedrückt, und darum bestanden ihre ersten Erinnerungen an ihr neues Leben aus den schwarzweißen Fliesen, der kühlen Luft auf ihren Wangen und dem süßen Geschmack von Orangensorbet.

Jetzt bückte sie sich unterm Tresen hindurch und schnappte sich eine Schürze vom Haken. »Glaub mir«, sagte sie zu Quinn, »da draußen willst du jetzt nicht sein. Der totale Affenzirkus.«

»Ja sicher«, antwortete Quinn und stemmte sich hoch auf den Hocker neben der Kasse, so dass ihre Füße weit über dem Boden baumelten. Sie war immer recht klein gewesen, und schon als Kind war Ellie sich neben ihr wie eine Riesin vorgekommen, lang und linkisch und mit ihren roten Haaren viel zu auffällig. Bohne und Bohnenstange hatte Mom sie beide immer genannt, und Ellie hatte es immer höchst unfair gefunden, dass sie von ihrem Vater nichts als seine lachhafte Körpergröße geerbt hatte, und das, wo sie unter keinen Umständen aus der Menge herausragen wollte.

»Das ist doch sicher das Coolste, was hier je passiert ist«, sagte Quinn mit leuchtenden Augen. »Es wäre wie im Film, wenn es nicht sowieso schon ein Film wäre.« Sie hielt eine Zeitschrift hoch. »Und es ist ja auch nicht bloß so ein alberner kleiner Indie-Film. Da spielen richtige Stars mit. Olivia Brooks und Graham Larkin. *Graham Larkin.* Hier bei uns, einen ganzen Monat lang.«

Ellie sah sich mit zusammengekniffenen Augen das Foto an, das vor ihr hin und her geschwenkt wurde: ein Gesicht, das sie schon tausend Mal gesehen hatte, ein dunkelhaariger Typ mit noch dunklerer Sonnenbrille und mürrischer Miene, der sich durch die Fotografen drängte. Sie wusste, er war ziemlich genau in ihrem Alter, aber irgendwas ließ ihn älter wirken. Ellie versuchte, sich ihn hier in Henley vorzustellen, wie er den Paparazzi auswich, Autogramme schrieb, zwischen den Aufnahmen mit seiner schönen Filmpartnerin plauderte, aber irgendwie spielte ihre Fantasie nicht mit.

»Alle glauben, dass er mit Olivia zusammen ist oder jedenfalls so gut wie«, sagte Quinn. »Aber man weiß ja nie. Vielleicht steht er mehr auf Kleinstadtmädchen. Meinst du, er kommt irgendwann mal hier vorbei?«

»Es gibt doch im ganzen Ort überhaupt bloß zwölf Läden«, sagte Ellie. »Die Chancen stehen also gut.«

Quinn sah ihr zu, wie sie Eisportionierer abwusch. »Wie kann dir das alles nur so egal sein?«, fragte sie. »Das ist doch *aufregend.*«

»Ich find's bloß nervig«, sagte Ellie, ohne aufzublicken.

»Aber gut fürs Geschäft.«

»Ist wie Kirmes.«

»Genau«, sagte Quinn triumphierend. »Und Kirmes macht Spaß.«

»Nicht, wenn man Achterbahnen nicht ausstehen kann.«

»Tja, in dieser hier steckst du drin, ob es dir gefällt oder nicht«, sagte Quinn lachend. »Also schnall dich lieber an.«

Vormittags war es im Laden immer ruhig; richtig hektisch wurde es erst nach dem Mittag, aber weil die Stadt heute so voll war, kamen auch jetzt schon ein paar Leute hereingeschneit und kauften Tütchen voller Bonbons aus den Gläsern in den Regalen oder ein morgendliches Eis zum Abkühlen. Kurz vor dem Ende ihrer Schicht half Ellie einem kleinen Jungen, sich ein Eis auszusuchen, während Quinn seiner Mutter, die das Handy am Ohr hatte, einen Schoko-Milchshake machte.

»Wie wäre es mit Pfefferminz-Krokant?«, schlug Ellie vor und beugte sich über das kühle Glas, während der Junge – wahrscheinlich nicht älter als drei Jahre – sich auf die Zehenspitzen stellte, um alle Eissorten sehen zu können. »Oder Keksteig?«

Er schüttelte den Kopf, und die Haare fielen ihm vor die Augen. »Ich will Rosa.«

»Rosa?«

»Rosa«, sagte er, nun allerdings etwas unsicher geworden.

»Erdbeer?« Ellie zeigte auf den Behälter voller rosaroter Eiscreme, und der Junge nickte.

»Rosa wie Schweinchen«, erklärte er, als sie ihm das Eis in einen kleinen Becher drückte.

»Stimmt«, sagte sie und reichte ihm den Becher. Mit den Gedanken war sie schon ganz woanders: bei einer Mail, die sie vor ein paar Wochen bekommen hatte, von – na ja, sie wusste eigentlich nicht, von *wem*; wenigstens nicht so richtig. Jedenfalls war es um sein Schwein Wilbur gegangen, das sich zu seinem Entsetzen bei einer Grillparty offenbar einen Hotdog geschnappt hatte.

Mein Schwein, hatte er gemailt, *ist jetzt offiziell ein Kannibale.*

Halb so schlimm, hatte Ellie geantwortet. *Würde mich wundern, wenn in dem Würstchen überhaupt richtiges Fleisch gewesen wäre.*

Dem war eine längere Diskussion darüber gefolgt, was wohl *wirklich* in dem Hotdog gewesen war, was sie dann natürlich auf andere Themen gebracht hatte, von Lieblingsspeisen bis zum besten Urlaubsessen, und ehe sie sich's versah, zeigte die Uhr zwei Uhr morgens. Wieder einmal hatten sie sich richtig gut unterhalten, ohne wirklich über irgendwas zu reden, und wieder einmal war Ellie viel zu lange aufgeblieben.

Aber das war es wert.

Selbst jetzt noch musste sie beim Gedanken an diese E-Mails lächeln, denn sie wirkten nicht weniger ehrlich als die meisten anderen persönlichen Gespräche. Sie lebte praktisch schon nach kalifornischer Zeit, blieb lange wach und wartete darauf, dass seine Adresse auf ihrem Bildschirm auftauchte, und ließ ihre Gedanken ständig quer über den Kontinent zur anderen Küste schweifen. Sie wusste, das war lächerlich. Sie wussten nicht mal voneinander, wie der andere hieß. Doch am Morgen nach jener ersten fehlgeleiteten Mail hatte sie bereits eine neue Nachricht von ihm vorgefunden.

Guten Morgen, E, hatte er geschrieben. *Hier ist es schon spät, ich bin grad nach Hause gekommen und habe Wilbur schlafend im Kleiderschrank entdeckt. Normalerweise schläft er in der Waschküche, wenn ich nicht da bin, aber sein »Babysitter« hat wohl verges-*

sen, die Tür richtig zuzumachen. Wärst du hier gewesen, hättest du das sicher besser hingekriegt …

Ellie war eben aufgestanden, saß am Schreibtisch, die Morgensonne schien durchs Fenster, sie blinzelte, gähnte und lächelte – ohne recht zu wissen, warum. Sie schloss die Augen. *Guten Morgen, E.*

Konnte man den Tag besser beginnen?

Als sie an den Mailaustausch der vorigen Nacht dachte, fühlte sie wieder das bekannte Herzklopfen. Es kam ihr zwar seltsam vor, dass sie seinen Namen immer noch nicht wusste, aber irgendetwas hielt sie davon ab, ihn zu fragen. Die beiden kleinen Wörter würden, dass wusste sie, eine unvermeidliche Kettenreaktion in Gang setzen: zuerst Google, dann Facebook, dann Twitter und immer so weiter, ein unermüdliches Graben in den Tiefen des Netzes, bis jedes Geheimnis aus der Sache herausgepresst war.

Und vielleicht waren die bloßen Fakten auch unwichtiger als alles andere: die Vorfreude, als ihre Finger damals über der Tastatur geschwebt hatten, und die Schnelligkeit, mit der das Fragezeichen, das die ganze Nacht an ihr genagt hatte, beim Anblick seiner Mail durch ein Ausrufezeichen ersetzt worden war. Vielleicht war es das Nichtwissen, das es ihnen ermöglichte, all die langweiligen Fragen, die man sonst stellen musste, zu überspringen.

Sie hatte den Bildschirm noch eine Weile angeschaut und dann die Hände auf die Tasten gesenkt. *Lieber G*, hatte sie geschrieben, und so war es weitergegangen.

Ihre Verbindung speiste sich eher aus scheinbar nichtigen

Details als aus wesentlichen Fakten. Und diese Einzelheiten waren das Beste daran. Ellie wusste zum Beispiel, dass GDL – wie sie ihn in Gedanken nannte – sich als Kind einmal die Stirn bei dem Versuch aufgeschlagen hatte, vom Dach des Familien-Vans zu springen. Ein anderes Mal hatte er so getan, als ertränke er im Pool der Nachbarn, und so alle zu Tode erschreckt. Er zeichnete gern Gebäude – Häuser mit Sandsteinfassaden, Wolkenkratzer mit endlosen Fensterreihen –; wenn er angespannt war, entwarf er ganze Städte. Er spielte Gitarre, aber nicht sehr gut. Eines Tages wollte er in Colorado leben. Das Einzige, was er zubereiten konnte, waren überbackene Käsesandwiches. Er konnte Mailen eigentlich nicht leiden, außer mit ihr.

Kannst du gut Geheimnisse bewahren?, hatte sie ihn einmal gefragt, weil sie das Gefühl hatte, das sei wichtig zu wissen. Sie fand, man erfuhr viel über einen Menschen, wenn man wusste, wie er mit Geheimnissen umging; ob das Anvertraute bei ihm sicher war, wie rasch er es weitergab, wie er zu verhindern suchte, dass er etwas verriet.

Ja, hatte er geantwortet. *Und du?*

Auch, hatte sie geantwortet, und dabei hatten sie es belassen.

Ihr ganzes Leben waren Geheimnisse schwere Lasten gewesen. Aber das hier war anders: eher wie eine Luftblase in ihrem Inneren, leicht und sprudelnd und mit genug Auftrieb, sie durch jeden Tag schweben zu lassen.

Es war erst drei Monate her, dass die erste Mail irrtümlich bei ihr gelandet war, doch es kam ihr viel länger vor. Wenn ihrer Mutter irgendein Unterschied aufgefallen war, hatte sie es jedenfalls nicht erwähnt. Und Quinn hatte auch kein Wort darüber fallenlassen, dass sie sich komisch benahm. Der einzige Mensch, der davon wusste, war der, mit dem sie Mails tauschte.

Sie merkte, wie sie den Becher rosa Eiscreme angrinste, den sie dem kleinen Jungen reichte. Hinter ihr war ein lautes Klicken und Knattern zu hören, dann ein zähes Blubbern, und als Ellie sich umdrehte, erblickte sie die Folgen einer Schoko-Milchshake-Explosion. Das Zeug hing überall: an den Wänden, am Tresen, auf dem Fußboden, aber vor allem an Quinn, die zweimal zwinkerte und sich dann mit dem Unterarm übers Gesicht wischte.

Für einen Augenblick fürchtete Ellie, ihre Freundin würde gleich losheulen. Ihr T-Shirt war vollkommen mit Schokolade überzogen, auch im Haar hing eine Menge. Sie sah aus, als hätte sie gerade beim Schlammcatchen verloren.

Doch dann verzog sich Quinns Gesicht zu einem Grinsen. »Meinst du, der Look könnte Graham Larkin gefallen?«

Ellie lachte. »Schoko-Milchshake gefällt doch jedem.«

Die Mutter des Jungen hatte mit offenem Mund ihr Handy sinken lassen, doch jetzt suchte sie hastig nach ihrem Portemonnaie und legte ein paar Dollarscheine auf den Tresen. »Ich glaube, wir nehmen bloß das Eis«, sagte sie und schob ihren Sohn aus der Tür. Beim Hinausgehen sah sie sich noch einmal nach Quinn um, die immer noch tropfte.

»Bleibt mehr für uns«, sagte Ellie, und wieder fingen sie beide an zu lachen.

Als sie endlich mit Saubermachen fertig waren, war Ellies Schicht fast vorbei.

Quinn sah auf die Uhr, dann auf ihr T-Shirt. »Hast du ein Glück. Ich muss noch zwei Stunden hier rumstehen und so aussehen, als sei ich grad aus Willy Wonkas Schokoladenfabrik gekrochen.«

»Ich hab noch ein Tanktop drunter«, sagte Ellie, zog sich ihr blaues Shirt über den Kopf und gab es Quinn. »Zieh meins an.«

»Danke«, murmelte Quinn und verschwand in der winzigen Toilette, hinten neben den Gefrierschränken. »Ich glaube, ich habe sogar in den Ohren Schokolade.«

»Dann überlebst du wenigstens den Lärm, wenn es hier richtig rundgeht«, rief Ellie ihr hinterher. »Soll ich warten, bis Devon kommt? Bei Mom kann ich auch später auflaufen.«

»Kein Problem«, rief Quinn zurück, und als sie wieder herauskam, trug sie Ellies T-Shirt wie ein Kleid. »Ist ein bisschen lang«, gab sie zu und versuchte, den überschüssigen Stoff in die Hose zu stopfen. »Aber es wird schon gehen. Wenn ich Schluss mache, kann ich es bei euch im Laden vorbeibringen.«

»Super«, sagte Ellie. »Bis dann.«

»Hey«, rief Quinn, als Ellie an der Tür war. Ihre Schultern waren nackt, bis auf die Träger des Tops. »Sonnencreme?«

»Alles bestens.« Ellie verdrehte die Augen. Es war erst die zweite Woche der Sommerferien, und Quinn war schon tiefbraun. Für Ellie hingegen gab es bloß zwei Farbtöne: sehr weiß oder sehr rosa. Als sie klein war, war sie einmal nach einem Strandausflug mit schwerem Sonnenbrand ins Krankenhaus gebracht worden, und seitdem fühlte Quinn sich verantwortlich dafür, dass sie reichlich Creme mit hohem Sonnenschutzfaktor auftrug. Diese Angewohnheit fand Ellie liebenswert und nervig zugleich – sie hatte schließlich schon eine Mutter –, aber Quinn nahm ihre Pflicht sehr ernst.

Draußen blieb Ellie einen Augenblick lang stehen und schaute zu, wie ein Stück weiter die Straße hinunter der Filmset aufgebaut wurde. Jetzt waren nicht mehr so viele Leute da; sie hatten wahrscheinlich genug von Männern in schwarzen T-Shirts, die herumrannten und schwere Ausrüstungskisten schleppten. Doch als sie sich gerade zum Souvenirladen ihrer Mutter aufmachen wollte, bemerkte sie einen Jungen mit einer Dodgers-Cap, der auf die Eisdiele zukam.

Er hielt den Kopf gesenkt und die Hände in den Taschen, doch die lässige Haltung wirkte angestrengt, so als versuchte er, um keinen Preis aufzufallen, und tat es dadurch umso mehr. Halb war sie überzeugt, er sei *irgendwer* – bloß so ein Typ, irgendein Junge –, aber zugleich wusste sie sofort, dass das nicht stimmte. Sie wusste genau, wer er war. Er wirkte irgendwie überlebensgroß, als wäre er auf einem Riesenplakat oder auf einer Bühne und nicht auf einer Kleinstadtstraße in Maine. Das Ganze war seltsam surreal, und einen Moment lang ließ sich Ellie davon einfangen und meinte zu verstehen, warum so viele seinem Zauber erlagen.

Als er nun noch ein paar Schritte von ihr entfernt war, blickte er auf, und seine tiefblauen Augen verwirrten sie. Bisher war sie immer davon ausgegangen, dass seine Augen auf den Zeitschriftenfotos retuschiert worden seien. Doch selbst unter dem Schirm seiner Baseballcap strahlten sie durchdringend, und Ellie sog scharf Luft ein, als sein Blick sie kurz traf, bevor er zur Markise des Ladens glitt.

Mit überraschender Macht drängte sich ihr ein Gedanke auf: *Er ist traurig*. Sie hatte keine Ahnung, woher sie das wusste, doch sie war überzeugt, es stimmte. Unter allem anderen – einer unerwarteten Nervosität, einer Spur Vorsicht und Wachsamkeit – lag eine so tiefe Traurigkeit, dass es sie erschreckte. Sie lag in seinen Augen, die so viel älter schienen als der Rest von ihm; in der einstudierten Leere seines Blicks.

Natürlich hatte sie über ihn gelesen und glaubte sich zu erinnern, dass er keiner dieser Stars war, die ständig in der Entziehungsklinik ein und aus gingen. Soweit sie wusste, hatte er weder Geldprobleme noch Albtraumeltern. Er war auch nicht wie einer dieser armen Kinderstars aufgewachsen, sondern erst vor ein paar Jahren groß rausgekommen. Sie hatte gehört, er hätte seinen sechzehnten Geburtstag gefeiert, indem er das gesamte Ensemble seines letzten Films zum Skifahren in die Schweiz geflogen hatte. Und er war mit einigen der begehrtesten Jungschauspielerinnen Hollywoods liiert gewesen.

Graham Larkin hatte keinen Grund, traurig zu sein.

War er aber, dachte Ellie.

Vor der Eisdiele war er stehen geblieben und schien etwas zu überlegen. Zu ihrer Überraschung schweiften seine Augen noch einmal zu ihr herüber, und sie lächelte reflexartig. Doch er sah sie nur einen Moment lang an, ohne unter der tief ins Gesicht gezogenen Cap eine Miene zu verziehen, und das Lächeln entglitt ihr wieder.

Dann zog er die Schultern hoch und trat auf die Ladentür zu. Ellies Blick traf Quinns durchs Fenster. Sie formte mit den Lippen Worte, die Ellie nicht verstand, und starrte ungläubig zu ihr her, dann wandte sie sich wieder zur Tür, die Klingel bimmelte, und Graham Larkin ging hinein.

Erst jetzt tauchten die Fotografen auf, anscheinend aus dem Nichts – es waren sechs, alle mit riesigen Objektiven und Taschen über der Schulter – und alle eilten ans Fenster, wo sie hektisch durch die Scheibe fotografierten. Graham Larkin drehte sich im Laden nicht einmal um.

Ellie blieb noch einen Augenblick stehen, ihr Blick wanderte hin und her zwischen dem Fenster, durch das sie sah, wie Quinn Graham anlächelte, und den Fotografen, die einander den besten Blickwinkel streitig machten. Die Passanten auf der Straße wurden geradezu magnetisch angezogen von der unwiderstehlichen Mischung aus Prominenz und Spektakel. Doch als die Menge der Schaulustigen wuchs, trat Ellie ein paar Schritte zurück und floh an der Seite des Gebäudes entlang, ehe jemand ihr Verschwinden bemerkte.

Von: GDL824@yahoo.com
Gesendet: Samstag, 8. Juni 2013 13:24
An: EONeill22@hotmail.com
Betreff: Re: meine Vorstellung von Glück

Unbekannte Orte besuchen.

zwei

Seit Wochen hatte Graham sich diesen Augenblick ausgemalt. Und als die kleine Stadt nun tatsächlich genauso aussah wie in seiner Vorstellung – mit ihren Ladenzeilen und der salzigen Brise in seinem Rücken –, hatte er das Gefühl zu träumen.

Die Sonne war von einem dünnen Wolkenfilm verschleiert, und sein Schädel pochte. Er war mit der Nachtmaschine nach Portland, Maine, geflogen und hatte wie üblich keine Sekunde geschlafen. Als Kind war Graham nie geflogen, und selbst in der ersten Klasse oder in Privatjets war er in der Luft angespannt und nervös, nicht an diese Art des Reisens gewöhnt, ganz egal, wie viel Zeit er inzwischen im Flugzeug verbrachte.

Aber das spielte jetzt keine Rolle. Als er in den Laden trat, war er so munter wie schon ewig nicht mehr, hellwach und erfüllt von brennender Gewissheit. So hatte er sich lange nicht gefühlt. In den letzten beiden Jahren, als sein Leben ihm immer fremder wurde, war Graham nachgiebig wie Knete geworden. Er war es gewohnt, gesagt zu bekommen, was er tun, wie er sich verhalten, wen er treffen und was er sagen sollte, wenn er die Leute dann traf. Scheinbar entspannte Plaudereien auf Talkshow-Sofas liefen genau nach Skript ab. Termine machten Assistenten für ihn. Seine Kleidung suchte ein Stylist aus, der ihn ständig in Röhrenjeans und T-Shirts mit V-Ausschnitt zwängen wollte. In so was hätte Graham sich vorher nicht mal tot erwischen lassen.

Aber *vorher* fühlte sich an wie vor einer Million Jahren.

Und jetzt war *nachher.*

Hätte ihm jemand vor zwei Jahren erzählt, mit siebzehn würde er allein wohnen – in einem Haus, das drei Mal so groß war wie sein Elternhaus, inklusive Pool und Billardzimmer und der dringend notwendigen supermodernen Alarmanlage –, hätte Graham laut gelacht. Aber wie alles andere, was auf seine erste Filmrolle und den unerwartet ausgelösten Medienrummel folgte, wirkte das wie der logische nächste Schritt. Überhaupt kam ihm jede weitere Steigerung inzwischen fast unvermeidlich vor. Zuerst kam ein neuer Agent, dann eine neue PR-Frau; ein neues Verhalten in der Öffentlichkeit wurde eingeübt, neue Tutoren halfen ihm während der Dreharbeiten beim Highschoolabschluss, es gab neue Regeln für gesellschaftliche Anlässe und natürlich bisher unvorstellbare Möglichkeiten, Ärger zu kriegen.

Sogar seine Eltern benahmen sich anders. Wenn er sie jetzt besuchte, waren sie eigenartig gehemmt, wählten ihre Worte sorgfältig, als stünden sie alle vor der Kamera. Hin und wieder machte Graham etwas, was sie ihm früher nicht hätten durchgehen lassen – sein schmutziges Geschirr nicht wegzuräumen oder die Schuhe mitten im Flur liegenzulassen –, doch anstatt ihn anzuschnauzen wie sonst, tauschten sie bloß einen undurchschaubaren Blick und taten so, als hätten sie es nicht bemerkt. Das irritierte ihn dermaßen, dass Graham sie kaum noch besuchte.

So ungefähr musste sich ein Schleudertrauma anfühlen, glaubte er. Es war noch gar nicht lange her, da hatte er im zweiten Highschooljahr in der schummrigen Aula für die Rolle des Nathan Detroit in *Guys and Dolls* vorgespielt, nachdem er sich eher zum Spaß beworben hatte und – wie bei fast allem, was er tat – um ein Mädchen zu beeindrucken. Ein paar Tage später entdeckte er erschrocken, dass sein Name auf der Besetzungsliste stand. Seine Schule lag in einem so wohlhabenden Vorort von Los Angeles, dass Graham sich oft wie ein Besucher auf einem fremden, wahnsinnig herausgeputzten Planeten vorkam, doch aus naheliegenden Gründen träumten viele seiner Mitschüler, vor allem die aus der Theatergruppe, von Hollywood. Sie verbrachten ihre gesamte Zeit mit Tanz-, Sprech- und Gesangsunterricht. Sie lasen das Filmblatt *Variety*, um sich über das Filmbusiness auf dem Laufenden zu halten, und gingen shoppen, um an ihrem Image zu feilen.

Dann war Graham auf die Bühne geschlendert, schlaksig und ein bisschen schief und mit einem albernen Grinsen im Gesicht, das einem Mädchen galt, mit dem er noch kein Wort gewechselt hatte, und irgendwie hatte er die Rolle bekommen. Doch außer ihm schien das niemand seltsam zu finden. So lief es meistens für ihn. Er hatte nie Probleme gehabt, in eine Mannschaft oder auf irgendwelche Auszeichnungslisten zu kommen, und er hatte stets sämtliche Preise eingesackt, vom Wertvollsten Spieler bis zum Vorbildlichen Mitbürger. Ob das nun gut war oder schlecht, er war eben so ein Typ.

Und dann kam die Premiere: Er mühte sich durch seinen Text, in einem vielleicht etwas zu kleinen Kostüm, mit vom

Scheinwerferlicht tränenden Augen, und war nicht mehr ganz so überzeugt von seinem Vorhaben, das Mädchen, das Adelaide spielte, hinterher zum Frühlingsball einzuladen. Doch dazu hatte er auch gar keine Gelegenheit mehr. Der Vater eines Mitschülers suchte gerade ein unbekanntes Gesicht für die Rolle eines Zauberschülers in einem neuen Film – nicht die Hauptrolle, aber immerhin die Figur, deretwegen die weibliche Hauptrolle an ihren Gefühlen für den Helden zweifelt –, und nach der Aufführung schnappte er sich Graham sofort wegen möglicher Probeaufnahmen. Seine Eltern konnten sich genauso wenig vorstellen wie er, was es bedeuten würde, wenn er die Rolle bekäme. Sie stimmten zu, weil sie es für eine gute Gelegenheit hielten, eine amüsante Erfahrung, vielleicht sogar etwas für den Lebenslauf bei der Collegebewerbung – und wenn es tatsächlich klappte, konnte es zur Finanzierung des Studiums beitragen.

Später beschrieben alle Zeitschriften seinen Aufstieg zum Star so, als würden sie über eine Zeichentrickfigur berichten: Er sei »aus dem Nichts aufgetaucht«, »wie eine Rakete in die Höhen des Ruhmes geschossen« oder »ins Rampenlicht katapultiert worden«. Und so fühlte es sich auch an. Das Schauspielern gefiel ihm besser, als er gedacht hätte, und zuerst fand er auch die Parallelwelt Hollywood spannend, eine willkommene Abwechslung zu den kleinen Melodramen der Highschool.

Doch was ihm niemand verriet: Wenn einem so etwas passiert, gibt es kein Zurück. Im Nachhinein war es nicht überraschend gewesen, er hätte es auch selbst merken können, ehe die Dinge nicht mehr aufzuhalten waren, doch das Ganze beschleunigte mit einer gewissen Trägheit, die weniger an ein Katapult als vielmehr an das Herunterrollen von einem Hügel denken ließ. Und wie die meisten Zeichentrickfiguren blieb auch er, nachdem der Boden unter ihm verschwunden war, noch eine Weile mit strampelnden Beinen in der Luft hängen und hoffte, wenn er nur weiterrannte, würde er womöglich nicht abstürzen.

Es war einsamer, als er sich je hatte vorstellen können. Sicher, es gab Agenten, Manager und Regisseure, Schauspielkollegen, Tutoren und Kostümbildner, Pressebeauftragte, Friseure und Imageberater. Doch von denen kam ihm keiner ganz real vor, und wenn die Kameras ausgingen, verblassten sie alle wie wankelmütige Gespenster. Er versuchte Kontakt mit seinen Schulfreunden zu halten, doch in der fremden, unbekannten Filmwelt schob sich etwas zwischen sie, und seine Freunde wussten nicht mehr, wie sie sich in seiner Gegenwart verhalten sollten. Er hatte sich zu weit von ihrer Welt aus Schularbeiten, Fußballtraining und Hausarrest entfernt, und als er sein Haus nicht mehr zum Feiern zur Verfügung stellte, gab es kaum noch Grund, sich zu treffen.

Genauso war es mit den neuen Leuten, die er auf Partys und sonstigen Veranstaltungen traf, und mit den Mädchen, die er praktisch überall kennenlernte. Vorher war er der Typ gewesen, mit dem alle abhängen wollten, weil er witzig war, weil er sich amüsieren konnte und weil er grundsätzlich ein ganz anständiger Kerl war. Jetzt wollten alle um ihn sein, weil er gut aussah, berühmt war und ein schickes Haus hatte oder weil sie das alles auch haben wollten und dachten, er könnte ihnen vielleicht nützlich sein.

Wenn er also nicht arbeitete, verkroch er sich und las die Drehbücher, die ihm sein Agent schickte, versuchte seine Tage irgendwie zu füllen. Gelegentlich ging er auf Partys, meist um einen angesagten neuen Regisseur oder Autor zu treffen, von dem er Gutes gehört hatte, und wenn die unvermeidlichen Fotografen auftauchten, lächelte er grimmig und verschwand, sobald er konnte. Er las mehr Bücher als in seiner gesamten Schulzeit. Er bestellte mehr Pizza, als er je für möglich gehalten hätte. Er spielte mit verzweifelter Hingabe Computerspiele. Er holte sich ein Schwein ins Haus und verbrachte die meisten Tage mit ihm am Pool.

Dann fand eines Tages eine seiner Mails den Weg zu ihr.

Und auf einmal begriff er die Macht des Netzes. Die Anonymität hatte etwas Berauschendes. Plötzlich war er ein unbeschriebenes Blatt. Er war für sie ebenso ein Geheimnis wie sie für ihn, nicht mehr Graham Larkin, sondern bloß GDL824. Und GDL konnte alles Mögliche sein, hundert verschiedene Sorten Siebzehnjähriger: einer, der nur für Football lebte, oder einer, der Preise bei Schachturnieren gewann, einer, der auf dem Schleichweg hinter der Schule rauchte, oder einer, der so genial war, dass er schon im dritten Semester Medizin studierte. Oder einer, der Schmetterlinge sammelte oder Briefmarken oder Freundinnen. Er konnte Fan von Rockstars sein oder von Tennissternchen oder von den unzähligen Sternen am Firmament. Er konnte sogar Graham-Larkin-Fan sein.

Er konnte alle und jeder sein.

Wochenlang kostete es ihn große Mühe, sich im Studio in L.A. auf die Vorproduktion seines aktuellen Films zu konzentrieren – eine Liebesgeschichte, um seine sensible Seite zu zeigen –, denn all seine Gedanken waren an der Ostküste. Seit sie zum ersten Mal erwähnt hatte, sie sei aus Maine, las Graham alles, was er über den Bundesstaat in Erfahrung bringen konnte, so, als wäre er ein exotisches Reiseziel.

Wusstest du, dass die wilde Heidelbeere die Staatsbeere von Maine ist?, schrieb er ihr eines Abends. *Und noch wichtiger: dass die offizielle Süßigkeit von Maine die »Whoopie Pie« ist?*

Ich weiß nicht mal, was eine Whoopie Pie ist, hatte sie geantwortet. *Dabei arbeite ich in einem Süßigkeitenladen. Das denkst du dir nur aus.*

Gar nicht, schrieb er zurück. *Ich bin sicher, dass alle Städte Maines mit Whoopie Pies gepflastert sind.*

Henley nicht, gab sie zurück, und wie einem Bergarbeiter, der im dunklen Stollen herumtastet, erschien ihm plötzlich ein winziger Lichtstrahl.

Ein paar Tage zuvor hatte sich herausgestellt, dass das Küstenstädtchen in North Carolina, wo sie zum Sommeranfang drehen sollten, von einer Zikadenplage heimgesucht wurde. Der Regisseur war außer sich vor Wut, dass dieser Insekteneinfall übersehen worden war, der doch zuverlässig wie ein Uhrwerk alle sieben Jahre eintrat, Graham jedoch war im Stillen erfreut.

Er hatte vorgeschlagen, die Dreharbeiten nach Henley zu verlegen, und darauf hingewiesen, dass es dort alles gäbe, was sie suchten: niedliche kleine Läden, einen malerischen Hafen, einen rauen Strand. Er redete von dem Ort, als sei er schon oft da gewesen, und tatsächlich hatte er in letzter Zeit so oft daran gedacht, dass es ihm fast selbst so vorkam.

Aber es brauchte eine Menge Überredungskunst, und am Ende musste Graham sich so benehmen, wie es anscheinend ohnehin alle von ihm erwarteten: Er schmollte, war überempfindlich und herablassend. Er drohte und wedelte wütend mit dem Handy. Zu seiner Überraschung hatte es funktioniert. Neue Scouts wurden ausgesandt und berichteten, das Städtchen sei in der Tat perfekt. Drehgenehmigungen wurden eingeholt, Verträge unterzeichnet. Das zweite Drehteam fuhr schon voraus, um Bildmaterial zu drehen. Graham und die anderen Schauspieler wurden für vier Wochen im *Henley Inn* einquartiert, das nur 500 Meter vom einzigen Süßigkeitenladen des Ortes entfernt lag.

Auch wenn ihm nicht ständig bewusst gewesen wäre, dass sein Liebesleben jederzeit für Klatsch und Gerüchte ausgeschlachtet werden könnte, hätte Graham dennoch niemandem den wahren Grund verraten, warum er unbedingt nach Henley wollte. Im besten Fall hätte er ein bisschen verrückt gewirkt. Und im schlimmsten wie ein Stalker.

Doch in Wahrheit war er ziemlich sicher, dass er sich in ein Mädchen verliebt hatte, dass er noch nie gesehen hatte, ja, dessen Namen er nicht einmal kannte.

Ihm war klar, das war lächerlich. Hätte ihm jemand ein Drehbuch mit dieser Geschichte in die Hand gedrückt, hätte er geantwortet, das sei doch vollkommen unrealistisch.

Aber das änderte nichts an seinen Gefühlen.

Es wäre womöglich einfacher gewesen, wenn er sie gefragt hätte, ob sie ihn sehen wolle. Aber wenn sie ganz anders empfand als er? Wenn sie nun nicht mehr wollte, als mit ihm Mails zu tauschen? Auf diese Weise hatte er wenigstens eine Ausrede für seine Anwesenheit hier.

Irgendwo *mussten* sie den Film ja drehen.

Grahams erste Szenen würden erst am nächsten Tag gedreht werden, und als er Harry Fenton, seinem immer kahler werdenden Manager, erzählte, er wolle schon früher hinfahren, hatte der Ältere ihn verwirrt angeschaut.

»Du kommst doch sonst *nie* früher als nötig«, sagte er, aber Graham zuckte nur die Achseln.

»Ich soll doch mein ganzes Leben in dem Ort verbracht haben, darum halte ich es für wichtig, dort so richtig in die Kleinstadtatmosphäre einzutauchen.« Er gab wieder, was er mal von seinem großspurigen Filmpartner bei der *Top-Hat*-Trilogie gehört hatte. Er merkte, dass er den »Graham Larkin« schon genauso gut spielen konnte wie seine anderen Rollen.

Jetzt verlangsamte er seinen Schritt ein wenig, als er sich der Eisdiele näherte. Er spürte die Fotografen irgendwo hinter sich lauern, still und heimlich wie ein Schwarm Haie. Die Sonne brannte ihm heiß auf die Schultern, das Hemd klebte ihm schon am Rücken. Er ging an einem schlanken Mädchen mit langen roten Haaren vorbei, und als er den Blick hob und sie anschaute, lag in ihren Augen eine stumme Ablehnung. Graham war so darauf versessen gewesen, nach Henley zu kommen, dass ihm nie in den Sinn gekommen wäre, Henley könnte womöglich nicht auf ihn gewartet haben. Er schaute noch einmal zu ihr hin, und diesmal lächelte sie, doch es wirkte so, als mustere sie ihn und komme dabei zu einer Einschätzung, die er vielleicht nicht unbedingt erfahren wollte.

Aber jetzt war es zu spät, sich darüber Gedanken zu machen. Er blieb vor dem Laden stehen und blinzelte in die Schaufensterscheibe, in der sich jedoch nur Sonnenlicht brach. Er wollte unbedingt prüfen, wie er aussah, obwohl er sehr gut wusste, dass es darauf nicht ankommen sollte. Seit langer Zeit war ihm niemand mehr so wichtig gewesen. Der Ruhm war wie ein Zauberspruch, den er immer anwenden konnte: Er konnte dämliche oder langweilige Sachen oder auch überhaupt nichts sagen, die Mädchen standen trotzdem auf ihn. Doch anstatt ihm Selbstvertrauen zu schenken, verunsicherte ihn diese Erkenntnis eher, weil er so nie wusste, was sie *wirklich* für ihn empfanden.

Bis jetzt. Wer dieses Mädchen auch sein mochte, Graham war sich ziemlich sicher, dass sie ihn mochte. Und zwar nicht Graham Larkin, den Filmstar, sondern einfach GDL824.

Und er mochte sie auch.

Als er die Tür aufstieß, ließ ihn das Bimmeln der winzigen Glocke zusammenzucken, und er zog den Kopf ein, so dass sein Gesicht unter dem Mützenschirm verborgen blieb. Es war kein weiterer Kunde im Laden, und er hielt den Blick auf die schwarz-weißen Bodenfliesen gerichtet, bis er fast am Tresen stand. Es war schon lange her, dass er sich nicht getraut hatte, ein Mädchen anzuschauen, aber jetzt war er unglaublich nervös, und es dauerte einen Augenblick, bis er seine Augen in ihre Richtung zwingen konnte.

Als er es schaffte, sah er erleichtert, dass sie ganz offensichtlich schön war – Mandelaugen, langes dunkles Haar. Doch das registrierte er kaum, weil ihn vor allem die Buchstaben auf ihrer T-Shirt-Tasche beschäftigten.

Ellie, dachte er und konnte endlich einen Namen mit den Initialen verbinden. *Ellie O'Neill.*

Sie sah ihn nervös an, ihre Miene schwankte zwischen Schock und Freude. Er nickte ihr zu und schob sich dann vor die Tafel mit den Eissorten, wo er so tat, als suche er sich etwas aus. Doch in Wirklichkeit dachte er an eine Unterhaltung, die sie vor ein paar Wochen geführt hatten, als er ihr zum Spaß eine Mail geschickt hatte, in der man nach seinen Vorlieben gefragt wird.

Auf keinen Fall fülle ich diesen Quatsch aus, hatte sie geantwortet. *Du willst doch wohl nicht ernsthaft wissen, was meine Lieblingseissorte ist.*

Machst du Witze?, hatte Graham nachgehakt. *Du würdest nicht glauben, wie viel das über dich verrät.*

Lass mich raten, hatte sie geschrieben. *Wenn ich Rocky Road sage, mache ich gerade eine schwere Zeit durch. Wenn ich Vanille sage, bin ich langweilig …*

So in der Art, hatte er zugegeben. *Ich selbst bin eher der Sorbet-Typ. Was sagt das über mich?*

Dass du einen tollen Geschmack hast, schrieb sie. *Das ist auch meine Lieblingssorte.*

Jetzt sah er sie hinter der Eistheke auf ihn zukommen und sich übers Glas zu ihm beugen. »Was möchtest du?«, fragte sie, und erschreckt hörte er einen vertrauten Tonfall, den zuckersüßen Singsang, den so viele PR-Leute und Manager in Los Angeles draufhatten. Er lächelte ein wenig, sagte aber nichts, und sie kicherte. Grahams Magen verknotete sich.

Er zeigte auf die Eissorten. »Ich nehme das Regenbogen-Sorbet.« Er wagte einen Blick in ihre Richtung, um zu prüfen, ob sie eins und eins zusammenzählen konnte. Doch sie nickte nur und drehte sich nach einem Becher um; das reichte also nicht, natürlich nicht. Er suchte nach anderen Möglichkeiten, ein Gespräch zu beginnen – sollte er beiläufig etwas erwähnen, über das sie schon in ihren E-Mails gesprochen hatten, oder etwas, das sonst niemand verstand? –, doch hinter ihm knallte es laut, als einer der Fotografen mit dem Objektiv an die Scheibe stieß, und Graham wurde klar, dass dies vielleicht nicht der richtige Augenblick war.

»Es wird dir hier gefallen«, sagte sie, als sie ihm das Eis reichte. »Vor allem im Sommer.«

Ihr Ton klang federleicht und offensichtlich zum Flirten aufgelegt – Graham machte sich klar, wie unfair es war, von ihr etwas anderes zu erwarten als von allen anderen Mädchen. Wenn sie erst merkte, wer er war – wer er *wirklich* war –, dann würde alles gut werden, doch bis dahin durfte es ihn nicht überraschen, dass sie effektvoll die Haare nach hinten geworfen hatte, als sie ihm das Eis einfüllte.

»Ach ja?«, sagte er, legte einen Zehner auf den Tresen und wehrte das Wechselgeld ab. »Wo kann man denn abends gut essen?«

»Im *Lobster Pot*.« Sie lächelte fast ein wenig kokett. »Das ist mein Lieblingsrestaurant.«

Graham nickte. »Na dann«, sagte er, »würdest du heute Abend vielleicht mit mir dort hingehen?«

»Ich?« Sie starrte ihn überrascht an. »Wirklich?«

»Wirklich.« Er lächelte sein unwiderstehliches Lächeln, das in seinem früheren Leben nie außerordentlichen Charme versprüht hatte, jetzt aber eigenartigerweise Horden weiblicher Teenager die Knie weich werden ließ.

»Das wäre toll«, sagte sie eine Oktave zu hoch.

Er nickte, und es folgte eine unbehagliche Pause. Er brauchte einen Moment, um zu merken, dass er eine Uhrzeit vorschlagen sollte. »Wollen wir uns um neun da treffen?«

Sie wirkte verlegen. »Ich glaube, um neun macht es womöglich schon zu.«

»Oh«, sagte Graham. »Dann halb acht?«

Sie nickte und gab ihm einen Eislöffel. Es dauerte einen Moment, bis er danach griff; der schlaflose Flug forderte wohl seinen Tribut, denn plötzlich war er sehr müde. Enttäuschung breitete sich in seiner Brust aus, doch er wusste nicht genau, wieso. Das war doch genau, was er gewollt hatte. Diese Stadt, dieses Mädchen. Sie war nicht nur süß, sondern auch sehr nett und wollte offenbar sehr gern mit ihm ausgehen. Was hatte er mehr erhofft?

Er stach den Löffel ins Eis, das schon zu schmelzen begann, und hob dann den Becher zu einer Art Abschiedsgruß. Als er sich umdrehte, trafen ihn die blendenden Blitze der Kameras am Fenster, und er schloss kurz die Augen. Doch die Lichter verschwanden nicht, er sah nur noch Sterne.

Von: EONeill22@hotmail.com
Gesendet: Sonntag, 9. Juni 2013 11:11
An: GDL824@yahoo.com
Betreff: Re: meine Vorstellung von Glück

Der Wechsel der Jahreszeiten.

drei

Wenn Ellie ins Souvenirgeschäft *Happy Thoughts* trat, kam es ihr immer ein bisschen so vor, als sähe sie direkt ins Gehirn ihrer Mutter. Nichts sah irgendwie geordnet aus, der Laden schien keinem bestimmten Konzept zu folgen. Als Mom ihn vor acht Jahren gekauft hatte, wurden dort vor allem Möbel und Wohnaccessoires angeboten, in eleganten Arrangements waren Kerzen und Servietten und alle möglichen Vasen ausgestellt. Die vorherige Besitzerin verlebte ihren Ruhestand inzwischen fröhlich in Florida, schon vorher war sie im Winter stets aus Maine geflohen; doch Ellie war sicher, könnte sie sehen, was aus dem Geschäft geworden war, wäre sie entsetzt.

Es gab einfach keinen Plan, kein Konzept. Der ganze Laden war kaum größer als ein geräumiges Klassenzimmer, aber so vollgestopft, dass er eher kleiner wirkte. Sie hatten immer noch Tischsets und Pfeffermühlen, Lampen und Decken und verschiedene Einrichtungsgegenstände im Angebot, dazu aber auch Bücher und altmodisches Spielzeug und Dosen mit Salzwasser-Toffee, alle möglichen Arten von Postkarten, T-Shirts und Badeanzüge, Strandspiele und Brettspiele.

Und natürlich Hummer. Keine echten – obwohl Ellie sich nicht gewundert hätte, wenn sie in dem ganzen Durcheinander auch noch auf ein Aquarium gestoßen wäre –, sondern

Hummertassen und Hummerteekannen, Schlüsselanhänger und Lesezeichen und Windspiele in Hummerform … ganz hinten im Laden saß sogar seit Jahren ein riesiger Plüschhummer, so groß wie ein Menschenaffe, der mit seinen schwarzen Glasaugen und übergroßen Scheren so manches Kleinkind erschreckt hatte, das ein bisschen zu schnell um die Ecke gebogen war.

Quinn wollte das Geschäft unbedingt um- und aufräumen, aber Ellie mochte das Chaos. Sie war im Grunde in diesem Laden aufgewachsen und betrachtete ihn als eine Art Anbau ihres Hauses, einen Wandschrank voller Gerümpel oder einen Keller voller Schätze. Mom hoffte schon seit Jahren auf eine Erweiterung und blieb jeden Morgen eine Weile vor den staubigen Schaufenstern nebenan stehen – früher war dort ein Immobilienmakler gewesen, aber jetzt stand es schon ewig leer. Doch es war nie genug Geld da. Im Augenblick reichte es kaum, das Wohnhaus vor dem Zerfall zu bewahren. Also wurde das Durcheinander im Laden immer größer. Doch den Kunden schien es nichts auszumachen und Ellie genauso wenig.

Sie hatte zahllose Nachmittage dort verbracht, ihre Hausaufgaben mit Hummerbleistiften erledigt und auf der alten Kapitänskiste balanciert, bis Mom abends das Geschäft zuschloss, sie hatte am Fenster gesessen und gelauscht, wie sich die Wellen ein Stück weiter unten an den Felsen brachen. Ihr Lieblingsplatz war die Sammlung von Bilderrahmen auf den Regalbrettern in der hintersten Ecke des Ladens. Es gab Rahmen in allen vorstellbaren Größen, Farben und Formen, manche silbern, manche aus Holz, manche aus glatt geschliffenen

Glasstückchen zusammengeklebt oder mit zarten Mustern am Rand. Und in jedem einzelnen Rahmen hing anstelle eines Hochglanzfotos ein Gedicht.

An einem Wintertag vor vielen Jahren, als der Schnee hoch vor das Fenster geweht war und der Laden still und leer war, hatte Mom Ellie allein dort gelassen, um irgendwo heiße Schokolade aufzutreiben. Als sie weg war, betrachtete Ellie die gerahmten Fotos, Schwarz-Weiß-Bilder glücklicher Familien, die grinsend die Zähne zeigten. Es gab Paare, die einander verträumt in die Augen schauten, Eltern, die mit ihren Kindern Händchen hielten, Familien beim Picknick, bei Bootsfahrten, bei Waldspaziergängen. Als sie den Blick über sämtliche Bilder schweifen ließ, stellte sie fest, dass es genau vier Fotos von Vätern gab, die ihre Töchter auf den Schultern trugen, aber kein einziges von Müttern und ihren Töchtern.

In dem Winter war sie acht gewesen, alt genug, um zu begreifen, dass sie nie wieder nach Washington zurückkehren würden, aber noch zu jung, um das Gesicht ihres Vaters wirklich in Erinnerung zu behalten, es tauchte unvermittelt auf und verschwand dann wieder. Als sie nun all die glücklichen Gesichter an der Ladenwand aufgereiht sah, zerbrach etwas in ihr.

Bis ihre Mutter mit einem dampfenden Becher Kakao in jeder Hand zurückkehrte, hatte Ellie systematisch jedes Foto aus dem Rahmen genommen, ordentlich in Stücke gerissen und in den Abfalleimer geworfen. Mom blieb einen Moment mit vor Kälte geröteten Wangen und verwirrtem Blick in der Tür stehen, dann stellte sie die Becher ab und wickelte sich den Schal vom Hals. Ohne ein weiteres Wort kam sie nach hinten, nahm im Vorbeigehen ein neues Päckchen Buntstifte vom Regal und reichte sie Ellie.

»Ich habe das Gefühl, du kannst das sowieso besser«, sagte sie.

In den folgenden Jahren zierten Ellies farbenfrohe Zeichnungen von Bäumen, Booten und Hummern die Rahmen. Als sie älter wurde, wechselte sie zur Lyrik, schrieb ihre Lieblingsverse in ihrer winzigen Handschrift auf und steckte sie hinters Glas. Die Kunden blieben auf einmal länger in der Ecke mit den Rahmen stehen, lasen die Gedichte, verloren sich in den Versen, und Ellies gerahmte Gedichte wurden ein echter Anziehungspunkt des Ladens. Vor allem Rahmen mit Gedichten über Maine wurden von den Touristen weggekauft, kaum dass Ellie sie aufgestellt hatte, und als Ellie einmal bei einem Mitschüler eingeladen war, sah sie den Rahmen, den seine Mutter vor Monaten gekauft hatte: Es war immer noch kein Familienfoto darin, sondern Verse von W. H. Auden, Ellies Lieblingsdichter.

Als sie heute Nachmittag in den Laden kam, öffnete ihre Mutter gerade einen neuen Karton mit Rahmen, und als Ellie nah genug gekommen war, um einen Blick hineinwerfen zu können, musste sie lachen.

»Das sind doch keine –«

»Weiß ich«, stöhnte Mom. »Sie haben uns die falschen geschickt.«

»Vielleicht kann sie irgendein Souvenirladen in Maryland gebrauchen.«

»Wer will denn einen Bilderrahmen mit einer Krabbe drauf?«

Ellie verdrehte die Augen. »Oder mit einem Hummer?«

»Hey«, grinste Mom. »Mach den Hummer nicht schlecht. Der ist unser täglich Brot. Sozusagen.« Sie wickelte die falschen Rahmen wieder ins Seidenpapier und legte sie zurück in den Karton. »Wieso kommst du so spät? Hast du Filmstars bewundert, wie alle andern?«

Ellie zögerte kurz, schüttelte dann den Kopf. »Quinn hatte einen kleinen Milchshake-Unfall, als ich gerade gehen wollte, und da habe ich ihr beim Saubermachen geholfen.«

»Siehst du«, sagte Mom und schob die Kiste zur Seite. »Darum solltest du auch nur hier arbeiten. Hier ist es wenigstens immer ordentlich.«

Ellie zog zweifelnd die Augenbrauen hoch und sah sich das Tohuwabohu an, die wahllos verstreuten Waren, und sie mussten beide lachen. Aber es war schon klar, das mit dem Zweitjob hatte Mom nur halb im Scherz gemeint. Ellie hatte erst vor ein paar Monaten angefangen, Schichten im *Sprinkles* zu übernehmen, und Mom war nicht begeistert davon.

Solange Ellie sich erinnern konnte, war Geld ein Problem gewesen. Als sie noch jünger war, war es ihr nur nie aufgefallen: Mom und sie hatten alles, was sie brauchten. Doch in diesem Herbst fing ihr letztes Highschooljahr an, und damit rückte das Studium – und die immensen Gebühren – immer näher. Ellie wollte nicht an einer staatlichen Universität studieren; sie wollte unbedingt an eine der Elite-Unis der Ostküste. Sie hatten sich schon Gedanken über Studienkredite gemacht, die Formulare türmten sich auf Moms Schreibtisch, lange Spalten mit Ziffern und Prozentzahlen, Zeile um Zeile

Kleingedrucktes. Schon allein deshalb hatte Ellie ein schlechtes Gewissen, schlug ihr Herz vor Sorge schneller, wenn das Gespräch auf das Thema kam.

Und dann war sie vor ein paar Monaten in ein Sommerseminar über Lyrik in Harvard aufgenommen worden. Es war fast unmöglich, einen Platz in einem dieser Kurse zu ergattern, und Ellie hatte sich nur aus Spaß beworben, nachdem sie den Flyer am Schwarzen Brett ihres Englischraums hängen sehen hatte, ohne je damit zu rechnen, dass sie zugelassen würde. Nur fünfzehn Schüler und Schülerinnen aus dem ganzen Land durften in den ersten drei Augustwochen in einem der Wohnheime von Harvard leben und sich mit Dichtung beschäftigen. Doch die Teilnahmegebühr betrug knapp über zweitausend Dollar, und es gab weder Stipendien noch Zuschüsse.

Als sie ihrer Mutter eines Abends davon erzählte, sah sie den Zweifel in ihren Augen.

»Das klingt nach einer tollen Chance«, Mom wählte ihre Worte mit Bedacht, »und ich bin so stolz, dass du sie bekommst. Aber –«

Ellie ließ sie gar nicht ausreden; sie konnte es nicht ertragen. »Und ein Stipendium haben sie mir auch gleich bewilligt«, hörte sie sich sagen und sah erleichtert, dass Moms Lächeln wieder strahlte, dass der Stolz die Sorge aus ihrer Miene drängte.

»Natürlich«, sagte sie und umarmte ihre Tochter. »Ich freue mich so für dich.«

Ellie hatte sich bis Ende Mai verbindlich anmelden müssen. Zu dem Zeitpunkt hatte sie genau $ 178,24 auf ihrem Sparkonto und keinen Plan, wie sie bis zum Beginn des Kurses den Rest des Geldes auftreiben sollte. Aber sie machte trotzdem ihr Kreuz neben dem Satz »Ja, ich werde teilnehmen!« und schickte das Formular zurück.

Der Job bei *Sprinkles* half natürlich. Aber auch mit diesem Lohn und dem, was sie im Laden ihrer Mutter verdiente, konnte sie sich ausrechnen, dass ihr am Ende der Sommerferien immer noch die Hälfte des Geldes fehlen würde. Quinn hatte schon angeboten, ihr etwas zu leihen, und Ellie wusste die Geste zu schätzen, versprach sich aber nicht viel davon. Quinn rieselte das Geld meist wie Sand durch die Finger, ihr Lohn löste sich meist schon am Zahltag in Luft auf; ein paar Stunden Online-Shopping, und das Geld war weg.

Doch auf keinen Fall wollte sie ihren Platz irgendeiner reichen Zicke überlassen, die den ganzen Sommer am Pool irgendeines Country Clubs gelegen hatte. Sie musste einfach dabei sein, konnte aber auf gar keinen Fall ihre Mutter fragen, ob sie die fehlende Summe zuschießen würde, denn sie kamen ja nur gerade so über die Runden. Dass Ellie genau wusste, ihre Mutter würde Ja sagen, machte die Sache nur noch schlimmer. Egal, was sie dafür tun musste – den Laden verkaufen, eine Niere abgeben, eine Bank überfallen –, Mom würde es tun, und darum durfte Ellie sie niemals fragen.

Seit Ferienbeginn war sie immer verzweifelter geworden, arbeitete den ganzen Tag in verschiedenen Jobs und abends noch als Babysitterin. Sie merkte, dass Mom sich Sorgen machte, weil sie wegen ihres Arbeitseifers den ganzen Sommer verpasste.

»Du bist sechzehn«, sagte sie. »Du solltest mehr dummes Zeug anstellen.«

»Mir geht's gut so«, sagte Ellie immer wieder.

Jetzt standen sie sich am Tresen gegenüber, die Windspiele klimperten in der Zugluft, und Ellie war überzeugt, sie würden wieder in die gleiche Diskussion hineinstolpern, die sich in letzter Zeit endlos wiederholte wie eine schlechte Tonbandaufnahme. Doch in Moms Blick lag der gleiche Widerwille, den auch Ellie spürte: Keine von beiden wollte mehr darüber reden, darüber streiten.

Als plötzlich die Tür aufsprang, fuhr Ellie erleichtert herum. Es dauerte einen Moment, bis Quinn sich durch die T-Shirts gekämpft hatte, die neben der Kasse hingen, und als sie auftauchte, war ihr Gesicht gerötet.

»Wahnsinn«, sagte sie, die Hände erhoben, als wolle sie einen Zauber vollführen. »Einfach kompletter Wahnsinn.«

Mom beugte sich vor und sagte zu Ellie: »Hat sie gerade einen Nervenzusammenbruch?«

»Das ist ein Ernstfall, Mrs O«, sagte Quinn und ließ sich auf einen blauen Sitzsack fallen. »Ein richtig ernsthafter Notfall.«

»Alles in Ordnung mit dir?«, fragte Ellies Mutter immer noch ziemlich unbekümmert. Ellie und Quinn waren beste Freundinnen, seit sie fünf waren, und eins hatten die O'Neills mit der Zeit gelernt: Quinn hatte einen Hang zur Dramatik. Was sie als Notfall bezeichnete, schien anderen Menschen meist weniger bedeutsam.

»*In Ordnung?*« Quinn riss die Augen weit auf. »Ich habe ein Date mit *Graham Larkin*.«

Dieser Nachricht folgten einige Sekunden Stille. Als Quinn den Namen aussprach, sah Ellie wieder diese Augen vor sich und kniff ihre eigenen fest zu, um die Erinnerung abzuschütteln. Hinter ihr zuckte ihre Mutter ratlos die Achseln.

»Wer ist Graham Larking?«, fragte sie, und Quinn sah sie streng an.

»Graham *Larkin*«, entgegnete sie, »ist bloß einer der größten Filmstars der Welt.«

Ellie musste lachen, als sie die immer noch verständnislose Miene ihrer Mutter sah. »Er hat in diesen Zaubererfilmen mitgespielt«, erklärte sie, »und hat jetzt die Hauptrolle in dem Film, den sie hier drehen.«

»Und du gehst mit ihm aus?«, fragte Mom Quinn, die zur Antwort das Kinn hob und wieder senkte. »Ich war den ganzen Tag noch nicht draußen. Laufen da lauter Filmstars rum, die sich verabreden wollen?«

»Er war im Eisladen«, sagte Ellie. »Und offenbar fand er Quinn genauso unwiderstehlich wie das Eis. Ach, wer hält da jetzt eigentlich die Stellung?«

Quinn winkte ab, als sei das völlig unerheblich. »Das macht Devon«, sagte sie. »Er meint, er kriegt das alleine hin. Ich brauch jetzt deine Hilfe, um mich in Schale zu werfen.«

Devon Alexander tat Ellie leid – schon seit Jahren war er in Quinn verliebt und hatte sicher keine Ahnung, dass er die anstrengendste Schicht im *Sprinkles* allein übernahm, bloß damit sie sich auf ihr Date mit einem Filmstar vorbereiten konnte.

»Na«, sagte Mom, schnappte sich einen roten Gummiball aus dem Glas neben der Kasse und warf ihn geistesabwesend von einer Hand in die andere, »da bist du ja hier genau richtig. Ich bin aus allen möglichen Gründen auf meine Tochter stolz, aber vor allem wegen ihres ausgeprägten Sinns für Mode …«

»Sehr witzig«, gab Ellie zurück und sah an sich hinunter: Jeansrock, schlicht weißes Tanktop, schwarze Gummi-Flipflops, und das war mehr oder weniger ihre Sommeruniform.

»Ich brauche sie nur zur moralischen Unterstützung.« Quinn sprang wieder auf. »Ist das okay, wenn sie heute früher Schluss macht?«

»Ich bin doch gerade erst hergekommen …«, setzte Ellie an, aber Mom nickte schon.

»Kein Problem.« Sie warf immer noch den roten Ball hoch. »Ehrlich. Wir können doch Quinn nicht ohne Unterstützung zum Date mit einem Superstar gehen lassen, oder?«

In ihrer Stimme lag leichter Spott, doch Quinn war zu aufgeregt, es zu bemerken. »Haargenau«, sagte sie und wippte auf den Fersen. Sie war total überdreht und konnte nicht stillstehen. »Ist echt 'ne große Sache. Ihr hättet mal die Kameras heute Nachmittag vor dem Laden sehen sollen. Ich mag mir gar nicht vorstellen, wie es heute Abend wird …«

Mom ließ den Ball fallen, der von einem Eimer voller Schnorchel abprallte und in eine Ecke rollte. »Kameras, ja?«

»Klar, tonnenweise«, sagte Quinn. Ellie rührte sich nicht, und hielt die Augen auf die Holzdielen gerichtet, um Moms Blick auszuweichen. »Jetzt belagern sie alle den Filmset, aber ich bin sicher, nachher werden sie ihn verfolgen.« Sie schwieg einen Moment, ohne die angespannten Mienen ihrer Zuhörerinnen zu bemerken. »Paparazzi in Henley. Verrückt, oder?«

»Ja«, sagte Ellie mit einem Seitenblick auf ihre Mutter. »Echt.«

»Schade, dass ich nicht Schauspielerin werden will. Oder in einer Doku-Soap mitspielen oder so was«, fuhr Quinn fort. »Das wäre so eine tolle Gelegenheit.«

»Ja, wirklich.« Mom gewann die Fassung wieder. »Wirklich eine Schande, dass du bloß Meeresbiologin werden willst. Wahrscheinlich wäre es deiner Karriere förderlicher, wenn dich ein Wal zum Abendessen eingeladen hätte.«

Quinn lachte. »Die sind aber sehr anstrengende Gesprächspartner.«

»Dann musst du dich wohl mit einem Filmstar zufriedengeben«, erwiderte Mom mit einem Lächeln. »Aber nimm dich vor den Fotografen in Acht, ja?«

»Klar«, sagte Quinn. »Ich habe genug Klatschmagazine gelesen, ich werde schon keinen zu kurzen Rock tragen.«

»So meinte ich das eigentlich nicht«, sagte Mom. »Aber du hast Recht. Na los, sucht was Anständiges zum Anziehen aus. Deine Stylistin bekommt für den Nachmittag offiziell frei.«

»Vielen Dank, Mrs O.« Quinn packte Ellie am Handgelenk und zerrte sie zur Tür, wobei sie schon eine Liste aller Dinge herunterratterte, die sie bis zum Abend erledigen mussten. Aber kurz vor der Ladentür machte Ellie sich noch einmal los und lief zur Kasse zurück.

»Danke, Mom«, sagte sie und umarmte ihre Mutter kurz.

»Ist doch klar«, flüsterte Mom, als sie sich aus der Umarmung löste. »Was bin ich froh, dass es nicht dir passiert ist.«

Noch einmal dachte Ellie an Graham Larkin, der so verschlossen und traurig gewirkt hatte vor dem Laden, die Schultern hochgezogen und die Baseballmütze tief im Gesicht, während sich die Fotografen anschlichen, geduldig und entschlossen wie Heckenschützen. Sie sah Quinn an, die praktisch von einem Fuß auf den anderen hüpfte, und ihr wurde bewusst, wie kompliziert das alles war, nicht bloß die Kameras und die Filmcrew, sondern auch der Blick, den einem jemand zuwerfen konnte, wie eine Frage ohne Antwort. Plötzlich wollte sie bloß noch nach Hause und eine Mail schreiben, ihre Gedanken quer über den Kontinent schicken wie eine Flaschenpost, wie die Gedichte in den Bilderrahmen.

Sie wandte sich mit kurzem Nicken wieder Mom zu.

»Klar«, sagtc sic. »Ich auch.«

Von:	GDL824@yahoo.com
Gesendet:	Sonntag, 9. Juni 2013 15:02
An:	EONeill22@hotmail.com
Betreff:	**Re: meine Vorstellung von Glück**

Neue Leute kennenzulernen.

vier

Am frühen Abend wurde das Licht vom Wasser golden zurückgeworfen. Graham ging einen Umweg zum Restaurant, über den Strand, wo er alle paar Schritte stehen blieb, einen Stein aufhob, ihn in der Hand wog und dann wieder fallen ließ. Den ganzen Tag schon hatte ihn der Geruch des Meeres gelockt.

Ein sonnenverbranntes Touristenpaar mit Liegestühlen unter dem Arm kam ihm entgegen, doch keiner von beiden hob den Blick, worauf Graham freudig erschauerte. Als sein erster Film angelaufen war, war es genau umgekehrt gewesen: Jedes Mal, wenn ihn jemand in der Öffentlichkeit erkannt hatte, war es ihm wie ein Segen vorgekommen, so als würde er irgendwie geadelt – Graham Larkin war jetzt jemand. Aber jetzt schlug sein Herz schneller, wenn er *nicht* erkannt wurde – die kostbare Anonymität, die in letzter Zeit so selten geworden war.

Beim Blick auf die Uhr wurde ihm klar, dass er fast schon zu spät war, doch anstatt wieder zur Straße hinaufzugehen, wandte er sich ganz dem Meer zu und betrachtete das Licht, das auf den Wellen tanzte. Am Horizont waren immer noch ein paar Boote zu sehen, Schattenrisse vor der Sonne, und plötzlich sehnte Graham sich danach, auch dort draußen zu sein.

Eine Angeltour mit seinem Vater fiel ihm ein, da war er

gerade acht gewesen, sie hatten in einem kleinen Ruderboot geschaukelt, bis zu den Ohren in orangefarbenen Rettungswesten eingepackt. Drei Tage lang hatten sie ihre Angeln ausgeworfen und nichts gefangen. Dad hatte sich dauernd entschuldigt, als wäre es sein Fehler, dass der See ihnen keinen Fang gönnte, und als der letzte Nachmittag sich dem Ende zuneigte, sah er bekümmert aus. Es war Dads Idee gewesen, dieser Ausflug. So einer, wie er ihn mit seinem eigenen Vater auch gemacht hatte, und seit Monaten hatte er Graham erzählt, was sie alles für Fische fangen würden.

»Lachse?«, hatte Graham gefragt, und Dad hatte den Kopf geschüttelt.

»Das wahrscheinlich nicht«, hatte er gesagt. »Die sind schwer aufzustöbern. Aber Forellen. Jede Menge Forellen. Wirst schon sehen.«

Dad war so überzeugt von ihrem Angelglück gewesen, dass sie sonst nichts fürs Abendessen mitgenommen hatten und am vorigen Abend auf der Veranda ihrer Hütte Käsestangen und Trockenfleisch gegessen, Mücken verscheucht und dem Zirpen der Grillen gelauscht hatten. An diesem letzten Nachmittag waren sie kurz davor aufzugeben, als Graham der Gedanke kam, Trockenfleisch als Köder zu nehmen. Dad hatte sich mit leuchtenden Augen vorgebeugt, und das Boot hatte heftig geschaukelt.

»Gar keine schlechte Idee«, hatte er gesagt und ein Stück abgerissen.

Bei Graham biss zuerst einer an, eine Regenbogenforelle, die zuckte und schlug, als Dad ihm beim Einholen half. Danach war es ganz leicht. Dad fing drei weitere Forellen, und dann hatte Graham einen kleinen Karpfen an der Angel. Das Licht wurde schwächer, das Wasser um sie herum verdunkelte sich, aber weder Dad noch er wollten aufhören. Es war wie Zauberei, so als würde ihnen der Fang von drei Tagen, die Essenz eines ganzen Wochenendes in der letzten Stunde Tageslicht beschert.

Als Graham noch ein letztes Zucken an seiner Angel spürte, hatte er sogar einen kleinen Lachs am Haken, der im Dämmerlicht silbrig glänzte.

»Unglaublich«, sagte Dad grinsend. Er setzte sich auf die Ruderbank und hielt strahlend die leere Packung Trockenfleisch hoch. »Sieht aus, als könnte man mit dem falschen Köder die richtigen Fische fangen.«

Daran musste Graham jetzt denken, als er die Fischerboote hinter sich ließ und zurück in den Ort ging. Vielleicht war es mit Ellie genauso: Er hatte seine E-Mails ausgeworfen und nach einer Forelle geangelt, aber stattdessen einen Lachs gefangen. Darüber musste er lächeln, auch wenn er vermutete, ein Mädchen wie Ellie würde nur ungern mit einem Fisch verglichen werden.

Er strich sein Hemd glatt, als er an den Filmwohnwagen vorbeiging, die jetzt dunkel und still da standen. Sie hatten schon ein paar Szenen im Studio in L.A. gedreht, aber hier am Drehort herrschte gleich eine ganz andere Stimmung, eine gewisse Aufgeregtheit, vor allem an einem kleinen Ort wie diesem, und Graham konnte sich dem nicht entziehen. In den beiden letzten Jahren hatte er immer die gleiche Rolle mit den gleichen Kollegen gespielt, weshalb es ganz erfrischend war, mal was anderes zu tun. Ein neuer Regisseur, ein neues Drehbuch, eine neue Filmpartnerin – all das brachte ihm wieder in Erinnerung, wieso ihm die Schauspielerei mal Spaß gemacht hatte: diese Herausforderung, mitten ins Leben eines anderen Menschen geworfen zu werden und sich darin zurechtzufinden.

Das Restaurant *The Lobster Pot* lag nicht weit vom Strand entfernt; Graham sah es gleich, als er die Straße hinaufging. Es war kurz nach halb acht, also war Ellie sicher schon da. Draußen stand eine Gruppe Fotografen – ihre dunkle Kleidung verriet sie, obwohl sie wie unbeteiligte Touristen wirken wollten. In der Nähe parkten einige Motorräder; mehr als einmal hatten sie Graham damit verfolgt, als er sich aus einem Restaurant oder Club zu schleichen versuchte. Diese Verfolgungsjagden hatten etwas atemlos Absurdes, und er sah zwar ein, dass sie auch bloß ihren Job machten, aber er hatte keinerlei Respekt vor der Art, wie sie dies taten, und noch weniger Respekt vor den Leuten, die anscheinend unbedingt lesen wollten, was es zu berichten gab. In Wahrheit gab es nämlich nichts Lesenswertes über ihn zu berichten: ein Siebzehnjähriger, der etwas besser aussah als der Durchschnitt, gelegentlich ein hübsches Mädchen zum Essen ausführte, eine Rolle ganz anständig spielen konnte, der aber meistens mit seinem Schwein zu Hause saß und Bücher las.

Als er näher kam, hoben die Fotografen ihre Kameras und riefen seinen Namen. Er senkte den Kopf, als sie sich um ihn scharten. Es waren weniger als vorhin, nur vier oder fünf; die anderen waren offenbar so vernünftig, was zu essen oder im Hotel fernzusehen oder ihre Freundinnen anzurufen. Doch die übriggebliebenen knipsten wie verrückt, ihre Blitzlichter flackerten, während sie ihn mit immer dreisteren Fragen bombardierten.

»Wer ist die Kleine, Graham?«, fragte einer, ein richtiger Schrank mit Diamantstecker im Ohr und so blank rasiertem, bleichem Schädel, dass er das letzte Tageslicht zurückwarf. »Hast du sie gerade erst kennengelernt? Was hält Olivia davon? Seid ihr offiziell zusammen?«

Er ignorierte sie alle und drängte sich vorbei. An der Tür wurde er von einem stämmigen Mann mit mächtigen Armen und gepflegtem Vollbart empfangen.

»Joe Gabriele«, stellte er sich vor und streckte eine fleischige Hand aus. »Mir gehört der Laden. Hör mal, magst du Hummer?«

Graham nickte, überrascht von der Frage.

»Gut«, sagte Joe. »Du isst ordentlich Hummer, solange du hier bist, und ich halte dir diese Clowns vom Leib. Abgemacht?«

»Abgemacht«, sagte Graham und schaute an ihm vorbei, ob Ellie schon da war. An den Wänden des Restaurants hingen verwitterte Bojen und alte Schiffsuhren, Fischernetze und gerahmte Bilder von Schonern, Hummern, Walen. An einem Tisch in der Ecke, unter einem riesigen eisernen Anker, der offenbar von einem Fischkutter stammte, erkannte Graham ihren Hinterkopf, das dunkle Haar zu einem tief sitzenden Pferdeschwanz gebunden. Die Tische um sie herum waren leer, und er war Joe dankbar dafür, denn nichts war schlimmer, als ein Privatgespräch führen zu wollen, während aus allen Richtungen Handykameras klickten.

Joe wedelte mit der Hand in Richtung des Tisches, falls Graham noch nicht begriffen haben sollte, wo er hinmusste, und ging selbst in die Küche. Doch Graham blieb, wo er war, plötzlich von Unsicherheit gelähmt. Er war gar nicht unbedingt enttäuscht. Wie sollte er auch enttäuscht sein? Sie war zweifellos schön. Doch seit er nachmittags den Eisladen verlassen hatte, versuchte er sich darüber klar zu werden, was er sich von heute Abend erhoffte. Nach so langer Zeit und so vielen E-Mails, müsste er da nicht aufgeregter sein? Begeisterter? Oder jedenfalls ... irgendwas?

Vielleicht lag es daran, dass er zu viele Drehbücher mit Happy End gelesen hatte. Vielleicht war er schon zu lange in Hollywood. Graham war noch nie richtig verliebt gewesen, darum hatte er keine Ahnung, was er erwarten sollte. Vielleicht war das ja schon alles: Man schreibt sich mit einem Mädchen, man unterhält sich lieber mit ihr als mit jedem anderen Menschen, dann steht man vor ihr, und sie sieht hinreißend aus, und man sollte sich einfach freuen.

Aber irgendwie hatte er doch mehr erwartet. Er hatte es sich ganz anders vorgestellt, wenn er daran dachte, dass er sie sah, dass ihre Blicke sich zum ersten Mal trafen. Er hatte gedacht, die Hollywood-Klischees hätten einen wahren Kern. Wenn man sich verliebte, sollte das doch unverkennbar sein, oder? So wie ein Schlag in die Magengrube.

Aber jetzt und hier fühlte er sich beim Gang zu ihrem Tisch

einfach nur seltsam leer. Als sie sich umdrehte und ihre Blicke sich trafen, sah er keine Sterne, kein Feuerwerk, nichts. Nur sie beide, die einander anstarrten, beide etwas unbeholfen und nervös.

»Danke, dass du gekommen bist«, brachte er heraus, als er sich hinsetzte. Er saß kaum, als ihm einfiel, dass er sie mit einem Wangenkuss hätte begrüßen sollen, doch jetzt hatte er den Moment verpasst. Er faltete seine Serviette auf und sah sie an, versuchte das Mädchen ihm gegenüber mit dem Mädchen in Einklang zu bringen, das ihm geschrieben hatte, wie sehr es Gedichte liebe.

»Hattest du Probleme mit den Fotografen?«, fragte sie mit leicht zittriger Stimme. Er merkte, dass sie angespannt war, wusste aber nicht, was er dagegen tun sollte. Nachdem sein Gesicht auf den Titelblättern von Illustrierten aufgetaucht war, war er noch ein paar Mal mit Mädchen aus seiner alten Gegend ausgegangen; er hatte ihnen immer gesagt, sie brauchten nicht nervös zu sein, doch das hatte stets die gegenteilige Wirkung gezeigt, sie waren nur noch unruhiger, rotwangiger, gehemmter geworden. Er schaute zu, wie sie ein silbernes Armband ums Handgelenk drehte und nicht stillsitzen konnte.

»So schlimm waren sie nicht«, antwortete er. »Kein Vergleich mit L.A.«

»Das glaube ich«, sagte sie; Graham griff nach der Speisekarte und überlegte, wie er das Thema wechseln könnte. Er wusste nicht recht, wie er ihr sagen sollte, dass sie sich in den letzten Monaten gemailt hatten. Sollte er irgendeinen Hinweis fallenlassen? Sie nach ihrer Mutter fragen oder nach ihrem

Hund, irgendein abgelegenes Thema ansprechen, über das sie gesprochen hatten, irgendwas Auffälligeres als Eissorten, vielleicht die Quebec-Urlaube ihrer Kindheit oder ihr Abschlussreferat über irische Lyrik?

Seine Hände wurden schweißfeucht, während er hektisch die Möglichkeiten durchging. Er hatte sich vorgestellt, wenn sie sich erst mal gegenübersäßen, würde die Wahrheit einfach aus ihm herauspurzeln. Doch jetzt hielt ihn irgendwas zurück, und er ließ nur den Blick durchs Restaurant schweifen, wischte sich über die Stirn.

»Was ist denn hier zu empfehlen?«, scherzte er. »Der Hummer?«

»Ja klar.« Sie räusperte sich. »Das ist die Spezialität des Hauses.«

Er schaute auf und zwang sich zu einem Lächeln. »Das sollte ein Witz sein«, sagte er, und sie wurde dunkelrot. »Ich glaube, ich nehme Surf 'n' Turf.«

»Warst du schon mal in Maine?«, fragte sie. »Oder bist du das erste Mal hier?«

»Das erste Mal«, sagte er. »Bevor ich mit dem Filmen anfing, bin ich nie von der Westküste weggekommen.«

»Wow«, sagte sie. »Ich war noch nie in Kalifornien.«

»Hast du dein ganzes Leben hier verbracht?«, fragte er, obwohl er die Antwort schon wusste – dass sie in Washington geboren und als Kind hierhergezogen war.

»Ja«, antwortete sie, und sein Kopf zuckte hoch. »Meine Eltern auch und auch schon meine Großeltern. Diese Stadt ist so eine Art Familientradition.«

Graham stützte die Ellbogen auf den Tisch und runzelte die Stirn. »Echt?«, fragte er. »Dein ganzes Leben?«

»Ja«, sagte sie und sah ihn misstrauisch an.

Doch ehe er fortfahren konnte, kam der Kellner mit einem Krabbencocktail. »Gruß aus der Küche«, sagte er, stellte es zwischen sie auf den Tisch und blieb eine Spur zu lange daneben stehen.

»Danke«, sagte Graham, worauf ihm der Kellner – ein schlaksiger blonder Junge mit leicht krummer Nase – zu seiner Überraschung einen drohenden Blick zuwarf.

»Schon gut.« Er versuchte offensichtlich, hart zu klingen, doch seine Stimme schwankte unsicher. Er drehte sich zum Gehen um und murmelte deutlich hörbar. »Eigentlich ist er für Quinn.«

Als er längst weg war, starrte Graham immer noch verwirrt über den Tisch, die Augen zusammengekniffen, als suchte er nach der richtigen Frage.

»Tut mir leid«, sagte sie. »So ist das eben in der Kleinstadt. Jeder kennt jeden, und wenn man mit den Jungs zusammen aufwächst, dann wollen sie einen manchmal zu sehr beschützen …« Sie verstummte, als sie Grahams irritierten Blick bemerkte. »Was?«, fragte sie. »Was ist los?«

»Bist du …?«, fing er an, schüttelte dann den Kopf. »Ich meine …«

»Was?« Sie starrte ihn verwirrt an.

»Quinn?«, brachte er heraus, und sie nickte.

»Ja?«

»Du heißt Quinn?«

»Ähm, ja …« Und dann machte es klick bei ihr, und sie warf den Kopf zurück. »Oh Mann! Habe ich mich tatsächlich überhaupt nicht vorgestellt? Ich fasse es nicht. Entschuldige bitte …«

Graham verzog immer noch verständnislos das Gesicht. »Aber das T-Shirt, das du vorhin anhattest …«

»Ach so«, sagte sie. »Jetzt verstehe ich.«

Er wartete auf die Fortsetzung.

»Bevor du reingekommen bist, hatte ich einen kleinen Zusammenstoß mit einem Schoko-Milchshake.« Sie stellte pantomimisch eine Explosion dar. »Und da habe ich Ellies T-Shirt geliehen.«

Als sie den Namen aussprach, traf ihn das mitten in die Brust. »Du bist also *nicht* Ellie?«

Sie lachte. »Nein, ich bin Quinn.«

»Wir haben uns also *keine* Mails geschrieben?«

Jetzt war es an ihr, verwirrt zu gucken. »Äh, nein.«

Graham schüttelte den Kopf, immer wieder. Aber er konnte einfach nicht damit aufhören. »Du bist *nicht* Ellie O'Neill«, wiederholte er, und sie nickte erneut. »Und wir haben uns nicht geschrieben.«

»Was?«, fragte sie. »Nein. Wieso? Moment mal. Soll das heißen, du hast mit …?« Sie lachte kurz auf. »Du hast dir mit Ellie geschrieben?«

»Ja«, sagte Graham und konnte auf einmal nicht mehr aufhören zu grinsen. »Tut mir echt leid, diese Verwechslung. Ehrlich. Das kommt dir jetzt sicher ziemlich seltsam vor.«

Quinn starrte ihn an. »Du und Ellie.«

Er nickte, überlegte es sich dann und schüttelte den Kopf. »Nicht direkt. Ich meine, wir sind uns ja offensichtlich noch nie begegnet.«

»Aber hast du nicht gesagt …?«

»Wir haben uns bloß Mails geschrieben, also kenne ich sie eigentlich noch nicht«, erklärte er und fügte hinzu: »Aber ich möchte sie kennenlernen.«

»Ich verstehe kein Wort.« Quinn ließ sich auf ihrem Stuhl zurückfallen. »Ich habe keinen Schimmer, was hier los ist.«

Der Kellner kam wieder, um ihre Teller abzuräumen, doch keiner von beiden hatte die Krabben angerührt. Der Junge warf Graham einen weiteren drohenden Blick zu, ehe er sich wieder umwandte. Als er weg war, beugte Quinn sich vor.

»Also, du und Ellie, ihr habt euch gemailt«, sagte sie ganz nüchtern, und Graham nickte.

»Ich habe sie aus Versehen angemailt, vor ein paar Monaten – Tippfehler –, und dann haben wir angefangen, hin- und herzuschreiben«, sagte er. »Wie so was eben … passiert.«

Sie beäugte ihn neugierig. »Und jetzt bist du hier.«

»Genau«, sagte er. »Jetzt bin ich hier.«

»In Henley.«

»Ja«, bestätigte er mit verlegenem Grinsen. »Im herrlichen Henley in Maine.«

Es dauerte nur eine Sekunde, bis sie eins und eins zusammenzählte und ihre Augen sich weiteten. »Ach, und deshalb …«

»Was deshalb?«

»Deshalb wird der Film hier gedreht, oder?«

Graham zuckte die Achseln und versuchte, nicht allzu belämmert zu gucken. »Irgendwie schon.«

»Du bist hierhergekommen, um sie zu treffen?« Ihre Stimme klang immer ungläubiger, und als er nickte, schüttelte sie den Kopf, als könne sie das alles nicht einordnen. »Wow«, sagte sie mehr zu sich selbst und dann noch einmal: »Wow.« Sie griff nach ihrem Wasserglas, trank aber nicht. »Ich fasse es nicht, dass sie mir nichts davon erzählt hat. Mann, da fängt sie eine Brieffreundschaft mit Graham Larkin an und sagt keinen Ton.« Sie kniff kurz die Augen zusammen, öffnete sie wieder. »Und tut die ganze Zeit so, als sei es ihr so was von egal, dass du hier bist.«

Grahams Lächeln verschwand, und er räusperte sich. »Fairerweise muss ich sagen, dass sie überhaupt nicht weiß, wem sie schreibt.« Seine Stimme klang sehr defensiv. Er nahm einen Schluck aus seinem Glas.

Quinn stieß ein wenig Luft aus und schaute ihm dann in die Augen. »Du hast sie wahrscheinlich schon gesehen. Sie stand direkt vor *Sprinkles*, als du reingekommen bist. Sie ist ziemlich groß. Hat rote Haare.«

Grahams Herz machte einen Sprung, er ließ das Glas sinken und dachte an das Mädchen mit den grünen Augen, das ihn gemustert hatte – beim ersten Mal tadelnd, so war es ihm zumindest vorgekommen, später mit einem sehr zögerlichen Lächeln. »Ja, ich glaube, ich habe sie gesehen.« Sein Blick wanderte zum Eingang, doch er zwang ihn an den Tisch zurück. »Großartig«, sagte er, reckte den Hals und suchte den Kellner, nahm dann wieder die Speisekarte zur Hand. »Dann werde ich mal sehen, ob ich sie morgen finde.«

Quinn beobachtete ihn; er spürte, wie sie ihn anstarrte, ließ die Speisekarte sinken und schaute hoch.

»Geh schon«, sagte sie, und er zog fragend die Augenbrauen hoch.

»Gehen? Wohin?« Er versuchte, seine Stimme ruhig zu halten. Doch wenn keine Kamera lief, konnte er ganz schlecht lügen; sie merkte es.

»Geh sie suchen«, sagte Quinn mit schiefem Lächeln. »Jetzt bist von so weit her gekommen, da werde ich dich nicht zwingen, ein ganzes Abendessen mit mir abzusitzen.«

»Aber nein«, protestierte Graham wenig überzeugend. »Ich finde es toll hier.«

Sie verdrehte die Augen. »Echt, das ist kein Problem«, sagte sie und sah sich nach dem Kellner um, der an der Küchentür lauerte. »Ich zwinge Devon, mit mir essen.« Sie zwinkerte ihm zu. »Aber du bezahlst trotzdem.«

Graham lachte. »Bist du wirklich sicher?«

»Ganz sicher«, sagte sie, und ehe es sich einer von beiden anders überlegen konnte, fischte er eine Handvoll Scheine aus seiner Geldbörse, legte sie auf den Tisch und stand auf.

»Sie ist jetzt wahrscheinlich zu Hause«, sagte Quinn und zeigte aufs Fenster hinter Graham, wo Henleys Hauptstraße in der Dämmerung still und leer geworden war. »Das kleine gelbe Häuschen, fast an der Ecke Prospect und Sunset.«

»Danke«, sagte er und dachte diesmal daran, sie auf die Wange zu küssen.

Sie lächelte. »Wünsch ihr viel Spaß bei meinem Date.«

Als Graham gerade aus dem Eingang stürmen wollte, stand auf einmal Joe neben ihm. »Ich hab sie weggeschickt«, sagte er mit einem Kopfnicken nach draußen. »Aber ich bin sicher, die lungern noch irgendwo herum, wenn du also ungesehen davonkommen willst, würde ich an deiner Stelle durch die Küche gehen.«

Graham bedankte sich und eilte an den Töpfen voller pfeifender Hummer und den weiß gekleideten Köchen vorbei. Kurz vor dem Ausgang blieb er neben Devon stehen, der entgeistert beobachtet hatte, wie er in die Küche gestürmt war.

»Wie komme ich zur Ecke Prospect und Sunset?«

»Einfach die Main Street runter und dann links die Prospect rauf«, sagte er nervös. »Dann läufst du direkt drauf zu.«

»Danke, Mann«, sagte Graham, klopfte ihm auf die Schulter und drückte die Hintertür auf. »Viel Spaß euch beiden.«

Draußen atmete er tief die salzige Luft ein. Das Licht verlosch über dem Wasser, die ganze Welt war in Blauschattierungen getaucht. Eine Brise von Osten her wehte Graham die Haare aus der Stirn, und leichten Schrittes ging er die Hauptstraße entlang, beschwingt von dem seltenen Geschenk einer zweiten Chance. Als er an den alten Wohnhäusern und Urlaubspensionen vorbeiging, in deren Fenstern die Lichter angingen, dachte er an das rothaarige Mädchen, das er vor ein paar Stunden gesehen hatte, und daran, wie ihr Blick mit eigenartiger Intensität auf ihm geruht hatte. Sein Herz schlug im Takt seiner Schritte, und der Rhythmus trug ihn mit neuer Energie weiter.

Als er das Straßenschild des Sunset Drive sah, ging er langsamer und betrachtete jedes Haus. In der Dämmerung war es nicht leicht, die gelb von den weiß gestrichenen zu unterscheiden, doch als er auf ein kleines Schindelhaus im Kolonialstil zukam, sah er auf der Veranda Licht brennen. Und noch ehe er den Anstrich erkennen konnte, bemerkte er das Mädchen, das mit untergeschlagenen Beinen auf der Verandaschaukel saß, und wusste, er war angekommen.

Als er den Weg zum Haus beschritt, schaute sie von ihrem Buch auf. Insekten schwirrten um die Lampe über ihr, die nur einen kleinen Lichtkegel erzeugte. Als er stehen blieb, hob sie das Kinn und reckte den Hals, und an ihrem unsicheren Blick merkte er, dass sie ihn nur als Schattenriss sah.

Er hingegen konnte sie von dort, wo er stand, bestens sehen: die gewellten roten Haare, das zu große T-Shirt mit einem lächelnden Hummer vorne drauf, die untergeschlagenen Beine, die Sommersprossen quer über der Nase. Er sah sie, und es war genauso, wie er es erwartet hatte. Wie ein Schlag in die Magengrube.

Von:	EONeill22@hotmail.com
Gesendet:	Sonntag, 9. Juni 2013 18:08
An:	GDL824@yahoo.com
Betreff:	**Re: Meine Vorstellung von Glück**

Angenehme Überraschungen.

fünf

Zuerst war jenseits der Veranda nur Dunkelheit zu sehen. Hätte der Kies nicht geknirscht, wäre Ellie nicht darauf gekommen, dass überhaupt jemand dort war. Sie lauschte konzentrierter. Doch sie konnte nur das Zirpen der Grillen und das Rauschen der Wellen hören und hinter sich den Hund, der hektisch über die Dielen des Hauses trappelte. Sie kniff die Augen zusammen, doch jenseits des Lichtkegels, in dem sie saß, war nichts zu sehen; sie spürte nur, dass dort jemand war, so wie man in einem vollen Raum spürt, wenn einen jemand anschaut; dieses Kribbeln, der Schauder, der einem über den Rücken läuft.

»Hallo?«, rief sie und ließ das Buch in den Schoß sinken. Ihre Stimme klang für sie selbst fremd, zittrig und dünn. Sie hörte die Person einen weiteren Schritt näher kommen, doch sosehr sie auch blinzelte, ihre Augen durchdrangen das Dunkel nicht genug, um etwas erkennen zu können. »Quinn?«

Diesmal hörte sie ein Räuspern, und Ellie merkte, dass es ganz und gar nicht Quinn war. Sie stand von der Verandaschaukel auf und spürte, wie sich Angst in ihr breitmachte. In Henley war es so sicher wie in jeder anderen Kleinstadt auch – wenn nicht noch sicherer –, doch im Sommer änderte sich die Atmosphäre, so als ob die Ankunft der Fremden den Ort selbst zu einem anderen machte, und stünde auf dem Weg ein Freund oder Nachbar, hätte er längst geantwortet und lungerte nicht länger im Schatten herum.

»'tschuldigung, ich wollte dich nicht erschrecken«, sagte eine tiefe männliche Stimme, die über den Rasen klang, während die verschwommene Gestalt sich näherte. »Ich bin es nur.«

Er trat ein paar Schritte vor und erschien stückweise, wie ein Mensch, der aus dem Wasser auftaucht: zuerst die Augen, dann der Mund, schließlich die übrigen Züge, die alle auf einmal scharf wurden und das vertraute Gesicht Graham Larkins ergaben.

Er war bisher erst in zwei Filmen auf der Leinwand zu sehen gewesen – der mit Spannung erwartete letzte Teil der *Top Hat*-Serie kam erst später im Sommer in die Kinos –, und Ellie hatte keinen von beiden gesehen, doch sie kannte sein übliches Mienenspiel aus vielen Talkshows und Auftritten auf dem roten Teppich. Er hatte immer etwas Mürrisches, Ungeduldiges an sich; doch jetzt, auf der untersten Stufe ihrer Veranda, wirkte er vor allem verlegen, und das alles war so unerwartet, so vollkommen unwahrscheinlich, dass sie erst einmal lachen musste.

Er sagte nichts, doch seine Mundwinkel wanderten nach unten, und er rieb sich mit der Hand im Nacken. Er trug ein blau-weiß kariertes Hemd, aus dessen Brusttasche eine Sonnenbrille baumelte, und wirkte eigenartig unsicher, so dass Ellie fast das Gefühl hatte, die Szene sei gestellt und sie sei in einen Film hineingeraten.

»Entschuldige, ich bin –«

»Ich weiß, wer du bist«, unterbrach sie ihn. »Wo ist Quinn?«

Er starrte sie einen kurzen Moment verständnislos an. »Ach so«, sagte er dann. »Sie hat mir erzählt, wo du wohnst.«

Ellie legte den Kopf schräg. »Wieso? Und wenn es nicht gut lief, wieso bist *du* dann hier und nicht sie?«

»Ehrlich gesagt, gab es eine Verwechslung.« Er stieg auf die mittlere Stufe. Er roch nach Minze und noch etwas anderem, so etwas wie Seife. Es war ein wenig berauschend, ihm so nah zu sein. Er sah aus, als wartete er darauf, dass sie ihn fragte, wovon er eigentlich redete, aber sie schwieg und drückte den Rücken an die Fliegengittertür. Nach kurzer Pause räusperte er sich. »Sie hatte dein T-Shirt an.«

Ellie runzelte die Stirn. »Was?«

»Heute Nachmittag«, sagte er. »Im Eisladen.«

»Okay …« Sie wusste nicht genau, worauf er hinauswollte.

»Darum habe ich sie für dich gehalten.«

»Warum?«, fragte sie. »Du kennst mich doch gar nicht.«

»Darum habe ich *sie* ja auch für *dich* gehalten.«

Ellie sah ihn streng an und ließ den Blick dann über das Dunkel hinter ihm schweifen. »Drehst du hier eine Versteckte Kamera-Show oder so was? Ist das ein Witz?«

Graham schüttelte entschieden den Kopf. »Nein, wieso?«

»Weil ich jetzt überhaupt nicht mehr durchblicke«, sagte sie. Hinter ihr war der Hund – ein kleiner Beagle mit Hängeohren – an die Tür gekommen, drückte seine schwarze Nase ans Gitter und wedelte mit dem Schwanz. Ellie ignorierte ihn und hatte die Augen fest auf Graham gerichtet; entweder war er ein richtig guter Schauspieler oder genauso durcheinander wie sie. »Hat Quinn das ausgeheckt?«

»Nein«, sagte er, während der Hund zu jaulen anfing. »Ich schwöre.«

»Und was willst du dann hier?«, fragte sie.

Er wirkte leicht verdattert; Ellie nahm an, dass nur sehr selten Menschen so mit ihm sprachen. Aber es war ein langer Tag gewesen, sie war müde, und ein Filmstar auf der Veranda kam ihr weniger wie ein Lottogewinn vor als vielmehr wie ein nicht einzuordnendes Problem.

»Du bist E. O'Neill«, sagte er. Das war keine Frage, sondern eine schlichte Tatsachenfeststellung, und Ellie betrachtete ihn misstrauisch.

»Sollten Filmstars nicht eher diejenigen sein, die Stalker *haben?*«

Zum ersten Mal glitt ein Lächeln über sein Gesicht. »Ja, das hört sich bestimmt alles ziemlich seltsam an«, sagte er. »Ich bin einfach schrecklich aufgeregt, weil wir uns jetzt endlich treffen.«

Sie lachte kurz auf. »Schon wieder so ein Satz, den eher ich sagen müsste.«

Der Hund fing an, am Fliegengitter zu kratzen, sein Jaulen verstärkte sich zu echtem Geheul, und Ellie wusste, über kurz oder lang würde Mom auftauchen, um ihn hinauszulassen.

»Schsch«, murmelte sie, und er setzte sich und wurde augenblicklich still.

Graham beugte sich zur Seite und schaute an ihr vorbei. »Hey, Bagel.«

Ellie hatte sich halb zu ihrem Hund umgedreht, aber jetzt fuhr sie wieder herum. »Woher weißt du seinen Namen?«

»Du hast ihn mir gesagt«, erwiderte er und fügte hinzu: »Ist ein toller Name für einen Beagle. Echt. Da war ich mit Wilbur viel einfallsloser.«

Jetzt schlug ihr Herz schneller, ihre Gedanken stolperten übereinander, doch als sie den Mund öffnete, fragte sie ganz ruhig: »Du hast einen Hund namens Wilbur?«

Graham sah ihr in die Augen und schüttelte den Kopf. Im Dämmerlicht wirkte sein Gesichtsausdruck neutral, doch direkt unter der Oberfläche schlummerte ein Lächeln, das konnte sie in seinen Augen sehen.

»Nein«, sagte er, und Ellie wurde plötzlich schwindelig. Sie machte den Mund auf, brachte aber keinen Ton heraus.

Graham sah sie jetzt lächelnd an. »Wilbur«, sagte er leise, »ist mein Schwein.«

Ellie nickte. »Wilbur ist dein Schwein«, murmelte sie und zwang ihre Gedanken, mit den Informationen Schritt zu halten. Sie holte zittrig Luft und sah ihn aufmerksam an. Es war wie bei einer ganz einfachen Rechenaufgabe: Die Lösung lag direkt vor ihrer Nase, aber irgendwie weigerte sich ein Teil ihres Gehirns noch, sie zu glauben.

Er war es die ganze Zeit gewesen. All die E-Mails, all die nächtlichen Gespräche. All die albernen Einzelheiten über die Schule, über Mom, über alles Mögliche. Das allzu offensichtliche Flirten. Die ganze Zeit hatte sie sich mit Graham Larkin geschrieben.

Sie hatte ihm von den gerahmten Gedichten erzählt und dass sie manchmal so tat, als wäre sie eine Touristin, und sich unbemerkt irgendwelchen Großfamilien mit Kameras anschloss. Dass sie diesen Winter, als kaum Kunden in den Laden kamen, Jonglieren gelernt hatte. Sie hatte ihm erzählt, wo ihr Schulspind lag, wie ungerecht ihr Chemielehrer war, wieso sie Winter lieber mochte als Sommer und dass ihre Versuche, im Frühling Blumen zu pflanzen, gescheitert waren. Sie hatte gestanden, dass sie ihre Sommersprossen nicht leiden konnte und ihre Zehen hasste. Sie hatte sogar zugegeben, dass ihr Hummer eigentlich gar nicht schmeckte.

Und jetzt stand er hier auf ihrer Verandatreppe mit seinem Tausend-Watt-Lächeln, seiner perfekten Frisur und diesen Augen, die sie zu durchdringen schienen. Sie wusste genau, was jetzt von ihr erwartet wurde. Sie hatte genug Filme gesehen. Doch zu ihrer eigenen Überraschung war Ellie weder begeistert noch verliebt noch schlicht ungläubig.

Es war ihr nur peinlich.

»Du hättest mir verraten sollen, wer du bist«, sagte sie mit erhitzten Wangen. »Wolltest du mich dumm aussehen lassen?«

Graham starrte sie mit unverhohlener Überraschung an, und Ellie war ein klein wenig stolz. Wahrscheinlich schlichen die meisten Mädchen auf Zehenspitzen um ihn herum, aber sie war keine von denen. Sie war vielleicht hinters Licht geführt worden, sie stand vielleicht wie eine Idiotin da, aber immerhin war sie kein Groupie.

»Nein«, sagte er und wiederholte es: »Nein. Ganz und gar nicht.«

»Was dann?«, wollte Ellie wissen und erwiderte seinen Blick unerschrocken.

»Dass meine Mail bei dir gelandet ist, war einfach Zufall, und danach habe ich nichts gesagt, weil –«

»Hättest du aber sollen«, unterbrach sie ihn. »Dann hätte ich dir nämlich niemals …«

Graham zog die Augenbrauen hoch. »Mir niemals den ganzen Kram erzählt?«, fragte er und hob die Schultern. »Eben.«

Seine Stimme klang so traurig, dass Ellie keine Entgegnung einfiel. Ihr Herz pochte immer noch, und sie stützte sich am Türknauf ab.

»Es tut mir leid«, sagte er. »Vielleicht hätte ich was sagen sollen, aber glaub mir, ich wollte dich bestimmt nicht dumm aussehen lassen.« Nach einer kurzen Pause grinste er. »Du kannst gar nicht dumm aussehen.«

Darüber musste Ellie unwillkürlich lächeln. Sie betrachtete ihn im schwachen Licht und versuchte herauszufinden, ob er es ehrlich meinte oder bloß echt gut schauspielern konnte. Sie sah eine dünne, halbmondförmige Narbe knapp über seiner linken Augenbraue, und plötzlich erinnerte sie sich daran, dass er ihr davon erzählt hatte: Da war er vom Dach eines Autos gesprungen. Damals hatte sie sich einen blonden Jungen aus einer begrünten Vorstadtstraße vorgestellt und später dann eine ältere Version desselben kernigen Jungen, etwas zurückhaltender jetzt, vielleicht sogar ein bisschen wie ein Nerd, aber noch mit einem Anflug des früheren jungenhaften Lächelns, wenn er sich vor den Computer setzte und ihre Mails öffnete.

Jetzt schloss sie die Augen und versuchte das Bild zu bearbeiten, Graham Larkin an die Stelle des Jungen zu setzen, wie er über die Haferkekse seiner Mutter schrieb, über seine Begeisterung für Wii-Tennis und die völlige Unfähigkeit, seine Socken abends in den Wäschekorb zu werfen.

Er war es die ganze Zeit gewesen.

Die ganze Zeit, wurde ihr plötzlich klar, hatte er auch an sie geschrieben.

Sie öffnete die Augen, und der Türknauf glitt ihr aus der Hand. Die Fliegengittertür klapperte, und Bagel sprang mit barschem Bellen auf. Ellie wandte sich um, wollte ihn beruhigen, aber es war zu spät. Durchs Gitter sah sie die nackten Füße ihrer Mutter auf der Treppe, Sekunden später stand sie schon in Elch-Boxershorts und einem *I-♥-Maine*-T-Shirt an der Tür. Bagel sprang um sie herum, sein Schwanz peitschte durch die Luft. Ellie sah sie durchs Gitter an und hielt die Tür zu.

»Er muss raus, Ellie«, sagte Mom.

»Nur einen Augenblick, okay?«, bat Ellie und warf ihrer Mutter einen vielsagenden Blick zu, der aber anscheinend durchs Fliegengitter nicht wirkte.

»Was ist denn los?«, fragte Mom und drückte gegen die Tür. Die ging zwar nur ein Stückchen auf, aber Bagel schoss dennoch hinaus und raste auf Graham zu. Seufzend gab Ellie auf, und auch Mom trat nach draußen, die Augen vor Überraschung geweitet.

Graham bückte sich, um den Hund zu begrüßen – der sich schon auf dem Rücken wälzte, bloß weil er jemand Neuen kennenlernte –, doch nun stand er wieder auf und streckte die Hand aus.

»Ich bin Graham Larkin, Mrs O'Neill«, sagte er. »Entschuldigen Sie, dass ich so spät noch störe.«

Ellie erwartete, dass ihre Mutter einen Scherz darüber machte, dass neun Uhr in Henley so gut wie Mitternacht sei oder dass Bagel zu jeder Zeit gern Gäste empfange, doch stattdessen ließ sie den Blick über den Vorgarten schweifen, suchte die Dunkelheit nach anderen Menschen ab, und Ellie trat unbehaglich von einem Fuß auf den anderen.

»Er ist bloß mal vorbeigekommen ...«, begann sie, wusste aber nicht, wie sie den Satz zu Ende bringen sollte.

»Ich bin bloß mal vorbeigekommen, um mich vorzustellen«, sagte Graham und sah auf einmal sehr jungenhaft aus, nicht mehr wie ein Filmstar, sondern wie ein ganz normaler Jugendlicher, der zu spät noch draußen unterwegs ist. »Aber jetzt sollte ich wohl wieder gehen.«

Mom zwang sich zu einem Lächeln: ein Automatismus von ihrer Arbeit, trotz ihres Misstrauens. »War nett, Sie kennenzulernen«, sagte sie. »Willkommen in Henley.«

»Vielen Dank«, sagte er und nickte in Richtung ihres T-Shirts. »Das, was ich bisher von Maine gesehen habe, gefällt mir auch.« Sein Blick wanderte über die Veranda zu Ellie. »Ich bin echt froh, dass mir jemand von Henley erzählt hat.«

Dann winkte er kurz, drehte sich um, ging die Verandastufen hinunter und verschwand im Dunkel des Vorgartens. Bagel warf den Kopf zurück und ließ ein scharfes, lautes Bellen hören, das viel zu lang durch die Nachbarschaft hallte. Mom starrte Ellie an und wartete auf irgendeine Erklärung, aber ihr fiel nichts ein, was sie sagen könnte. Sie konnte nur eins denken: Sie war es, die ihn hierhergebracht hatte.

Und auf einmal war auch sie echt froh.

Von:	GDL824@yahoo.com
Gesendet:	Sonntag, 9. Juni 2013 21:28
An:	EONeill22@hotmail.com
Betreff:	**Re: Meine Vorstellung von Glück**

Neue Menschen kennenzulernen.

Von:	EONeill22@hotmail.com
Gesendet:	Samstag, 8. Juni 2013 21:43
An:	GDL824@yahoo.com
Betreff:	**Re: Meine Vorstellung von Glück**

Hast du schon gesagt.

sechs

Graham hörte nur halb hin, als sein Manager in seinem Wohnwagen im Kreis herumstolzierte wie ein verrückt gewordener Hahn auf dem Hühnerhof und mit tintenverschmierter Hand die Morgenzeitung schwenkte.

»Wolltest du *deshalb* einen Tag früher kommen?«, fragte Harry und schmiss die Zeitung auf den Tisch neben Grahams Klappstuhl. Der Wohnwagen war klein hatte bloß eine winzige Essecke und eine Mini-Umkleide, in der eine Garderobeassistentin einen Ständer mit seiner Filmkleidung aufgestellt hatte. In den letzten beiden Jahren hatte Graham ständig Zylinder und Capes und dunkle Umhänge mit Samtfutter getragen. Dieser Film aber war eine zeitgenössische Liebesgeschichte, und die Klamotten sahen kaum anders aus als seine eigenen: Boardshorts, einfarbige T-Shirts, Flipflops. Er überlegte, ob er am Ende wohl ein paar davon behalten dürfte. Kaum etwas konnte er weniger leiden als Einkaufen.

Er linste auf das Bild auf Seite sechs der *New York Post*, das aus einiger Entfernung aufgenommen war, aber eindeutig ihn und Quinn im *Lobster Pot* zeigte. Sie hatte sich zur Seite gedreht, weshalb man von ihr nur einen Vorhang seidig glänzender Haare sah, doch Graham saß ihr gegenüber und beugte sich interessiert vor. Wenn er raten müsste, war es wahrscheinlich genau der Moment, in dem er erfuhr, dass sie nicht Ellie war. Der knappe Text daneben lautete »Larkins neue Liebe?«, es folgte noch ein weiterer Absatz, den Graham aber nicht las.

»Nein«, sagte er wahrheitsgemäß, und Harry ließ sich seufzend auf den anderen Stuhl fallen.

Als Graham den Vertrag mit ihm unterzeichnet hatte, gab es Fenton Management erst seit ein paar Jahren. Davor war Harry Fenton Medienanwalt gewesen, der die Nase voll von Vertragsformulierungen und Kleingedrucktem hatte und meinte, er hätte ein Händchen dafür, Schauspielerkarrieren zu managen. Sein erster Klient war ein Junge mit rundlichem Gesicht und Brille aus einer beliebten Sitcom, und seither hatte er eine erkleckliche Zahl von Jungstars mit zweifelhaftem Schauspieltalent zusammengeworben.

Bevor Graham den Vertrag für die Trilogie unterschrieben hatte, als die Besetzungsliste noch unter Verschluss war und niemand ahnen konnte, wie schnell er zum Star aufsteigen würde, war Harry der Einzige, der ihm überhaupt einen Termin geben wollte. Für dieses Vertrauen würde Graham ihm immer dankbar sein, schließlich war er ein völlig unbeschriebenes Blatt, ein Junge von der Highschool, der bisher bloß einen mittelmäßigen Auftritt in *Guys and Dolls* gehabt hatte. Jetzt war er mit Abstand Harrys wichtigster Klient, und das brachte ihm über das übliche Engagement hinaus oft auch einen mürrischen Begleiter mittleren Alters am Drehort ein.

»Das ist schlecht«, sagte Harry und fuhr sich mit der Hand durchs dünner werdende Haar. »Du kannst nicht einfach in so eine Stadt reinschneien, dich mit dem erstbesten Mädchen verabreden und sie dann sitzenlassen.«

Graham sah ihn an. »Steht das da?«

»Nein.« Harry zuckte die Achseln. »Aber das erzählt man sich.«

»Ich habe sie nicht sitzenlassen«, erklärte Graham. »Es gab bloß eine Verwechslung …«

»Darum geht es gar nicht.« Harry drehte seinen Stuhl so herum, dass sie einander gegenübersaßen. »Es geht darum, dass du mit Olivia zusammen sein solltest.«

Graham starrte ihn wütend an. »Sollte ich?«

»In so einem Kaff, wo dir in den nächsten Wochen keine anderen Mädchen über den Weg laufen, da denkt sich alle Welt, dass ihr einfach –«

Er zog fragend eine Augenbraue hoch. »Einfach was?«

»Du musst doch zugeben, als PR für den Film wäre es spitze – und auch als PR für dich«, fuhr Harry fort, dem Grahams Miene offenbar entgangen war. »Du musst dich jetzt entscheiden: für dein nächstes Projekt, deine nächste Freundin – das sind alles wichtige Überlegungen. Und jetzt glotz mich nicht so an. Dafür zahlst du mir doch die dicke Kohle – dass ich dir solche Sachen sage. Dich auf die nächste Stufe hebe, klar?« Er legte eine Pause ein und warf die Hände in die Luft. »Und außerdem reden wir hier von Olivia Brooks, Herrgott. Ich schlag ja nicht vor, dass du mit einem Waldtroll schlafen sollst.«

»Du hast mir überhaupt nicht zu sagen, mit wem ich schlafen soll.« Graham stand auf.

»So habe ich es nicht gemeint. Ich wollte bloß – du kannst es doch immerhin versuchen, oder?«

Graham trat ans winzige Wohnwagenfenster, durch das man auf den Set schaute. Die Kameras waren schon in Position gebracht, und der Regisseur – ein junger Typ namens Mick, der zuletzt einen großartigen kleinen Independentfilm gedreht hatte, welcher zur allgemeinen Überraschung für einen Oscar nominiert worden war – lief mit einem Tross Produktionsassistenten im Schlepptau auf und ab. Bald würde Graham rausgerufen werden, um auf der Straße Olivia hinterherzulaufen, sie in den Arm zu nehmen und leidenschaftlich zu küssen. Und das nicht nur einmal, sondern wahrscheinlich eher achtzehn oder zwanzig Mal.

»Es gibt hier *schon* andere Mädchen, weißt du?«, sagte er, ohne sich umzudrehen. »Ist ja nicht so, dass es bloß in New York oder L.A. interessante Menschen gibt.«

»Klar«, sagte Harry. »Sie war bestimmt ganz reizend.«

Graham lächelte bei der Erinnerung an Ellies Gesicht, als sie ihn im Licht der Verandalampe zum ersten Mal gesehen hatte, doch dann ging ihm auf, dass Harry Quinn meinte. Ehe er etwas entgegnen konnte, klopfte es an der Tür, und beide drehten sich um.

»Noch fünf Minuten, Mr Larkin«, rief jemand, und Graham holte tief Luft. Egal, wie oft er das schon gemacht hatte, wie gut er vorbereitet war, in diesem Augenblick wurde ihm immer flau im Magen. Er musste sich inzwischen sehr anstrengen, einfach er selbst zu sein; es kam nicht mehr von allein. In gewisser Weise musste er dafür mehr schauspielern als für seine neueste Rolle, einen Teenager, dessen Vater gerade bei einem Bootsunfall ums Leben gekommen war und der komplizierte Gefühle für das Mädchen hegte, das dabei Zeuge geworden war.

Ohne ein weiteres Wort schob Graham sich an Harry vorbei aus der Wohnwagentür, atmete die stickige Luft ein und hastete die Stufen hinab, wo schon ein Produktionsassistent mit Kopfhörer und Klemmbrett wartete, um ihn die vier Meter bis zu seinem Startpunkt zu begleiten, als könne er sich auf dem Weg dorthin verlaufen. Graham hatte sich daran gewöhnt: Manchmal wurde man wie ein Halbgott behandelt, manchmal wie ein Vierjähriger.

Sie hatten heute schon geprobt, und jetzt begrüßte ihn der Regisseur nur mit ein paar Anweisungen in letzter Minute. Sie drehten die Szenen in falscher Reihenfolge, und die heutige gehörte zum Ende des Films, als seine Figur endlich aus dem Gefühlswirrwarr auftauchte und erkannte, wer schon die ganze Zeit über die wichtigste Person für ihn gewesen war. Graham blickte hoch und sah ebendiese Person näher kommen, mit nichts als einem absurd kurzen Jeans-Mini und einem roten Bikinioberteil bekleidet.

»Hey«, sagte Olivia mit leichtem Grinsen. Ihre blonden Haare waren zu einem unordentlichen Pferdeschwanz gebunden, für dessen lässig-sorglosen Look die Haarstylisten wahrscheinlich Stunden gebraucht hatten, und ihr Make-up sollte so aussehen, als trüge sie keins. »Ich höre, du hast dich schon im Ort umgesehen.«

»Bloß die örtliche Küche getestet«, sagte er und versuchte,

nicht zu bissig zu klingen. Olivia sah zweifellos großartig aus, aber irgendwas an ihr nervte Graham gewaltig. Sie war schon seit Jahren Teil des Hollywood-Kosmos – ihre Karriere hatte als frühreifes Kind in einer erfolgreichen Ärzteserie begonnen –, und ehrlich gesagt merkte man das auch. Kennengelernt hatte er sie vor zwei Jahren auf der Premierenparty zu einem ihrer Filme, und als man sie einander vorstellte, hatte sie ihn kaum eines Blickes gewürdigt, nur hochmütig auf ihn herabgeschaut, während sie sich eine Zigarette ansteckte, um sich dann jemand Berühmterem zuzuwenden. Damals war sein erster *Top-Hat*-Film noch nicht in den Kinos, und so, wie sie sich jetzt benahm, erinnerte sie sich wahrscheinlich gar nicht an diesen Abend. Aber nach allem, was er über sie gehört hatte, erinnerte Olivia sich ohnehin nicht an viele Abende.

Die gesamte Hauptstraße war für die Dreharbeiten gesperrt worden. Am anderen Ende der Straße konnte Graham den Eisladen erkennen und fragte sich, ob Ellie wohl dort war. Zu beiden Seiten der Straße drängten sich Menschen hinter Absperrgittern, hielten Kameras bereit, fotografierten und nahmen Videos auf, während einige breitschultrige Security-Kerle vor ihnen patrouillierten.

Graham schüttelte seine Hände aus und räusperte sich. Er drehte gern Außenaufnahmen – die Studiobeleuchtung war nie so gut wie echtes Sonnenlicht –, aber heute, vor Publikum, war er nervös. Als er mit dem Filmen anfing, störte es ihn sehr, dass die Szenen so oft in willkürlicher Reihenfolge gedreht wurden, weil es ihm unmöglich schien, auf den großen ersten Kuss hinzuarbeiten, wenn die vielen tastenden Schritte dorthin noch nicht getan worden waren. So lief das im richtigen Leben doch auch nicht, er hatte das Gefühl, er brauchte ein bisschen mehr Trommelwirbel vorweg.

Aber er wusste natürlich, dass die meisten Jungs in seinem Alter alles dafür geben würden, Olivia Brooks zu küssen, und er wurde auch noch dafür bezahlt – ziemlich gut sogar. Im Augenblick besprach sie irgendwas mit dem Regieassistenten am anderen Ende des Sets, und Graham hüpfte ein wenig auf und ab, um sich in Schwung zu bringen. Die Kostümbildnerin kam zu ihm gelaufen und streckte die Hand aus, doch es dauerte einen Moment, bis ihm klar wurde, dass sie auf sein T-Shirt wartete. Als er es sich über den Kopf zog, gab es ein paar spitze Jubelschreie vom Zaun, und Graham musste lachen, auch dann noch, als jemand mit einem Kamm herbeieilte, um seine zerwühlten Haare zu ordnen. Noch einmal ließ er den Blick über die Menge schweifen und hoffte, dass Ellie nicht zuschaute, doch er vermutete, dass man sie hier am allerwenigsten erwarten durfte.

Als es endlich losging, holte Graham noch einmal tief Luft. Er sollte die Straße entlanglaufen, Olivia um die Taille fassen und sie halb hochheben, während sie sich küssten. Um ehrlich zu sein, fand Graham das ein bisschen zu akrobatisch und nicht besonders realistisch, und beim Proben hatte es auch nicht sonderlich gut geklappt. Das Umfassen und Hochheben bekam er ganz gut hin, aber der Schwung der Bewegung hatte mehrmals dazu geführt, dass er beim Küssen ihren Mund verfehlte, und zwei Mal hatte er sie stattdessen auf den Hals geküsst.

»Wir sind hier doch nicht bei *Twilight*«, hatte sie gemault.

Jetzt war er bereit zum Losrennen, und kaum rief der Regisseur »Action«, eilte er auch schon die Straße entlang. Als er noch zur Schule ging, war er in der Fußballmannschaft Mittelstürmer gewesen, und dieser Teil der Szene machte ihm Spaß – Seeluft in der Lunge, die Muskeln angespannt, die Flipflops klatschten aufs Pflaster. Ein Stuntfahrer steuerte ein blaues Auto aus einer Parklücke, und Graham hüpfte ein wenig zur Seite, um ihm auszuweichen, doch dabei riss der Riemen eines Flipflops, und er stolperte.

Der Regisseur rief »Cut!«, und die Kameraleute reckten die Köpfe hinter ihren schwarzen Riesenkisten hervor. Während der Stuntman den Wagen wieder rückwärts einparkte und Olivia am anderen Ende der Straße genervt seufzte, kam eine Kostümassistentin mit einem Ersatzflipflop angelaufen. Er zog ihn an und fragte sich dabei, wie viele sie davon wohl vorrätig hatten; wäre interessant zu erfahren, wie hoch das Flipflop-Budget für einen Film dieser Größenordnung war.

Beim zweiten Take schaffte er es bis zu Olivia, sogar der Kuss gelang ihm perfekt, doch als er den Regisseur anschaute, runzelte der die Stirn.

»Das fühlte sich nach … gar nichts an«, sagte er. »Im besten Fall bringen wir das Publikum damit zum Gähnen. Wollen wir versuchen, das ein bisschen stärker hinzukriegen?«

Graham warf einen Blick in Richtung Zuschauer und überlegte, ob ihm diese Kritik an seiner Art zu küssen peinlich sein sollte. Beim nächsten Versuch glaubte er, es besser gemacht zu haben, doch der Kommentar war der gleiche.

»Langweilig«, sagte der Regisseur. »Können wir ein bisschen mehr Knistern spüren?«

Graham knirschte mit den Zähnen. Der Typ war vielleicht genial, hatte jedoch die nervige Angewohnheit, ständig »wir« zu sagen, wenn er »du« meinte, und außerdem war Graham überzeugt, dass man das gewisse Knistern nicht einfach einfordern konnte; entweder es war da oder eben nicht, und zwischen ihm und Olivia knisterte einfach nichts. Aber obwohl zu diesem Kuss zwei Leute gehörten, bekam nur er eine Standpauke. Egal, er nickte brav und machte sich für den nächsten Versuch bereit.

Aber der war offenbar auch nicht besser.

Während er Micks Predigt über Leidenschaft und Schönheit und über die wahre Bedeutung der Liebe lauschte, wanderte sein Blick an den Kameras und Sicherheitsleuten vorbei zum Dorfplatz, über den gerade ein rothaariges Mädchen schritt.

»Die Zuschauer müssen es dir glauben«, sagte Mick und schlug Graham mit der Faust auf die Brust. »Sie müssen es *hier* fühlen.«

»Ähm, könnt ihr mal eine Sekunde warten?«, fragte Graham und ging ein paar Schritte zurück. »Ich brauche bloß eine kurze Pause …«

»Ja«, sagte Mick. »Gut. Okay. Lass es dir durch den Kopf gehen, und wenn du dann zurückkommst, möchte ich dich voller Leidenschaft sehen. Verstanden?«

Graham nickte, den Blick immer noch auf Ellie gerichtet. »Verstanden.«

Zu Anfang spazierte er so entspannt, wie er konnte, doch

kaum hatte er die Absperrung hinter sich gelassen, fing er an zu laufen. Er spürte die vielen Augenpaare, die auf seinen Rücken gerichtet waren, als er über den Rasenplatz in der Ortsmitte joggte, aber sie waren ihm schlicht egal.

Sie ging jetzt schnell und blickte absichtlich nach vorn. Sie trug einen ähnlichen Jeansrock wie Olivia, nur länger, dazu ein schlichtes schwarzes Tanktop, und die roten Haare hatte sie zu einem losen Pferdeschwanz gebunden. Beim Näherkommen sah er die verstreuten Sommersprossen auf ihren Armen und Beinen, und die Haut dazwischen wirkte bleich im morgendlichen Licht.

»Ellie«, rief er aus ein, zwei Metern Entfernung. Er blieb stehen, um durchzuatmen, und sie wandte sich um, anscheinend kein bisschen überrascht von seinem Anblick. Ihr Blick zuckte zum Filmset etwa hundert Meter hinter ihm, und sie trat ein paar Schritte nach links, in den Schutz eines Laubengangs. Graham zögerte nur eine Sekunde und folgte ihr dann.

»Hi«, sagte er mit immer noch rasendem Herzen. »Wie geht's dir?«

Sie lächelte. »Warst du schwimmen?«

Er schüttelte verwirrt den Kopf, ehe er merkte, dass er nichts als eine Badehose trug. »Nein«, sagte er, plötzlich verlegen. »Ich bin im Kostüm. Wir drehen dahinten gerade eine Szene.«

Ellie nickte. »Und was machst du dann hier?«

»Ich wollte Hallo sagen.«

Sie lächelte. »Guten Morgen.«

»Howdy«, erwiderte er grinsend. Ihre Augen waren sehr

grün, und er wurde plötzlich ungewöhnlich nervös, als sie ihn anblickten. »Bist du auf dem Weg zur Arbeit?«

Sie nickte.

»Und was machst du später?«

»Wieso, willst du mich zum Essen im *Lobster Pot* einladen?«

Graham setzte zu einer Antwort an und merkte dann erst, dass sie sich über ihn lustig machte. »Ich hatte bloß gehofft, dass wir uns vielleicht über den Weg laufen würden.«

Sie lächelte. »Das ist ja das Schöne an einer Kleinstadt.«

Graham wollte gerade etwas entgegnen, als sie sich umdrehte und blitzschnell wegging. Darüber war er so verblüfft, dass er ihr bloß nachschauen konnte und hoffte, sie würde sich noch einmal umdrehen. Tat sie aber nicht, und erst als sie zur Tür eines blauen Ladens kam, wurde Graham klar, wieso sie so überstürzt abgehauen war. Hinter ihm kam eine Horde Fotografen angerauscht und stolperte dabei fast über den holprigen Rasen, denn jeder wollte als Erster bei ihm sein.

Als sie schließlich bei Graham ankamen, ließ einer keuchend die Kameratasche ins Gras fallen und fragte: »Wer war das?«

Graham zuckte bloß die Achseln, während der Mann ein paar halbherzige Bilder von ihm schoss, wie er allein auf der Wiese stand.

Als er später wieder zum Set kam, sah Mick von seinem Notizbuch auf und drückte mit hochgezogenen Augenbrauen seine Zigarette aus.

»Na?«, fragte er. »Sind wir jetzt inspirierter?«

Graham lächelte. »Ja«, sagte er. »Sind wir.«

Von: GDL824@yahoo.com
Gesendet: Montag, 10. Juni 2013 10:22
An: EONeill22@hotmail.com
Betreff: heute Nachmittag

Ellie!

(Jetzt, wo ich deinen Namen weiß, kann ich dich endlich richtig auf Russisch begrüßen.)

Ich habe heute um 16 Uhr Drehschluss. Wollen wir uns auf die Suche nach einer echten »Whoopie Pie« machen?

Dein Graham!

sieben

Es kam nur vereinzelt Kundschaft in den Laden, so konnte Ellie den Vormittag über zwischen der Kasse und dem uralten Computer hinter dem Verkaufstresen hin und her wechseln. Zum Glück war ihre Mutter noch nicht da und stellte neugierige Fragen. Gestern Abend hatte Ellie ihr Grahams Besuch damit erklärt, dass er Quinn gesucht habe, und heute Morgen ging sie Mom ganz aus dem Weg, indem sie sich extra früh zum Laden aufmachte.

Ellie wusste einfach nicht, was sie sagen oder überhaupt von der Sache halten sollte. Doch als sie sich heute Vormittag zum sechsten Mal vor den Computer setzte, wollte sie unbedingt, dass die vertraute Mailadresse auf dem Schirm auftauchte.

Es spielte keine Rolle, dass sie ihn gerade erst draußen gesehen hatte, dass sie jetzt wusste, wer er war, sogar, dass er ausgerechnet Graham Larkin war. Seit mehr als drei Monaten freute sie sich jeden Tag genau darauf am meisten – auf den atemlosen Augenblick, wenn sich das Mailprogramm aufbaute und damit das Versprechen einer neuen Botschaft von ihm brachte Allein die kurze Folge von Buchstaben und Zahlen – GDL824@yahoo.com – brachte ihr Herz zum Klopfen.

Doch jetzt hatte sie das Gefühl, die eine Hälfte von ihr begreife, dass der Mensch, der ihr da schrieb, bloß ein paar Hundert Meter entfernt war. Die andere Hälfte klammerte sich noch an die bloße Idee von ihm, an den geheimnisvollen Fremden, mit dem sie über alles reden konnte. Seine plötzliche Anwesenheit hier in Henley hatte sie aus der Bahn geworfen, und auch als sie mit leisem Kribbeln bemerkte, dass tatsächlich eine neue Mail von ihm gekommen war, schwang diesmal eine gewisse Irritation mit. So als würde man mit jemandem telefonieren, der am anderen Ende des Zimmers stand; man konnte zwar sehen, wie er die Lippen bewegte, und man hatte seine Worte im Ohr, aber es war nicht so leicht, beides zusammenzubringen.

Die E-Mail war typisch für ihn: liebenswert und witzig zugleich. Und er wollte sie wiedersehen. Sie schloss die Augen und ließ die Finger einen Moment über der Tastatur schweben. Als sie die Augen wieder aufmachte, klickte sie auf »Antworten« und suchte nach allen möglichen Gründen, Nein zu sagen.

Das Problem war nur, dass sie Ja sagen wollte.

Tut mir leid, tippte sie langsam, Buchstaben für Buchstaben. Dann löschte sie die drei Worte und lehnte sich seufzend zurück. Die meisten Mädchen, das war ihr klar, wären begeistert gewesen, wenn sie entdeckt hätten, dass sie sich mit einem Filmstar gemailt hatten. Ellie hingegen fühlte sich fast betrogen. Sie wollte nur zu gern den Nachmittag mit GDL824 verbringen. Bei Graham Larkin hingegen war sie nicht so sicher.

Sie starrte immer noch auf den Bildschirm, als die Ladentür aufflog, und es gelang ihr gerade noch, das Mailprogramm zu schließen, ehe Quinn atemlos am Tresen stand. Nachdem Graham gestern Abend gegangen war, hatte sie noch eine SMS von Quinn bekommen: »!!!« Ellie hatte keine Ahnung, ob diese drei Ausrufezeichen Begeisterung, Wut oder irgendwas dazwischen ausdrücken sollten.

Darum hatte sie nicht geantwortet, obwohl sie nichts lieber wollte, als mit ihrer besten Freundin ausgiebig darüber zu reden, dass der Typ aus Kalifornien, mit dem sie sich zufällig seit Monaten Mails schickte – unglaublich!, unmöglich!, zum Totlachen! –, Graham Larkin war.

Und jetzt lehnte Quinn am Tresen und keuchte heftig. »Ich bin sowieso schon zu spät zur Arbeit«, sagte sie und hustete ein bisschen. »Aber wir haben offenbar einiges zu besprechen …«

»Auf jeden Fall«, sagte Ellie und schenkte ihr ein Glas Limonade aus der Karaffe für Kunden ein. Sie schluckte heftig und merkte, wie nervös es sie machte, Quinn in die Augen zu schauen. Gestern erst hatte sie ihr geholfen, sich für das große Date anzuziehen, hatte gesehen, wie ihre Freundin bei der Aussicht auf den Abend zu strahlen anfing. Und dann hatte Graham durch eine irre Wendung des Schicksals nur wenig später auf ihrer Veranda gestanden, und sie hatte ein furchtbar schlechtes Gewissen, dass sie Quinn womöglich alles verdorben hatte – wenn auch absolut unwissend. »Hör mal, wenn ich gewusst hätte, dass er das ist –«

Aber Quinn schüttelte nur den Kopf. »Das ist mir egal«, sagte sie. »Ich meine, es wäre schon lustig gewesen, so ein Sommerflirt mit einem Star, und irgendwie kriege ich dich und Graham Larkin auch noch nicht zusammen, aber …«

Ellie wappnete sich. »Aber?«

»Ich fasse es nicht, dass du mir nichts davon erzählt hast«, sagte sie mit ehrlich verletzter Miene. »Warum hast du das die ganze Zeit geheim gehalten? Ich dachte, wir erzählen uns alles.«

»Tun wir auch.« Ellie senkte den Blick. »Tun wir. Es war bloß so –«

Sie wurde von der Rathausuhr unterbrochen, die mit tiefen Glockenschlägen die volle Stunde anzeigte, und Quinn fluchte leise.

»Ich muss los«, sagte sie. »Lass uns später weiterreden.«

»Okay.« Ellie spürte, wie sie rot wurde. »Ich schwöre, ich kann alles erklären ...«

»Das will ich hoffen.« Zu Ellies Erleichterung lächelte Quinn ein bisschen. »Sonst erfährst du nämlich nichts darüber, was *mir* gestern Abend noch passiert ist.«

»Was denn?«

»Nicht viel«, sagte sie und zog die Augenbrauen hoch. »Bloß dass Devon Alexander mich geküsst hat.«

Ellie starrte sie ungläubig an. »Wie ist *das* denn passiert?«

»Nachdem Graham sich auf die Suche nach dir gemacht hatte, ist Devon für ihn eingesprungen, und ich glaube, ich tat ihm leid, weil mein Filmstardate abgehauen war, darum war er extra süß und hat mich hinterher noch nach Hause gebracht, und da ist es irgendwie passiert.« Quinn schüttelte den Kopf – sie schien es selbst kaum zu glauben. Alle wussten, dass Devon seit der zweiten Klasse in sie verliebt war, sie jedoch hatte sich nie auch nur ansatzweise für ihn interessiert, hatte ihn vielmehr genauso entschlossen ignoriert, wie er sie anbetete. »Und weißt du was? Es war irgendwie gar nicht mal so übel.«

»Irgendwie gar nicht mal so übel?«, wiederholte Ellie, und diesmal lächelte Quinn richtig.

»Na gut«, sagte sie. »Es war irgendwie gut. Ist das zu glauben?«

Ellie lachte. »Nein, eigentlich nicht.«

»Und was ist mir dir?«

»Was soll sein?«

»Hast du Graham Larkin geküsst?«

Sie lachte. »Ich dachte, du bist eh schon zu spät?«

»Stimmt.« Quinn schaute auf ihre Uhr. »Ich muss los. Aber du bist nicht raus aus der Sache! Ich ruf dich nachher an.« Sie stürzte den letzten Schluck Limonade hinunter und sprintete wieder zur Tür. Bevor sie hinausging, drehte sie sich noch einmal um. »Hey, El?«, sagte sie. »Vermassel's nicht, okay?«

»Was meinst du denn damit?« Ellie runzelte die Stirn.

»Ich hab das Gefühl, er ist echt nett. Und er mag dich offensichtlich richtig gern. Also versuch mal, dir nicht selbst im Weg zu stehen.«

»Aber ich ...«, wollte Ellie protestieren, doch die Tür schlug zu, ehe sie weiterreden konnte. Allein im stillen Laden dachte sie nach, über Graham, über Devon und Quinn und darüber, wie unglaublich das alles war. Ihr Blick wanderte zurück zum Computer, und sie biss sich auf die Unterlippe.

Diesmal bewegten sich ihre Finger wie von selbst.

Ja, tippte sie, bloß um zu sehen, wie sich das anfühlte.

Wieder ging die Tür auf, und wieder klickte Ellie ihr Postfach weg und sah eine Touristenfamilie hereinschlendern. Sie setzte ihr herzlichstes Lächeln auf, aber die fünf wurden sofort von den Tonnen voller Strandspielzeug neben der Tür magisch angezogen. Die beiden Jungen schnappten sich jeder eine Schwimmnudel und begannen damit zu fechten, während ihre Mutter sie ihnen aus den Händen zu ringen versuchte; doch Ellie betrachtete die Jüngste, ein kleines Mädchen mit blondem Wuschelkopf, das nicht älter als vier sein konnte.

Während die Mutter noch mit den Jungen beschäftigt war, nahm der Vater das Mädchen an der Hand und führte sie zum Postkartenständer, kniete sich neben sie und zeigte auf die verschiedenen Bilder. Mit ernstem Gesicht nahm sie sich eine nach der anderen und betrachtete sie staunend.

Als Ellie die beiden beobachtete, dachte sie plötzlich, dass dieses kleine Mädchen die Szene mit Sicherheit vergessen würde. Kindheitserinnerungen waren wie Bordgepäck: Egal, wie weit man reiste oder für wie lange es reichen musste, man durfte immer nur zwei Taschen mitnehmen. In diesen Taschen waren zwar einige verschwommene Bilder verstaut – ein Diner mit einer Jukebox direkt am Tisch, das Gefühl, auf der Schaukel angeschoben oder hochgehoben und herumgewirbelt zu werden –, doch die konnten eigentlich nicht für ein ganzes Leben reichen.

Aber egal, ob das auf dieses Mädchen zutraf, es würde ohne Zweifel mehr Erinnerungen an ihren Vater haben als Ellie, die nur auf eine Handvoll zurückgreifen konnte. Nach so vielen Jahren waren sie undeutlich und abgegriffen, wie Papier, das man so oft gefaltet und wieder entfaltet hatte, dass es sich wie Stoff anfühlte.

Ihr Vater stand am Anfang seiner Karriere und war gerade in den Kongress gewählt worden, für die republikanische Partei, als er ihre Mutter kennenlernte. Sie war Kellnerin in seinem Lieblingsdiner und hielt seine Pfannkuchen und seinen Kaffee schon bereit, bevor er morgens durch die Tür kam. Mit der Zeit wurde aus der Bestellung Plauderei, aus Plauderei Flirt, aus dem Flirt etwas mehr, und es dauerte nicht lange, da war sie schwanger mit Ellie.

Das Problem war nur, er war schon verheiratet.

Geheimnisse bleiben nie lange geheim. Doch sie schafften es tatsächlich, dieses vier Jahre lang unter Verschluss zu halten. Mom lehnte sein Geld ab und gestattete ihm nur seltene Besuche. Bei diesen Gelegenheiten, so erzählte sie Ellie später, hängte Paul Whitman seine teure Jacke an die Garderobe und setzte sich auf den schäbigen Fußboden ihrer noch schäbigeren Wohnung, um ein oder zwei Stunden mit seiner Tochter zu spielen – wobei er und Mom kaum ein Wort wechselten –, und wenn die Besuchszeit um war, stand er auf, gab Ellie einen Kuss auf die Stirn, versuchte jedes Mal vergeblich, Mom einen Scheck in die Hand zu drücken, und war wieder weg.

So hätte es noch länger weitergehen können, wäre er kein Politiker gewesen und wäre sein Name nicht irgendwann im Zusammenhang mit einer zukünftigen Präsidentschaftskandidatur genannt worden. So aber nahm die Presse ihn unter die Lupe, vor allem, als er für den Senat kandidierte. Ellie war vier, als die Geschichte ans Licht kam und ihr Leben verdüsterte.

Drei Monate lang versuchte Mom es auszuhalten. Drei Monate lang wurde sie von Presse und Fernsehen gejagt, überall von Kameras verfolgt, von Reportern belästigt und mit Fragen bombardiert. Auf Fotos im Internet hatte Ellie eine jüngere Version ihrer Mutter gesehen, hinter einer dunklen Sonnenbrille versteckt. Immer hatte sie Ellie auf dem Arm und drückte ihr Gesicht in ihren Pullover, um sie vor den grellen, gnadenlosen Blitzlichtern zu schützen.

Es gab eine Million Gründe wegzuziehen. Trotzdem hatte Mom nicht vorgehabt, ein großes Geheimnis aus der Sache zu machen. Sie wollte erst mal bloß einen Sommer lang raus, darum mietete sie ein Ferienhaus in Henley, wo sie als Kind einmal gewesen war. Doch als sie ankamen, erzählte sie Ellie später, war sie sehr erleichtert, weil alles so friedlich war. Wolken zogen über den blauen Himmel und warfen Schatten aufs Wasser, auf dem Dorfplatz spielte ein Mann Gitarre. Henley war so himmelweit entfernt von Washington mit seinen schmierigen Skandalen und immer sendebereiten Politikern und vor allem vom Vater ihrer Tochter, der seit Bekanntwerden der Geschichte auf jede einzelne Frage von jedem einzelnen Journalisten mit zwei schlichten Worten geantwortet hatte: »Kein Kommentar.«

Als sich also an jenem Tag in der Eisdiele der erste Einheimische vorstellte und sie erwartungsvoll anschaute, offenbar ohne einen Schimmer von der Schande, die mit dem Namen Margaret Lawson verbunden war, brachte sie kein Wort heraus.

Margaret Lawson war eine vierundzwanzigjährige Kellnerin aus Vermont, die davon geträumt hatte, die Welt zu verändern, die Umwelt zu retten, in Washington was zu bewirken, die aber stattdessen Männern in Geschäftsanzügen Kaffee servieren musste, um die Miete zahlen zu können. Sie hatte keine Eltern, keine Familie, keine Wurzeln, aber ihr Name hatte auf den Titelseiten Dutzender Zeitschriften geprangt, obwohl sie absolut nicht geschaffen war für jegliche Art von Rampenlicht. Sie hatte den schlimmstmöglichen Fehler begangen, aber war dafür mit dem Bestmöglichen belohnt worden.

Margaret Lawson hatte in dieser neuen Stadt, in diesem neuen Leben keinen Platz. Stattdessen rutschte ihr also ein Kindheitsname über die Lippen, der seit vielen Jahren ungenutzt verstaubt war, gekoppelt mit dem Mädchennamen ihrer Mutter.

»Maggie O'Neill«, sagte sie schließlich und streckte die Hand aus.

Und so einfach verschwand Margaret Lawson und nahm Eleanor Lawson gleich mit.

Sie sprachen kaum noch darüber, sie und Mom. Aber es war immer noch da, wenn sie beim Zappen ein bisschen zu schnell am Nachrichtensender vorbeiklickten, wenn die Zeitung morgens auf ihre Schwelle klatschte und Neuigkeiten aus der Welt der Politik brachte. Und vor allem, wenn sie übers Geld und übers Studium sprachen, über all die Dinge, die so unkompliziert sein könnten, wenn sie noch Eleanor Lawson wäre oder gar Eleanor Whitman und nicht Ellie O'Neill.

Ihr Vater war inzwischen Senator und ein ernsthafter Anwärter auf eine Nominierung zum nächsten republikanischen Präsidentschaftskandidaten. Der Skandal war irgendwann versickert wie meistens bei Skandalen. Doch in jedem Artikel, Blogeintrag oder Nachrichtenbeitrag zum Thema gab es immer ein Dementi der angeblichen Affäre mit einer Kellnerin, auch nach so langer Zeit noch. Manchmal wurde die mögliche Existenz einer unehelichen Tochter erwähnt, aber meistens ging sie unter, denn alle interessierten sich viel mehr für seine richtige Familie: seine sehr großmütige Ehefrau und ihre zwei Jungen – einer ein Jahr älter als Ellie, einer ein Jahr jünger –, beide so blond wie ihre Mutter und meist bei gemeinschaftlichen Aktivitäten mit ihrem Vater abgebildet, beim Jagen, Campen oder Angeln.

Ohne Frage aßen sie nicht im Fischimbiss, sondern in schicken Restaurants, und gingen auf Privatschulen, die Uniformen vorschrieben, anstatt auf staatliche Schulen, die mit Finanzproblemen zu kämpfen hatten. Und wahrscheinlich müssten sie auch kein schlechtes Gewissen haben, wenn sie ihren Vater nach dem Geld für einen Sommerkurs Lyrik fragen würden. Und obwohl Ellie ihr Leben nur in Ausnahmefällen dagegen eintauschen wollte – selbst wenn es möglich gewesen wäre –, kam es ihr manchmal ungerecht vor, dass sie nie herausfinden durfte, wie es war, Paul Whitmans Tochter zu sein.

Sollte er je nach ihnen gesucht haben, bekam sie nichts davon mit. Sie versuchte, nicht darüber nachzudenken, dass ein Mann wie er sie sicher ganz leicht hätte finden können, wenn er nur gewollt hätte. Er hätte sicher irgendwie den Kontakt herstellen, gelegentlich mit ihr reden oder Geburtstagskarten schicken können, nur um zu zeigen, dass er an ihrem Leben Anteil nahm. Vielleicht lag es an Mom, vielleicht an ihm; vielleicht dachte er ja ab und zu an sie, vielleicht aber auch nicht; vielleicht vermisste er sie gelegentlich, vielleicht hatten die Artikel aber auch Recht, und Mom und sie waren für ihn nicht mehr als eine Fußnote.

Jetzt sah Ellie zu, wie das kleine Mädchen seinem Vater eine Postkarte reichte, auf der die Morgensonne aus dem Meer stieg. Die Mutter hatte derweil die beiden Jungen aus der Tür getrieben und rief dem Rest der Familie scharf zu, sie sollten folgen. Der Vater zuckte hilflos die Achseln, während der Tochter, die sich die Postkarte an die Brust drückte, verräterisch das Kinn zitterte.

»Sie kann die Karte einfach mitnehmen«, hörte Ellie sich sagen, und der Mann fuhr überrascht herum. Seine Tochter strahlte ihn an und hopste dann mit der Postkarte in der Hand davon. Die Erinnerung daran würde vielleicht nur bis zur nächsten Ecke oder bis zum Urlaubsende reichen, doch mit ein bisschen Glück würde sie noch ein Stück länger bleiben.

Als sie weg waren, wandte Ellie sich wieder dem Computer zu.

Ich glaube, ich kann nicht, schrieb sie Graham. *Tut mir leid.*

Dann wartete sie.

Neun Minuten später antwortete er: *Dann mache ich mich eben allein auf die Suche und bringe dir heute Abend eine vorbei.*

Bei dem Gedanken, dass er wieder auf ihrer Veranda stehen könnte, musste Ellie lächeln, doch dann biss sie sich auf die Lippe und starrte auf die Tastatur. *Heute Abend passt auch nicht so gut*, schrieb sie, überlegte einen Augenblick und setzte hinzu: *Und ich weiß immer noch nicht, was eine Whoopie Pie ist …*

Es dauerte keine Minute, bis es leise *pling!* machte und sein Name wieder aufschien. *Dann finden wir es zusammen heraus.*

Ellie zögerte. *Keine Kameras?*

Eine Minute verging, dann zwei, doch es kam ihr viel länger vor. Schließlich kam seine Antwort: *Keine Kameras.*

Diesmal wartete sie nicht. *Okay*, tippte sie, ehe sie es sich anders überlegen konnte.

Und so ging sie fünf Stunden später den langen Weg zur Bucht hinunter und fragte sich, ob sie gerade dabei war, einen Fehler zu machen. Ihr war klar, dass es immer Wendepunkte gab, Gelegenheiten, es sich anders zu überlegen, umzukehren. Doch als sie am Anglershop und an dem kleinen Lädchen vorbeiging, wo man die Jetskis ausleihen konnte, als sie den Strand hinter sich gelassen hatte und zwischen die Bäume trat, die dessen Ende markierten, hatte Ellie das deutliche Gefühl, dass sie all diese Warnsignale einfach ignorierte und dass es bald zu spät sein würde, um noch umzukehren.

Es gab Unmengen von Gründen, nicht hinzugehen. Sie würde ihn bald langweilen, er würde sich mit anderen Mädchen treffen. In ein paar Wochen würde er sowieso wieder nach Hause fliegen. Er war zu berühmt. Er würde ihr Geheimnis verraten, einfach nur, weil er war, wer er war. Er würde ihr wehtun, auch wenn er es gar nicht wollte.

Doch irgendetwas drängte sie vorwärts, ließ sie die Zweige zur Seite schieben, als sie der Bucht näher kam und der Sand unter ihren Füßen großen Steinen wich. Doch sie bemerkte all das kaum; sie dachte an sein Gesicht, als er gestern Abend auf der Veranda gestanden hatte, an die vielen Worte, die sie beide quer durchs Land geschickt hatten, jede Mail wie ein Gedicht.

Vielleicht war ihre Begegnung jetzt nur ein Nachtrag zu der Unterhaltung, die sie seit Monaten führten. Vielleicht war dies das Postskriptum.

PS: Hallo.

PS: Danke, dass du gekommen bist.

PS: Da bin ich.

Vor ihr lichteten sich die Bäume und öffneten sich zu einer kleinen, geschützten Bucht, in der die Wellen gegen schiefergraue Steine schwappten. Ellie blieb unvermittelt stehen, als sie merkte, dass er schon auf sie wartete, und hielt sich im Schutz der Bäume. Er hatte sich hingekauert und fuhr mit der Hand durch einen Haufen Steine. Einen hielt er hoch, und Ellie sah, dass er wie ein schiefes Herz geformt war.

Ihr fiel eine Mail ein, die er erst vor ein paar Wochen geschrieben hatte. Sie hatten über Grundschulerinnerungen geredet, und er hatte ihr verraten, dass es ihm als Kind immer schwergefallen war, Valentinskarten zu basteln, vor allem die, bei denen man ein Stück Tonpapier knicken und ein halbes Herz ausschneiden musste.

Bei mir sahen sie immer aus wie rosa Kleckse, hatte er geschrieben.

Aber mehr ist ein Herz doch auch nicht, hatte Ellie geantwortet.

Jetzt holte sie tief Luft und versuchte, ihr Gleichgewicht zu finden. Er drehte sich halb um, und ihr fiel auf, dass er hier am Strand anders aussah, weniger umwerfend, vertrauter. Bestimmt nicht so, wie sie sich GDL824 vorgestellt hatte, aber auch nicht ganz wie die Filmstarversion von Graham Larkin.

Im Augenblick war er einfach Graham.

Sie dachte daran, wie man seinen Namen in Russland aussprechen würde – *Graham!* –, und merkte, wie der rosa Klecks in ihrer Brust schneller zu schlagen begann. Es war ein Ausruf der Überraschung und zugleich der Freude, das Echteste, was es auf der Welt gab, und ohne noch einen Augenblick zu zögern, trat sie aus dem Schatten der Bäume, um ihn tatsächlich anzusprechen.

Von: GDL824@yahoo.com
Gesendet: Montag, 10. Juni 2013 16:24
An: EONeill22@hotmail.com
Betreff: Gefieder

Den Felsen, von dem du erzählt hast, habe ich leider nicht gefunden, aber ich glaube, ich bin trotzdem an der richtigen Stelle. Hier sind eigentlich bloß Möwen und ich, du dürftest mich also leicht finden …

(Ich bin der ohne Federn.)

acht

Als sie endlich in die Bucht kam, war Graham in Gedanken meilenweit weg. Er hatte versucht, seinen Text für die morgige Szene durchzugehen, einen leidenschaftlichen Monolog seiner Figur, nachdem die die Beerdigung ihres Vaters verlassen und dorthin gegangen war, wo der Vater gestorben war, an Bord eines alten Hummerkutters. Doch heute entglitten ihm die Worte, wurden von der Meeresbrise einfach fortgeweht.

Er sah sich die glatten Steine an, von denen der Strand bedeckt war – so ganz anders als der helle Sand Kaliforniens –, als er ihre Schritte hinter sich hörte. Er holte tief Luft, ehe er sich umdrehte.

»Hey«, sagte er, sah sie kurz an und dann wieder weg. Aus irgendeinem Grund fiel es ihm schwer, sie direkt anzusehen, obwohl er eigentlich nichts lieber wollte. Alles um sie herum war grau – die Bäume, die Steine, der Himmel, sogar das schiefergraue Meer – und mittendrin Ellie mit ihren roten Haaren und ihrem weißen T-Shirt, mit ihrem Jeansrock und ihren Gummi-Flipflops. Ein Mädchen am Strand müsste eigentlich das Normalste auf der Welt sein, aber irgendwie hatte Graham das Gefühl, direkt in die Sonne zu starren.

»Schon Schätze gefunden?«, fragte sie und deutete mit dem Kopf auf den Stein in seiner Hand. Er sah noch einmal hin und merkte, dass sie Recht hatte. Zu seiner Überraschung hatte der Stein die Form eines Herzens. Seine Wangen wurden warm, und mit leichtem Kopfschütteln ließ er ihn in der Hosentasche verschwinden. Wenn er ihr den jetzt zeigte, würde sie ihn für einen Schleimer halten. Sie würde glauben, er sei genau wie die Typen, die er auf der Leinwand spielte.

»Willst du ein Stück gehen?«, fragte er ungewollt barsch.

Sie nickte, und sie gingen am Wasser entlang. Eine Weile sprach keiner von beiden ein Wort, doch das Schweigen war nicht unbehaglich, das Rauschen der Wellen genügte ihnen. Ellie ging einen halben Schritt voraus, und er fragte sich, wo sie ihn wohl hinführen würde. Die Steine lagen lose und unregelmäßig, und Graham stolperte häufig. Als er wieder einmal fast ausrutschte, sah er in Ellies Miene den Anflug eines Lächelns.

»Das ist doch absurd«, sagte er. »Wie kann man so was als Strand bezeichnen?«

»Wir sind wohl ein bisschen abgehärteter hier drüben«, sagte sie grinsend.

»Willst du damit sagen, Kalifornier sind Weicheier?«

»Nein«, sagte sie. »Nur, dass *du* ein Weichei bist.«

Graham lachte. »Einverstanden«, sagte er. »Aber wann kriegen wir denn wieder festen Boden unter die Füße?«

Ellie deutete voraus, und er sah einen schmalen Pfad, der am anderen Ende der Bucht die Böschung hinaufführte. Sie folgten dem Pfad in den Wald, duckten sich unter tief hängenden Zweigen und kamen nach wenigen Minuten auf einer stillen, schmalen Straße heraus.

»Hast du vor, mich zu ermorden?«, fragte Graham und betrachtete die leere Straße, den rissigen Asphalt und die schwankenden Bäume.

»Nur, wenn du weiter so viele Fragen stellst«, sagte sie, und sie gingen im Kies des Straßenrandes weiter.

»Aber im Ernst, wo gehen wir hin?«

Ellie warf ihm einen Seitenblick zu. »Ich dachte, wir sind auf der Suche«, sagte sie, als läge das auf der Hand.

»Auf der Suche«, wiederholte er. »Ja, klar.«

»So wie Dorothy, die versucht, wieder nach Hause zu finden.«

»Oder Ahab, der den weißen Wal jagt.«

»Genau«, sagte sie. »Nur dass wir Whoopie Pies jagen.«

»Aha!« Graham sah zufrieden aus. »Du hast dich also bekehren lassen.«

Sie schüttelte den Kopf. »Ich bin immer noch skeptisch. Aber wenn sie die Dinger irgendwo haben, dann hier.«

Er wollte gerade fragen, wovon sie redete, als die Straße sich teilte, auf einmal belebter wurde und er eine Reihe Gebäude vor sich sah – einen Bau- und Gartenmarkt, eine Immobilienagentur, einen Gebrauchtwagenhandel und mittendrin das womöglich rosaroteste Bauwerk, das er je gesehen hatte. Auf der Terrasse davor standen lauter Picknicktische, jeder von einem leuchtend grünen Sonnenschirm beschattet, und auf dem Dach war eine riesige Waffel Vanilleeis mit Sonnenbrille befestigt.

»Das *Ice Cream and Candy Emporium.*« Ellie schwenkte den Arm mit großer Geste.

»Ist das nicht eure Konkurrenz?«

»Es ist Sommer in Maine«, sagte Ellie. »Glaub mir, die Kundschaft reicht für alle.«

»Ich werde langsam ein bisschen nervös«, scherzte Graham, als sie über den Parkplatz gingen. »Und wenn sie nun keine haben?«

»Damit rechne ich fest«, sagte sie. »Ich sage doch schon die ganze Zeit, ich glaube, es gibt sie gar nicht.«

»Es gibt sie wohl«, widersprach er. »Sie sind die offizielle Süßigkeit von Maine.«

»Das sagst du schon die ganze Zeit.«

Graham blieb vor dem Eingang stehen. »Sollen wir wetten?«, fragte er, doch als ihre Miene sich veränderte, das Lächeln verschwand, merkte er, dass er etwas Falsches gesagt hatte. »Nicht um Geld«, korrigierte er sich rasch. »Einfach so wetten.«

Zu Grahams großer Erleichterung entspannten sich ihre Züge wieder. Er erinnerte sich an eine Mail, die sie ihm vor Monaten geschickt hatte, dass sie in irgendeinen Lyrik-Sommerkurs aufgenommen wäre und unbedingt mitmachen wollte. *Und warum machst du's dann nicht?*, hatte er zurückgeschrieben. Doch kaum hatte er die Mail abgeschickt, war ihm klar, wie die Antwort lautete, und sein Gesicht brannte vor Scham, als er da in seinem Riesenhaus saß, und er wünschte, er könnte die Frage zurücknehmen.

Es dauerte nicht lange, bis ihre Antwort kam.

Ich kann es mir nicht leisten, hatte sie geschrieben. *Ist das nicht der schlimmste Grund, den es geben kann? Ich muss irgendeinen Weg finden, es doch noch hinzukriegen, ich würde mir schreckliche Vor-*

würfe machen, wenn ich den Kurs wegen so was Bescheuertem wie Geld verpasse.

Sie hatte angenommen, er werde sie verstehen; schließlich war er siebzehn, und welcher Siebzehnjährige war nicht knapp bei Kasse? Er konnte sich nicht mehr genau erinnern, was er darauf geantwortet hatte, und er fragte sich, wie es wohl gelaufen war, ob sie das Geld aufgetrieben hatte. Er hoffte es.

Es war eigenartig, diese schwerelosen Unterhaltungen mit dem Mädchen in Verbindung zu bringen, das jetzt vor ihm stand, all die vielen Kleinigkeiten, die sich aufreihten wie die Knöpfe an einem Hemd.

Ellie sah ihn immer noch fragend an. »Worum willst du wetten?«, fragte sie, und Graham überlegte.

»Wenn es da drin Whoopie Pies gibt, dann musst du heute Abend mit mir essen gehen.«

»Das ist kein großer Einsatz«, sagte sie. »Das hatte ich sowieso schon beschlossen.«

Graham musste grinsen. Im Geist ging er die Mädchen durch, mit denen er in den letzten Jahren ausgegangen war, die neben ihren Telefonen saßen und auf seinen Anruf warteten, die schmollten, wenn er sich nicht meldete. Selbst die Mädchen, die zuerst ganz normal gewirkt hatten, wenn er sie beim Sport oder beim Einkaufen kennenlernte, trugen schließlich doch, wenn sie dann miteinander ausgingen, viel zu viel Make-up oder unmöglich hohe Absätze; sie stimmten allem zu, was er sagte, lachten, auch wenn er nicht witzig war, und keine von ihnen – nicht eine Einzige – hätte etwas so Selbstbewusstes gesagt wie Ellie gerade eben.

Zum ersten Mal seit langer Zeit hatte er wieder das Gefühl, er selbst zu sein.

»Okay.« Er sah sie streng an. »Dann sollten wir uns jetzt schon mal ein Restaurant aussuchen, denn es ist schlicht nicht möglich, dass sie hier keine Whoopie Pies haben. Es sei denn, wir sind gar nicht mehr in Maine. Würde mich nicht wundern, wenn du mich bis nach Kanada geschleppt hättest …«

»Wir sind nur einen Ort weiter.« Sie verdrehte die Augen. »Und noch hast du nicht gewonnen.« Sie standen jetzt direkt vor der Ladentür, und süßer Schokoladenduft wehte durchs Fliegengitter. »Wenn es hier keine Whoopie Pies gibt …«

»Wird es aber«, warf er ein.

Sie schüttelte den Kopf und überlegte mit konzentriert zusammengekniffenen Lippen.

»Wenn es keine gibt«, sagte sie schließlich, »musst du für mich zeichnen.«

Er war vollkommen überrascht. Einen Moment hatte er das Gefühl, sie habe in seinen Kopf geschaut. Graham achtete sehr darauf, darüber nicht öffentlich zu sprechen, und obwohl seine Zeichnungen nichts Besonderes waren – im Grunde bloß Gekritzel, Skizzen von Stadtsilhouetten –, behielt er sie lieber für sich.

Er hatte vergessen, dass er ihr davon erzählt hatte. Eine nächtliche Mail nach einer Premierenparty, als er allein in seinem Schlafzimmer im großen leeren Haus saß und diesem Mädchen am anderen Ende des Landes schrieb, wie sein Bleistift sich beinahe von allein bewegte. Dass das Zeichnen eine

Art Flucht für ihn sei, die beste Art, sich auf und davon zu machen. Er hatte ihr gesagt, es mache ihn glücklich.

Wie hatte er vergessen können, dass derselbe Mensch, dem er monatelang diese ganzen Sachen geschrieben hatte, jetzt vor ihm stand?

Er brauchte noch einen Augenblick, um seine Stimme wiederzufinden. »Abgemacht«, sagte er, und sie lächelte.

»Toll«, sagte sie. »Ich hoffe, du hast einen Bleistift dabei.«

Das Ladeninnere war mindestens doppelt so groß wie das *Sprinkles* in Henley, und überall standen bunte Bonbonschalen und riesige Lutscher. Es gab Eimer voller Toffee, Tonnen von Weingummi und einen Glaskasten mit mehr als einem Dutzend verschiedener Karamellsorten. Graham betrachtete eine Auslage mit altmodisch verpacktem Konfekt, als ihm auffiel, dass Ellie ihn ansah. Er guckte fragend, sie deutete mit dem Kopf in Richtung Ladentheke, und er setzte sich folgsam in Bewegung.

Er hatte seine Baseballcap vergessen – eine armselige Verkleidung, aber immerhin ein kleiner Schutzschild gegen das Erkanntwerden –, und als er an den Tresen trat, reagierte die Verkäuferin wie nach Drehbuch: gelangweiltes Aufblicken, Wegschauen, dann das plötzliche Erkennen. Alles dabei – ein zweiter Blick, die geweiteten Augen, der offene Mund. Ab hier gab es zwei mögliche Reaktionen: Einige schrien auf, hüpften herum, kreischten und zeigten mit dem Finger auf ihn, andere unterdrückten solche Impulse streng und machten mit wackliger Stimme und zitternden Händen weiter, als sei nichts geschehen, um dann, sobald er weg war, zum Telefon zu greifen und sämtliche Bekannten anzurufen.

Graham war erleichtert, dass diese Frau offensichtlich zur zweiten Kategorie gehörte. Sie starrte nur einen Augenblick mit offenem Mund, ehe sie den Blick wieder senkte, als fürchte sie sich, ihn anzuschauen.

»Haben Sie zufällig«, fing er an, während sie sich bemühte, die Fassung wiederzugewinnen, »Whoopie Pies in ihrem Laden?«

»Whoopie Pies?«, fragte sie nach, und ihr Blick wirkte jetzt schon entschuldigend. »Ich fürchte nein.«

Sie begann sich hektisch im Laden umzuschauen, als könnten die Pies plötzlich aus dem Nichts auftauchen, und Graham spürte fast, wie gern sie ihm den Gefallen tun wollte. Er wollte gerade abwinken und etwas anderes kaufen, als Ellie neben ihn trat.

»Darf ich Sie noch etwas fragen?«, sagte sie. »Nur aus Forschungsinteresse.«

Die Frau nickte und biss sich auf die Unterlippe.

»Haben Sie überhaupt schon mal von Whoopie Pies gehört?«

»Ich glaube n–«, fing sie an, doch dann sah sie, wie Graham fast unmerklich das Kinn hob und senkte. Ihr Blick schwenkte zu Ellie zurück. »Ehrlich gesagt, glaube ich schon. Ja.«

Graham strahlte sie an, und Ellie stieß ihn leicht in die Rippen. Er lachte und machte einen überraschten Satz zur Seite.

»Ist gut«, sagte er. »Du hast gewonnen.«

Die Verkäuferin blinzelte ein paar Mal, und Ellie lächelte sie an. »Vielen Dank«, sagte sie. »Ich glaube, wir nehmen einfach ein Eis.«

Sie nahmen ihre Eiswaffeln mit nach draußen und aßen sie rasch an einem der Picknicktische, damit sie ihnen nicht wegtropften. Sie waren die einzigen Gäste, allein bis auf vorbeifahrende Autos und gelegentlich eine Möwe.

»Es kommt mir ein bisschen wie Fremdgehen vor«, sagte Ellie. Er sah sie an, und sein Magen zog sich zusammen. Sie hatte nie von einem Freund erzählt, andererseits hatten sie das Thema auch nie so richtig angeschnitten, und jetzt fiel ihm auf, dass er überhaupt nicht daran gedacht hatte zu fragen. Er überlegte noch, wie er die Frage formulieren könnte, als sie die Eiswaffel hochhielt.

»Ach so.« Er begriff, wie sie es meinte. Seine Schultern entspannten sich. »Ich bin sicher, das *Sprinkles* wird dir verzeihen.«

»Vor allem, weil es ja aus einem so edlen Grund geschieht.«

»Edel, aber gescheitert.«

»Das ist egal.«

»Ich glaube, man muss einfach fester daran glauben, damit es funktionieren kann«, sagte er und wischte sich Eiscreme aus dem Gesicht. »Wie willst du etwas finden, wenn du nicht mal glaubst, dass es überhaupt existiert?«

»Na ja, wenn ich mich recht erinnere, dann hat Ahab Moby Dick wenigstens ein paar Mal zu Gesicht gekriegt, und Dorothy wusste ganz genau, dass sie in Kansas zu Hause war«, antwortete sie grinsend. »Deine Whoopie Pie ist augenblicklich nichts weiter als ein Mythos.«

Auch Graham lächelte, und als ihre Blicke sich trafen, sahen sie einander mehrere Sekunden lang an, ein eigenartiger Wettstreit, bis Ellie wegschaute.

»Okay«, sagte sie und warf den letzten Rest ihrer Eiswaffel einer in der Nähe kreisenden Möwe zu. »Zeit, deine Schulden zu bezahlen.«

Sie suchte einen Bleistift aus ihrer Tasche, nahm eine Speisekarte von dem Stapel, der von einem Stein beschwert mitten auf dem Tisch lag, drehte sie um und schob sie Graham hin. Er wischte sich die Hände an den Shorts ab und runzelte die Stirn.

»Ich habe nie behauptet, dass ich gut bin«, sagte er und nahm den Stift. »Nur dass ich es gern mache.«

»Das ist viel wichtiger.«

»Irgendwelche besonderen Wünsche?«

»Eine von deinen Städten«, sagte sie, und er beugte sich übers Papier. Er spürte, dass sie ihn beim Zeichnen beobachtete, und er malte eine Reihe von Kästen hin. Er hatte nicht gelogen, er war wirklich nicht besonders gut. Es war eher Geometrie als Kunst, was er da trieb, doch er spürte, wie er sich der Bewegung hingab, den geraden Linien und den sauber gezeichneten Ecken und Kanten. Es hatte etwas Rituelles, fast Kathartisches; wenn er zeichnete, versank der Rest der Welt.

Er hatte schon fast das halbe Blatt voll gezeichnet, bis sie wieder den Mund aufmachte, und ihre Worte erschreckten ihn so, dass er mit der Bleistiftspitze ein kleines Loch ins Papier bohrte. Er rieb darüber, versuchte es wieder zu glätten, hob dann den Blick.

»Entschuldigung«, sagte er. »Was?«

»Die Frau eben hat dich erkannt.«

Er hielt den Stift ganz still, seine Muskeln spannten sich an. »Ja.«

»Das muss doch ...«

Er wartete darauf, dass sie sagte, was alle immer sagten: Das muss doch cool sein. Das muss doch komisch sein. Das muss doch beunruhigend sein. Das muss doch ein Traum sein. Das muss doch interessant oder schrecklich, verrückt oder abgefahren sein.

Stattdessen schüttelte sie den Kopf und fing den Satz neu an. »Das muss furchtbar sein.«

Er sah hoch, sagte aber nichts.

»Für mich jedenfalls wäre es furchtbar. Dass einen alle Leute erkennen. All diese Kameras, all diese Augen.« Sie zog die Schultern hoch. »Das muss echt richtig furchtbar sein.«

»Ist es«, sagte er, weil es stimmte. Weil es so war, als kehrte man das Innere nach außen, als sei man zart und rosa, schrecklich nackt und empfindlich.

Doch im Augenblick sah ihn niemand außer Ellie an, und das war etwas anderes. Über den Rest wollte er nicht nachdenken.

»Man gewöhnt sich dran«, sagte er, obwohl das nicht ganz stimmte. Das sagte man bloß so, wenn die Wahrheit zu schwer zu erklären war.

Sie nickte, und er wandte sich wieder seiner Zeichnung zu, stellte die letzten Gebäude fertig, setzte Fenster und Türen ein, Treppen und Bürgersteige, hier und dort einen Blumentopf oder eine Feuerleiter. Auf dem Blatt gab es eine ganze Welt zu erschaffen, und Graham sah erst wieder hoch, als er fertig war.

»Ta-taa«, sagte er schließlich und schob das Bild über das raue Holz des Picknicktisches. Ellie stützte ihre Ellbogen rechts und links daneben, und er konnte nur ihre roten Haare sehen, während sie die Zeichnung eine gefühlte Ewigkeit lang betrachtete.

Schließlich sah sie ihn wieder an. »Sieht aus, als könnte man dort ganz nett leben.«

»Wahrscheinlich nicht so nett wie in Maine«, sagte er.

»Immerhin gibt es dort Whoopie Pies.« Sie zeigte auf ein gedrungenes Gebäude, das er als »Whoopie-Pie-Fabrik« gekennzeichnet hatte.

»Die gibt es hier auch«, sagte er. »Keine Sorge, wir werden sie schon finden.«

»Willst du dein Werk nicht signieren?«, fragte sie und schob ihm das Blatt wieder hinüber. Einen Moment zögerte er, denn in seinem Kopf schrillten die üblichen Alarmglocken. Aber das hier war etwas anderes; er wusste, sie würde die Zeichnung nicht im Netz versteigern oder an Journalisten weitergeben oder an Blogger oder Fotografen oder all die anderen Raubtiere, die sich um jede noch so kleine Neuigkeit aus seinem Leben rissen. Er kritzelte seinen Namen unten auf die Seite und wollte sie falten, legte schon die Ecken aufeinander, doch sie griff nach seiner Hand.

»Nicht«, sagte sie, und er hielt inne. Dennoch ließ sie seine Hand nicht los. Ihre Finger fühlten sich heiß an, und es durchzuckte ihn wie ein Stromschlag. Nach ein paar Sekunden liefen ihre Wangen rosa an, sie zog die Hand weg und nahm ein Buch aus ihrer Tasche.

»Du darfst es nicht falten«, sagte sie, ergriff das Blatt und schob es vorsichtig zwischen die Buchseiten. »Sonst machst du es noch kaputt.«

»Es ist doch nichts Wertvolles«, scherzte er. »Das kann man doch gar nicht kaputt machen.«

»Man kann alles kaputt machen«, sagte sie achselzuckend und stand auf.

Graham erhob sich ebenfalls, dabei fiel ihm das steinerne Herz aus der Tasche und rollte ins Gras. Ellie war schon fast an der Straße, doch er bückte sich nach dem Stein, betrachtete ihn einen Augenblick und schob ihn dann wieder in die Hosentasche, wo er diesmal hoffentlich bleiben würde.

Von: EONeill22@hotmail.com
Gesendet: Montag, 10. Juni 2013 18:32
An: GDL824@yahoo.com
Betreff: falls du dich verläufst …

Ich weiß, du hast gesagt, du brauchst keine Wegbeschreibung, aber falls du es vergessen haben solltest, meine Adresse ist 510 East Sunset. Das gelbe Haus an der Ecke. (Das rein zufällig ein bisschen so aussieht wie die Whoopie-Pie-Fabrik auf deiner Zeichnung …)

neun

Sie trennten sich am Anfang des Sunset Drive, und Ellie ging den Weg bis nach Hause allein. Die Seeluft war heute Abend feucht und Nebel zog landeinwärts, der alles undeutlich und etwas unwirklich erscheinen ließ. Doch sie nahm es kaum wahr; sie war zu sehr mit den letzten Stunden beschäftigt: Wie Graham von seiner Zeichnung aufgeschaut hatte, wie er sie im Laden angegrinst hatte, wie sie am Strand, als sie hinter ihm ging, sein Haar betrachtet hatte, das sich im Nacken leicht kräuselte.

Doch vor allem fragte sie sich, wieso sie es für eine gute Idee gehalten hatte, ihn abends zu ihr nach Hause zum Essen einzuladen, worauf er tatsächlich eingegangen war. Jetzt lief die Liste der Dinge, die sie vor seinem Eintreffen unbedingt noch erledigen musste, durch ihren Kopf wie ein endloses Nachrichtenband, und sie musste sich sehr zusammennehmen, um nicht in Panik zu verfallen.

Es schien unmöglich, dass die Sache gut ausgehen konnte, aber wenn auch nur die geringste Chance darauf bestehen sollte, musste sie dafür sorgen, dass Mom (ausnahmsweise) pünktlich zu ihrem Buchclub aufbrach, dass die Küche (ausnahmsweise) sauber war, dass Bagel genug Bewegung bekam, damit er sich (ausnahmsweise) mal wie ein Beagle und nicht wie ein Berserker aufführte. Und das war erst der Anfang. Es gab ungefähr tausend Dinge, die schiefgehen konnten. Hoffentlich waren überhaupt genug Lebensmittel im Haus, um so etwas Ähnliches wie eine Mahlzeit daraus zuzubereiten. Hoffentlich hatte Mom nicht Waren aus dem Laden überall im Wohnzimmer verteilt. Hoffentlich hatte sich die Klimaanlage in ihrer Abwesenheit auf wundersame Weise selbst repariert.

Hoffentlich.

Die Straße führte bergab, und sie lief mit Schwung die langgezogene Kurve entlang, ihre Sandalen klatschten aufs Pflaster, während sie überlegte, was sie sich eigentlich dabei gedacht hatte. Sie hatte sich einfach nicht vorstellen können, heute Abend mit ihm auswärts zu essen; nicht bei den vielen Fotografen, nicht nach dem, was Quinn am Abend vorher erlebt hatte, nicht wenn alle im Ort ein Auge auf sie werfen würden. Als er also – halb im Scherz, wie sie wusste, aber trotzdem den *Lobster Pot* vorschlug, überraschte Ellie sich selbst mit ihrer Einladung zu sich nach Hause.

»Ich kann dir keine Gourmetküche bieten«, hatte sie gesagt, »aber ich verspreche dir, dass du keinen einzigen Hummer zu Gesicht kriegen wirst.«

»Wow«, hatte er geantwortet. »Das klingt wirklich unwiderstehlich.«

Aber er hatte die Einladung angenommen. Er würde kommen. Zu ihr nach Hause. In einer Stunde.

Auf halbem Weg die Einfahrt hinauf erschrak Ellie, weil Quinn auf der Verandaschaukel saß, sich mit einem Fuß hin und her wiegte und ihre Fingernägel betrachtete.

»Hey«, sagte sie, als sie Ellies Schritte hörte. »Wo bist du denn gewesen?«

»Spazieren.« Ellie setzte sich neben sie. Die Schaukel knarrte unter ihrer beider Gewicht, und sie erinnerte sich daran, wie sie als Kinder immer mit Decken hier draußen gesessen hatten. Sie hatten sich aneinandergekuschelt und so getan, als sei die Schaukel ein Boot; sie hatten die Augen geschlossen, und das Wellenrauschen vom Strand hatte die Illusion, auf See zu sein, perfekt gemacht.

»Wohin?«, fragte Quinn.

Ellie war klar, dass sie das eigentlich gar nicht wissen wollte. »Mit Graham«, sagte sie leise und warf ihr einen Blick von der Seite zu.

Quinn schüttelte den Kopf. »Irgendwie immer noch unfassbar, oder?«

Darauf wusste Ellie nichts zu sagen; es stimmte einfach. Das Ganze war vollkommen unfassbar.

»Also, ich habe ungefähr eine Million Fragen«, sagte Quinn und zog die Füße auf die Schaukel. »Wie kam es, dass er dir geschrieben hat? Und überhaupt, wie konntest du mir verschweigen, dass du irgendwem Liebesbriefe schreibst? Ich meine, selbst wenn man Graham Larkin mal weglässt, das sollte ich trotzdem wissen. Ich bin deine beste Freundin.« Als sie einen Augenblick darüber nachdachte, verdüsterte sich ihre Miene ein wenig. »Im Ernst, El. Wann hast du angefangen, Geheimnisse vor mir zu haben?«

Ellie schaute zur Seite, weil sie nicht wusste, was sie darauf antworten sollte. Quinn hatte keine Ahnung, wie sehr sie ins

Schwarze traf. Sie wusste nicht, dass Ellie schon die ganzen zwölf Jahre, die sie sich kannten, Geheimnisse vor ihr hatte; zuerst, weil sie es ihrer Mutter versprochen hatte, später, als sie älter wurde, eher aus Gewohnheit oder dem Gefühl heraus, dass es einfacher so wäre, oder beides.

»Habe ich gar nicht …«, fing sie an, aber ihre Stimme erstarb. »Ich wollte es dir erzählen.«

»Ach ja?«, fragte Quinn. »Und wann?« Jetzt lag eine gewisse Härte in ihrem Blick. So als hätte sie sich eben doch schon die ganze Zeit geärgert, aber bisher nicht genau greifen können, worüber eigentlich.

»Bald«, sagte Ellie und sah Quinn in die Augen. »Das schwöre ich. Ich wusste bloß nicht, was es genau war oder ob überhaupt irgendwas daraus werden würde. Ich dachte, das ist einfach irgendein Junge am anderen Ende des Landes, den ich wahrscheinlich nie kennenlernen würde.« Sie seufzte. »Ich war mir nicht mal sicher, ob es echt war.«

»Und jetzt?«

Ellie schaute auf ihre Hände. Ihr Daumen war grau verschmiert von der Mine des Bleistifts, mit dem Graham gezeichnet hatte. Sie widerstand dem Impuls, das Blatt noch einmal aus der Tasche zu holen und zu betrachten.

»Weiß nicht«, sagte sie. »Vielleicht.«

Quinn zog die Augenbrauen hoch, und Ellie schüttelte den Kopf.

»Vielleicht auch nicht. Ich meine, er ist schließlich Graham Larkin«, sagte sie, dachte aber im selben Moment das Gegenteil. Dass er heute gar nicht wie Graham Larkin gewirkt hatte. Sondern wie irgendein Junge vom anderen Ende des Landes.

Hinter ihnen ging die Fliegengittertür auf, Mom steckte den Kopf nach draußen und hielt Bagel – der ständig ausbrechen wollte – mit dem Fuß im Haus. »Dachte ich mir doch, dass ich jemanden gehört habe«, sagte sie. »Was habt ihr denn so vor?«

»Ellie hat mir gerade erzählt, dass –«, fing Quinn an, brach aber abrupt ab, als sie Ellies panisch geweitete Augen sah.

»Ich habe Quinn bloß gefragt, ob sie zum Abendessen hierbleiben will«, sagte Ellie ein bisschen zu schnell.

Mom zuckte die Achseln. »Ich habe heute Abend Buchclub, aber ihr könnt euch gern nehmen, was im Kühlschrank ist.«

»Danke«, sagte Ellie. »Wann musst du denn los? Ziemlich bald, oder?«

Mom sah auf die Uhr. »Ein Weilchen noch«, sagte sie und verschwand mit dem Hund wieder nach drinnen.

Als sie weg war, wandte Quinn sich wieder an Ellie. »Was sollte das denn eben?«

»Entschuldige, es ist nur, weil Graham nämlich gleich herkommt, aber ich hatte noch keine Gelegenheit, mit Mom darüber zu reden, und sie wäre auch nicht gerade begeistert, dass –«

»Jetzt lügst du also auch schon deine Mutter an?« Quinn zog erstaunt die Augenbrauen hoch. »Mal ehrlich, was hat es mit dieser ganzen Heimlichtuerei auf sich?«

»Das ist was anderes«, sagte Ellie. »Es ist kompliziert.«

»Wieso?«

Sie senkte den Blick. »Kann ich dir nicht erzählen.«

»Lass mich raten«, sagte Quinn. »Noch so ein Geheimnis.«

»Tut mir leid«, sagte Ellie. »Ehrlich. Es ist nicht bloß …« Sie brach ab und schüttelte den Kopf. »Ich wünschte, ich könnte es dir erklären.«

»Gib dir keine Mühe«, sagte Quinn und stand auf. »Ich muss los. Ich habe heute Abend auch was vor.«

»Echt?«

Quinns Blick war kalt. »Ist das so schwer zu glauben?«

»Natürlich nicht«, antwortete Ellie hastig. »Was machst du denn?«

»Ich treffe mich mit Devon.«

»Wirklich?«, fragte sie ungläubig und bereute es sofort, aber es war zu spät. Quinn fuhr herum und sah sie aus schmalen Augen an.

Im Grunde konnte Ellie kaum anders als sich wundern. Die letzten vier Jahren hatte sie ständig gehört, wie lächerlich Devon war. Er war zu groß und zu dünn; seine Haare waren zu kraus, seine Brille saß immer schief. Stundenlang hatten sie und Quinn sich darüber lustig gemacht, dass er ihr wie ein Schatten folgte, und in der Schule konnten sich alle noch daran erinnern, wie Quinns Spindtür am Valentinstag einmal geklemmt hatte. Als der Hausmeister sie endlich aufgehebelt hatte, war ein ganzer Berg rosaroter Briefumschläge herausgepurzelt – alle von Devon.

Doch irgendwas hatte sich gestern Abend eindeutig geändert, und Devon war ganz offensichtlich keine Witzfigur mehr. Ohne Vorwarnung hatte sich eine unsichtbare Grenze aufgetan, und Ellie hatte das Gefühl, dass sie auf der einen Seite und

Quinn, die sie jetzt wütend anstarrte, auf der anderen Seite stand.

»Ja, *wirklich.*«

»Es tut mir leid«, sagte Ellie. »Ehrlich. Ich muss mich wohl noch an den Gedanken gewöhnen, dass du jetzt mit Devon zusammen bist.«

Quinn blieb noch einen Augenblick auf den Stufen stehen und sah Ellie stirnrunzelnd an. »Tja, hat wohl nicht jede das Zeug dazu, mit einem Star abzuhängen«, sagte sie und ging dann ohne ein weiteres Wort in Richtung Straße.

»Quinn«, rief Ellie ihr hinterher, doch die drehte sich nicht um, und Ellie blieb nichts anderes übrig, als ihr nachzuschauen. Sie saß auf der Veranda, und das Herz wurde ihr schwer. Selbst wenn sie Quinn nachgerannt wäre, hätte sie nicht recht gewusst, was sie hätte sagen sollen. Das Ganze hatte nämlich nichts mit Devon zu tun und auch nichts mit Graham; es war vielmehr so, dass Quinn absolut Recht hatte, mehr, als sie selbst ahnte. Ellie hatte große Geheimnisse vor ihr, und eigentlich sollte sie ihr endlich die Wahrheit sagen. Aber das kam nicht in Frage.

Sie hatte sich im Lauf der Jahre oft genug mit Quinn gestritten, um zu wissen, dass es keine Rolle spielte, wie oder wann man sich bei ihr entschuldigte. Wenn sie es nicht hören wollte, erreichte man gar nichts. Mit der Zeit würde Quinn schon zur Vernunft kommen – das tat sie immer –, aber Ellie war nicht besonders gut im Warten, und schon jetzt drehte sich ihr bei dem Gedanken daran der Magen um.

Morgen würde sie Quinn anrufen. Morgen würde sie ihre

große Entschuldigungstour starten. Aber jetzt konnte sie sich darüber keine Gedanken machen. Graham würde in weniger als einer Stunde hier sein, und sie war noch nicht mal drinnen gewesen und hatte nachgesehen, wie groß das zu beseitigende Chaos war.

Als sie die Gittertür öffnete, kam Bagel den Flur entlanggeschossen, prallte von den Wänden ab wie eine Flipperkugel und schmiss die rechts und links aufgereihten Gummistiefel und Regenschirme über den Haufen. Ellie stand auf der schäbigen Fußmatte und sah zu, wie der Hund unter dem Flurtischchen eine Wollmaus aufscheuchte. Seufzend ließ sie ihre Tasche neben der Tür fallen und wagte sich in die Küche.

Mom lehnte an der Spüle, aß einen Becher Joghurt und schaute dabei geistesabwesend Nachrichten auf dem uralten Fernseher neben dem Toaster. Eine ganze Arbeitsfläche war mit den Zeitungen der letzten zwei Wochen belegt, und die Spüle war randvoll mit schmutzigem Geschirr.

»Um welche Uhrzeit fängt der Buchclub an?«, fragte Ellie mit einem Blick auf Moms Outfit – Karohemd, Jogginghose und Hausschuhe.

Moms Augen schweiften zur Uhr auf der Mikrowelle. »Oh«, sagte sie ehrlich überrascht. »Genau jetzt.«

»Na dann los.« Ellie scheuchte sie aus der Küche und wartete im Flur, ob sie wirklich die Treppe hinaufging. Danach wandte sie sich dem Abwasch in der Spüle zu.

»Ich dachte, Quinn bleibt zum Abendessen«, sagte Mom, als sie ein paar Minuten später im selben Karohemd, aber jetzt mit Jeans und Halbschuhen, wieder auftauchte.

»Sie musste erst noch ein paar Sachen im Ort erledigen.« Ellie zog den Kopf ein, damit Mom nicht sah, wie rot sie wurde; sie hatte noch nie gut lügen können. »Aber wir kommen schon klar. Lass dir ruhig Zeit.«

»Okay.« Mom schnappte sich ihr Schlüsselbund. »Denkst du auch dran, Bagel zu füttern?«

Ellie nickte und winkte mit schaumiger Hand. Als die Tür zuschlug, atmete sie hörbar aus. Seufzend lehnte sie sich an die Spüle, verzweifelt über den Zustand des Hauses. Bagel saß neben ihrem Fuß und wedelte heftig mit dem Schwanz.

»Das wird ein Desaster«, sagte sie zu ihm, doch er zeigte nur ein breites Hundelächeln und wedelte weiter mit der weißen Schwanzspitze.

Als sie mit dem Abwasch fertig war, ein bisschen aufgeräumt, für Bagel ein paar Mal den Ball geworfen und ihm dann sein Abendessen serviert hatte, blieben ihr nur noch Minuten, um zu duschen, sich umzuziehen und das Haus ein letztes Mal zu inspizieren, bevor Graham eintraf.

Zuerst wollte sie wie üblich Jeans anziehen, entschied sich aber dann für ein grünes Sommerkleid, das ihre Mutter ihr erst vor kurzem gekauft hatte, und riss das Preisschild mit den Zähnen ab. Eigentlich trug sie nur sehr ungern Grün; sie fürchtete, in Kombination mit ihren roten Haaren ließ es sie wie Weihnachtsschmuck aussehen, doch als sie sich vor den Spiegel stellte, gefiel es ihr besser, als sie gedacht hatte. Nicht direkt Hollywood-Niveau, aber es musste reichen.

Noch zwei Minuten, sie rannte nach unten und ging noch einmal ihre Checkliste durch. Sie rechnete nicht mit seinem pünktlichen Erscheinen; Jungen kamen immer zu spät, und trotz ihrer begrenzten Kenntnisse von Filmstars nahm sie doch an, bei denen wäre es noch schlimmer. Die Zeit reichte also zum Aufräumen, sie konnte ein paar peinliche Kindheitsfotos verschwinden lassen und einiges von dem Hummer-Nippes, der überall im Haus verstreut war.

Doch als sie wieder in die Küche kam, sank ihr Mut.

Es lagen keine Zeitungen mehr auf den Arbeitsflächen, keine albernen Magneten hingen mehr am Kühlschrank, Bagels Gummispielzeug hatte sie im Schrank versteckt, sämtliches Geschirr war weggeräumt. Es sah nett aus; so gut es eben ging. Doch als sie es mit Grahams Augen betrachtete, begriff Ellie, es würde nie gut *genug* aussehen.

Das Haus war klein, vollgestopft und schäbig. Man sah ihm die zwölf Jahre an, die sie darin gewohnt hatten: die angestoßenen Wände und die verkratzten Bodendielen, der dünne Staubfilm auf allen gerahmten Fotos. Der Drehknopf der Küchenarmatur war schon so lange kaputt, dass sie es kaum noch bemerkten, und es war schwer zu sagen, wann der weiße Kühlschrank so gelblich geworden war.

Ihr Blick zuckte von einer Ecke in die andere, und sie kämpfte eine Panikattacke nieder. Wie war sie bloß auf diesen Einfall gekommen? Er war nicht bloß irgend so ein Typ; er war ein Filmstar. Sein Badezimmer war bestimmt größer als ihre Küche und sein Schlafzimmer größer als ihr ganzes Haus. Ellie war noch nie in Kalifornien gewesen, aber sie stellte sich dort alles glänzend und neu vor, Lichtjahre entfernt von diesem heruntergekommenen Häuschen, dessen Anstrich vom Meersalz ausgebleicht war, deren Veranda mit den Jahren immer mehr durchhing.

Sie griff zu ihrem Handy, um ihm per Mail etwas anderes vorzuschlagen. Die Vorstellung, im Ort vor die ganzen Fotografen zu treten, war zwar beängstigend, aber konnte es schlimmer sein als das hier? Dass Graham Larkin auf dem rissigen Linoleum ihrer Küche stand und irgendwelche Reste aus ihren angeschlagenen Schüsseln aß?

Sie wusste, es würde Folgen haben, wenn ihr Bild in den Zeitungen auftauchte. Ihre Mutter würde ausrasten, aber es hing noch mehr daran: die Möglichkeit, dass irgendjemand zwei und zwei zusammenzählte. Ihre gesamte Existenz baute auf einem Geheimnis auf, und eine einzige Unachtsamkeit konnte alles zerstören.

Aber hinter ihr trank der Hund aus der Toilettenschüssel, die Klimaanlage auf der Fensterbank ächzte einmal laut und erstarb.

Ellie biss sich auf die Lippen und starrte auf das Smartphone in ihrer Hand.

Aber es war zu spät.

Mit einem scharfen Bellen polterte Bagel den Flur entlang, und einen Sekundenbruchteil später schellte die Türklingel durch das Häuschen.

Von:	GDL824@yahoo.com
Gesendet:	Montag, 10. Juni 2013 19:24
An:	EONeill22@hotmail.com
Betreff:	**Re: falls du dich verläufst …**

Ich bin auf dem Weg. (Und glaub mir, ich habe mich kein bisschen verlaufen …)

zehn

Seit einer Stunde wanderte Graham durch die Straßen Henleys. Als er Ellie erzählt hatte, er müsse noch zurück ins Hotel und ein paar Sachen checken, da hatte er gelogen. Er wollte ihr nur Zeit geben, alles vorzubereiten. Denn kaum war ihr die Einladung zum Abendessen über die Lippen gekommen, da merkte er, dass sie es vielleicht schon bereute.

Er hätte ihr gleich auf der Stelle sagen sollen, sie brauche sich keine Sorgen zu machen, als sie noch zusammen am oberen Ende des Sunset Drive gestanden hatten und das Licht des Spätnachmittags so durch die Blätter gefallen war, dass es die Sommersprossen auf ihrer Nase hervorgehoben hatte. Er wünschte, er hätte ihr gleich da erzählt, dass er in einem Haus aufgewachsen war, das kaum größer als ihres war, einem Haus, in dem die Badezimmerkacheln bröckelten, in dem der Keller komisch roch, in dem die Treppe jedes Mal einen regelrechten Chorgesang aus Ächzen und Knarren anstimmte, wenn jemand wagte, sie zu betreten.

Er hätte ihr sagen sollen, dass seine Eltern immer noch darin wohnten, aber dass seine Mutter jetzt, wenn er zu Besuch kam, das Haus in Schuss brachte, als habe sich ein hoher Würdenträger oder ein lang verschollener Verwandter angekündigt, den Blumen auf der Fensterbank oder ordentlich gefaltete

Handtücher beeindrucken könnten; alles, um das wahre Wesen des Hauses zu verschleiern, es unkenntlich zu machen, obwohl Graham doch genau das Gegenteil wollte: wieder nach Hause finden.

Doch die Worte waren ihm nicht über die Lippen gekommen. Er hatte sich so daran gewöhnt, solche Gedanken für sich zu behalten, dass er wohl nicht mehr fähig war, sie mit jemandem zu teilen.

In der Stadt lief er mit gesenktem Kopf an kleinen Touristengrüppchen vorbei, die vor den Restaurants Speisekarten studierten. Am Ende der Straße lag der stille Filmset, standen die massigen Wohnwagen, dunkel und leer. Sie hatten längst Schluss gemacht für heute, doch Graham wusste, Mick sauste noch irgendwo herum, ging das Drehbuch durch, prüfte die Ausstattung für die morgige Szene – die erste, die sie auf dem Wasser drehen sollten.

Als er am Haushaltswarenladen vorbeikam, vor dem so ein altmodisches automatisches Pferd stand, bemerkte er ein Schild im Fenster, auf dem die Feierlichkeiten zum 4. Juli angekündigt wurden, und er blieb stehen, um sich das genauer anzusehen. Anscheinend gab es jedes Jahr ein Stadtfest mit Konzert und Grillen, danach Tanz und Feuerwerk, und Graham konnte es sich fast schon vorstellen: die Straßen voller Menschen, Kinder mit Wunderkerzen, Musik in der Luft. Das erinnerte ihn an die Feiern in seiner Heimatstadt, und er dachte an die Paraden, die er als Kind mit seinen Eltern angeschaut hatte, als sie alle drei mit Fahnen gewedelt hatten, wenn die Kapellen vorbeimarschierten.

Er war schon den halben Weg bis zu Ellies Haus gegangen, als ihm auffiel, dass er dann noch in Henley sein würde. Die Produktion zog erst ein paar Tage nach dem Vierten wieder zurück nach L.A., und Graham hatte zwar den genauen Drehplan nicht im Kopf – hatte im Grunde noch kaum drauf geschaut –, doch er war sicher, dass sie am Feiertagswochenende wenigstens ein bisschen freihatten.

Ehe er sich die Sache anders überlegen konnte, zog er sein Handy aus der Tasche und rief seine Eltern an. Während es klingelte, ging er all die Möglichkeiten für das Wochenende in seiner Fantasie durch, und er musste lächeln. Seine Eltern hatten ihn erst ein einziges Mal am Set besucht, ganz zu Anfang, bei einer seiner ersten Szenen, die im Studio in Los Angeles gedreht worden war. Mit ihren Zopfmuster-Pullis und Brillen wirkten sie hoffnungslos deplatziert, seine Mutter zitterte wegen der Studiokälte, und sein Vater blinzelte wegen der grellen Scheinwerfer. In einer Drehpause hatte seine Mutter ihn auf die Wange geküsst und erklärt, es ginge ihr nicht so gut. Graham hatte ihnen mit dem bleiernen Gefühl hinterhergeschaut, dass zwischen ihnen schon ein Graben entstanden war.

Aber das hier wäre anders. Er konnte sie herumführen, sie mit seinem Wissen über das Filmemachen beeindrucken, und sie könnten ihnen beim Drehen zugucken, an einem Ort, an dem sie sich bestimmt wohler fühlen würden. Er würde ihnen ganz Henley zeigen, sie zum Abendessen in den *Lobster Pot* einladen, sie zum Stadtfest mitnehmen und mit ihnen das Feuerwerk anschauen, so wie früher, als er noch klein war. Vielleicht könnte er mit seinem Vater Angeln gehen. Vielleicht könnten sie sogar Ellie kennenlernen.

Als der Anrufbeantworter ansprang – seit Jahren dieselbe Ansage –, erschrak er und räusperte sich. »Hallo«, begann er zögerlich. »Ich bin's. Wollte nur mal hören, ob ihr am Vierten was vorhabt. Wenn nicht, dachte ich, ihr könnt vielleicht herkommen und mich besuchen. Würde euch bestimmt gefallen hier. Erinnert mich irgendwie an zu Hause. Und es wäre vielleicht sogar ganz nett, wenn ihr das ganze Wochenende hier wärt. Ich bin übrigens in Maine, falls ich das noch nicht gesagt habe. Lasst mich jedenfalls wissen, was ihr davon haltet ...«

Er verstummte und legte dann schnell auf. Er war sich schon nicht mehr so sicher. Seine Eltern verreisten kaum. Als Graham noch klein war, hatten sie im Jahr genau einen Familienurlaub gemacht: Sie fuhren zwei Stunden zu einem Motel am Meer, wo sie drei Tage blieben, um dann mit rosigen Wangen und leichtem Sonnenstich von den Stunden am Strand zurückzukehren. Es war gar nicht so, dass die Welt sie nicht interessierte; mit ihren mageren Lehrergehältern konnten sie sich einfach nicht mehr leisten.

»Wir leben in Kalifornien«, pflegten sie fröhlich zu sagen. »Unser ganzes Leben ist ein einziger Urlaub.«

Doch das Kalifornien, in dem Graham aufgewachsen war, unterschied sich fundamental von dem Kalifornien, in dem er jetzt lebte. Sogar von dem, in dem er dann zur Schule gegangen war – zwanzig Minuten Fahrt von seinem Elternhaus entfernt, doch es hätten auch zwanzig Stunden sein können. Kurz vor dem Wechsel auf die Highschool hatte er ein Teilstipendium für eine Privatschule ein paar Vororte weiter ergattert, und seine Eltern finanzierten den Rest mit dem Geld, das seine Großeltern ihm hinterlassen hatten. Graham kam die Summe damals riesig vor, und er hatte ein schlechtes Gewissen, weil er es für sich verwendete, wo sie doch so viel damit hätten anstellen können: das Haus renovieren, das stotternde Auto ersetzen, die Rechnungen bezahlen, die sich mit erschreckendem Tempo auf Dads Schreibtisch ansammelten.

Jetzt hatte Graham natürlich genug Geld, das alles zu erledigen: Er konnte seinen Eltern ein neues Haus oder eine ganze Wagenflotte kaufen, konnte sie auf Weltreise schicken und all ihre Schulden bezahlen, ohne mit der Wimper zu zucken. Doch sie wollten eigentlich nur eins – was sie schon *immer* gewollt hatten: dass er studierte.

Sie legten seiner Leinwandkarriere gar keine Steine in den Weg, aber anscheinend duldeten sie die Schauspielerei nur; für sie waren die Filme ein Sprungbrett für die akademische Karriere, keine Entscheidung für den Rest des Lebens. Sein Vater schaute sich bloß alte Schwarz-Weiß-Klassiker an und betrachtete nichts, was in den letzten Jahrzehnten gedreht worden war, als Kunst. Als Graham die beiden zur Premiere seines ersten Films mitgenommen hatte, klatschten und lächelten sie zwar an den richtigen Stellen, doch ihm war schmerzlich bewusst, wie er auf sie gewirkt haben musste mit den Kampfszenen voller aufgeblasener Spezialeffekte, den überdrehten Dialogen und am schlimmsten der unerträglich kitschigen Szene, als er schließlich die Heldin küsste. Bis dahin war ihm das nie aufgefallen.

Graham war sehr wohl bewusst, dass sie sich zwar noch zurückhielten, weil ihnen seine neue Welt fremd war, aber dass sie trotzdem hofften, er würde endlich zur Besinnung kommen und diesen Schauspielkram hinter sich lassen. Sie redeten über seine Leinwandkarriere oft, als würde er nur ein Jahr aussetzen, als würde er das Studium nur aufschieben, um eine Saison mit dem Zirkus durchs Land zu ziehen oder auf Bali das Paarungsverhalten einer Affenart zu erforschen. Doch in Wahrheit hatte Graham überhaupt nicht vor, im nächsten Jahr aufs College zu gehen. Wenn er den Highschoolabschluss mit Hilfe seines Privatlehrers geschafft hatte, dann war's das für ihn.

Das lag zum Teil daran, dass ihm die Schauspielerei richtig Spaß machte und er sich nicht vorstellen konnte, die zahllosen Möglichkeiten sausenzulassen, die noch kommen würden, die vielen Schauspieler, mit denen er noch arbeiten, die Rollen, die er noch spielen wollte. Zum Teil aber auch daran, dass er keinen Sinn darin sah, aufs College zu gehen. Das tat man doch, um fleißig zu studieren und dann einen guten Job zu bekommen, damit man ordentlich Geld verdienen konnte. Er aber hatte schon jede Menge Geld, genug fürs ganze Leben. Und lernen konnte er überall, oder etwa nicht?

Doch wenn er ganz ehrlich war, steckte noch mehr dahinter. Die Art Studium, die er sich immer ausgemalt hatte – zu Seminaren in efeuumrankten Gemäuern eilen, im Winter schneebedeckte Stufen hinaufsteigen, bei Footballspielen auf Holztribünen hocken, stundenlang mit leuchtenden Augen über Philosophie debattieren –, war von seinem jetzigen Leben himmelweit entfernt, und er fürchtete, es sei ihm vollkommen unmöglich geworden, sich in eine solche Szenerie einzufügen. Auf keinen Fall wollte er so ein Promi-Student werden, der sich zwar halbwegs Mühe gab, ganz normal zu sein, obwohl ihm Kameras folgten und ihn Kommilitonen anglotzten, der aber schließlich doch die Abschlussklausuren verpasste, weil er nach Vancouver jetten musste, um einen Independentfilm zu drehen. Graham hatte keinerlei Interesse, sich noch mehr zum Affen zu machen als jetzt schon.

Er wusste, seine Eltern hofften im Stillen, er werde es sich noch anders überlegen, und er wollte sie nur ungern enttäuschen. Doch er war sich seiner Sache sicher. Das war einer der vielen Gründe, warum sie einander nicht mehr verstanden, wieso sie keine richtige Familie mehr waren, eher drei Leute, die eine Zeit lang zusammengewohnt hatten.

Was sie brauchten, dachte Graham, als er vor Ellies Haus stand, war ein altmodischer Familienurlaub. Sie brauchten gemeinsame Mahlzeiten und gemeinsame Erlebnisse, und das so weit von Kalifornien weg wie möglich. Er war erst ein paar Tage hier und fühlte sich schon wie ein ganz anderer Mensch. Vielleicht würde Henley auch seine Eltern verzaubern.

Doch als die Tür aufging und Ellie erschien – die langen Haare noch feucht vom Duschen, wunderschön in ihrem hellgrünen Sommerkleid –, da wurde ihm klar, dass es nicht an Henley lag.

Sondern an ihr.

Er beugte sich vor, um sie zu küssen – es kam ihm ganz natürlich vor, wie Schuhezubinden oder Treppensteigen, etwas, das man, ohne nachzudenken, tut –, und er war nur noch zwei Handbreit entfernt, als er unsicher zurückzuckte und wie aus einem Nebel aufschreckte.

Sie waren noch gar nicht beim ersten Kuss angelangt, aber er beugte sich schon vor, als sei es bereits ein Ritual, als hätten sie sich schon tausend Mal geküsst. Es dauerte einen Augenblick, bis er sich wieder aufgerichtet hatte, und als er das Gleichgewicht wiederfand, drückte er die Schultern durch. Er wollte hellwach sein, wenn er Ellie zum ersten Mal küsste.

Sie sah ihn leicht verwirrt an, und Graham konnte nicht erkennen, was sie dachte. Hoffentlich hatte sie nicht gemerkt, was er gerade vorgehabt hatte.

Hoffentlich dachte sie bloß, er habe das Gleichgewicht verloren.

»Hi«, sagte er verlegen grinsend.

»Komm rein«, sagte sie und wirkte selbst etwas unsicher.

Sie schob ihn in den Flur, der nach Zitronenputzmittel roch, und Graham bückte sich, um Bagel zu streicheln, der seine Schuhe geschäftsmäßig beschnüffelte. Dann folgte er Ellie in die schwach beleuchtete Küche, wo der Tisch für zwei gedeckt war und der Duft von Geschirrspülmittel noch in der Luft hing. Abgesehen davon nahm Graham kaum etwas wahr; seine Augen hingen an Ellies grünem Kleid, während sie mit verlegenem Blick zwischen Küchenschränken und Kühlschrank hin und her lief.

»Wir haben fast nie etwas Besonderes hier«, sagte sie, »aber ich hatte gedacht, es wäre wenigstens Tiefkühlpizza oder so was da.«

»Willst du damit etwa sagen«, neckte Graham, »dass es keinen Hummer gibt?«

Sie kniff die Augen zusammen. »Sehr witzig.«

»Alles bestens«, sagte er und stellte sich neben sie, um die Vorräte in der Speisekammer in Augenschein zu nehmen. Er zog eine fast leere Schachtel Kräcker und eine Dose Thunfisch aus dem Regal. »Wir machen ein Smörgåsbord. Ein bisschen hiervon, ein bisschen davon.«

»Entschuldige«, sagte sie und lehnte sich gegen die Spüle. »Wir hätten doch essen gehen sollen. Ich fasse es nicht, dass ich dir alte Kräcker anbiete.«

»Machst du Witze?« Er zeigte mit großer Geste um sich. »Nicht jeder kommt in den Genuss, im *Chez O'Neill* zu speisen. Ich habe gehört, es ist eins der exklusivsten Restaurants in ganz Maine.«

»Das stimmt allerdings«, sagte sie. »Unsere Gäste sind ausschließlich Filmstars.«

Sie durchsuchten den Kühlschrank, räumten alles heraus und stellten dann das Abendessen zusammen – eine ziemlich wilde Mischung, die von Mikrowellen-Popcorn über Apfelringe und zwei übrig gebliebene Pizzastücke bis zu Tiefkühlerbsen reichte. Was nicht mehr so appetitlich aussah, ging direkt an Bagel, der Rest wanderte auf den Küchentisch, wo sie die Speisen zu einer Art Büfett arrangierten.

»Also«, sagte Graham und zog einen Stuhl vom Tisch. »Weißt du eigentlich inzwischen, ob du diesen Lyrikkurs mitmachst?«

Die Frage schien Ellie zu überraschen, und Graham lächelte, denn genauso war es ihm vorhin mit dem Zeichnen gegangen: Als hätte sie ihm den Gedanken direkt aus dem Hirn gepflückt. Sie stellte sich auf die Zehenspitzen, um eine Schüssel vom obersten Regal zu nehmen, und als sie sich wieder umdrehte, nickte sie.

»Ich fahre im August hin«, sagte sie, aber ihre Stimme klang belegt. »Ich bin schon ganz aufgeregt. Es gibt da so einen Professor, der –«

»Du hast das Geld also aufgetrieben?«, fragte er, und Ellie wurde ganz starr. Sie wandte ihm wieder den Rücken zu und leerte eine angefangene Packung Tortilla-Chips in die Schüssel. Graham bereute seine Frage bereits. Als sie in ihren Mails davon erzählt hatte, war es ihr offenbar leichtgefallen, aber jetzt, nachdem sie wusste, wer er wirklich war, war es irgendwie unpassend.

»Nicht so richtig«, sagte sie leichthin. »Aber dafür habe ich ja noch ungefähr einen Monat Zeit.«

»Wie viel brauchst du denn noch?«, fragte er, und sie wirkte verlegen.

»Genug«, sagte sie und wurde rot. Im darauf folgenden betretenen Schweigen erkannte Graham seinen Fehler. Eigentlich hatte er ihr helfen, ihr das fehlende Geld einfach anbieten wollen, aber jetzt wurde ihm klar, dass er die Sache damit nur schlimmer machen würde. Und indem er so beiläufig aufs Geld zu sprechen gekommen war, hatte er sie nur daran erinnert, wer er wirklich war: nicht bloß der Junge, der ihre Mails bekommen hatte, sondern der Filmstar, der in ihrer Küche saß. Er spürte, dass die lockere Atmosphäre zwischen ihnen zu kippen drohte, und als sie die Schüssel abstellte, räusperte er sich und sagte, um das Thema zu wechseln:

»Das sieht doch gut aus. Ich habe noch nie Glückskekse mit Chips und Salsa gegessen.«

»Tja«, sagte sie und lächelte leicht, »*Chez O'Neill* ist ganz vorn in der chinesisch-mexikanischen Küche.«

»Gefällt mir«, sagte er. »Drei Sterne.«

»Was?« Sie setzte sich ihm gegenüber. »Bloß drei?«

»Mehr kann man, glaube ich, gar nicht kriegen.«

»Klingt ja nicht sehr viel«, sagte sie. »Ich hätte lieber zehn.«

»Wie wäre es mit ›beide Daumen hoch‹?«

»Das verwechselst du mit der Filmkritik.« Sie leckte sich Erdnussbutter vom Finger. »Wie läuft es denn überhaupt?«

»Der Film?«

Sie nickte.

»Okay«, sagte er.

»Du klingst ja nicht gerade begeistert.«

»Doch, es läuft wirklich gut«, sagte er und steckte sich einen Apfelring in den Mund. »Es ist schön, mal was anderes zu machen. Und der Regisseur ist echt … interessant.«

»Wirst du wieder mit ihm arbeiten?«, fragte sie. »Ich meine, du kannst es dir doch aussuchen, oder?«

»Schätze schon«, sagte er. »Aber ich habe mir noch nicht überlegt, was ich als Nächstes mache.«

»Was *willst* du denn machen?«

»Etwas Wichtiges.«

Sie legte den Kopf schräg. »Etwas, was *dir* wichtig ist?«

Er nickte. »Das wäre am besten.«

»Du wirst schon was Gutes finden«, sagte sie. »Es muss Spaß machen, immer mal eine neue Rolle zu spielen. Ich habe den Trailer zu deinem ersten Film gesehen, und da gab es diese Stelle –«

Graham beugte sich vor. »Moment mal«, sagte er und lachte, »du hast bloß den Trailer gesehen?«

Ellie griff nach ihrem Wasser und versteckte sich hinter dem blauen Plastikbecher mit einem lächelnden Wal darauf.

»Du hast die Filme nicht gesehen?«

»Na ja, der dritte ist ja noch gar nicht gelaufen«, sagte sie, stellte den Becher wieder ab und nahm sich einen Glückskeks.

»Klar, aber die ersten beiden?«

Sie zuckte die Achseln. »Quinn hat versucht, mich in den ersten zu schleppen, aber solche Filme sind echt nicht so mein Ding.«

»Ich dachte, jedes Mädchen in Amerika wäre total besessen von diesen Filmen«, sagte Graham verblüfft. Es war schon unvorstellbar lange her, dass er jemanden getroffen hatte, der diese Filme nicht gesehen hatte oder zumindest so getan hatte, als ob.

»Du meinst dich«, verbesserte Ellie. »Jedes Mädchen in Amerika ist total besessen von *dir.*«

Er lachte. »Dann schließe ich daraus, dass du nicht gerade ein Fan von Graham Larkin bist?«

»Jetzt schon«, sagte sie und brach den Glückskeks auf. Sie zog den kleinen Papierstreifen heraus, las ihn mit gerunzelter Stirn und lachte dann. »Da steht: *Du wirst einen Glückskeks erhalten.*«

»Ist nicht wahr«, sagte Graham, und sie reichte ihm den Schnipsel, damit er es selbst sehen konnte. »Das ist doch der beste Glücksspruch aller Zeiten.«

Ellie knabberte den Keks an. »Jedenfalls der zutreffendste.«

»Die meisten Prophezeiungen werden niemals wahr«, sagte er kopfschüttelnd. »Aber die hier ist schon wahr geworden. Mal ehrlich, möchtest du lieber einen leckeren Keks versprochen bekommen, der dann sofort da ist, oder eine Million Dollar, die aber nie kommt?«

»Im Augenblick würde ich wohl die Million nehmen.« Sie wischte die Krümel vom Tisch, damit der Hund – der auch wie der Blitz neben ihrem Stuhl war – sie auffressen konnte. »Der Keks war längst nicht so lecker wie versprochen.«

»Da ist Bagel aber anderer Meinung.«

»Bagel ist etwa so wählerisch wie ein Staubsauger«, sagte sie und schaute liebevoll zu ihm hinunter. »Und, bist du auf deine Szene morgen vorbereitet?«

Er zuckte die Achseln, was nicht sehr überzeugend wirkte.

»Ich wette, du hättest eigentlich deinen Text lernen müssen, anstatt den ganzen Nachmittag mit mir abzuhängen«, sagte sie und stützte sich auf die Ellbogen. »Kannst du ihn?«

»Mehr oder weniger.« Er knickte ein Stück Pizza in der Mitte zusammen. Bagel hatte inzwischen neben ihm Stellung bezogen und klopfte ein paar Mal mit dem Schwanz auf den Boden. Graham warf ihm den Rand zu. »Ich habe ihn den ganzen Tag in der Hosentasche mit mir herumgetragen, ich hoffe also, dass so eine Art Osmose stattgefunden hat.«

»Ich bin sicher, alle wirklich großen Schauspieler verlassen sich auf Osmose.« Sie streckte die Hand über den Tisch. »Kann ich ihn sehen? Wir können ihn zusammen durchgehen.«

Graham lehnte sich zurück. »Nicht nötig.« Plötzlich war es ihm peinlich. Vor der Kamera zu spielen war das eine; vor dem Mädchen, das man gernhatte, etwas ganz anderes. »Ich krieg das schon hin.«

»Ach komm.« Sie wedelte fordernd mit der ausgestreckten Hand. »Das wird lustig.«

»Na gut«, sagte er, richtete sich auf und zog die gefalteten Blätter aus der Hosentasche. »Aber ich spiele das nicht richtig, okay? Wir gehen nur den Text durch.«

»Ich kriege also nicht den vollen Graham-Larkin-Effekt zu sehen?«, neckte sie und nahm ihm die Blätter ab. »Dann muss ich wohl morgen mal am Set vorbeischauen.«

»Da müsstest du ziemlich gut schwimmen können. Wir drehen auf einem Boot.«

»Okay, Ahab.« Sie las sich den Text durch. Als sie wieder aufblickte, hatte sie die Lippen zu einem Schmollmund verzogen und sah ihn unter halb gesenkten Lidern hinweg an. Dann warf sie mit übertriebener Geste die Haare nach hinten, und eine Sekunde später fiel Graham ein, wo er das schon mal gesehen hatte: Sie machte Olivia nach.

»Nicht schlecht«, sagte er, doch er war erleichtert, als sie den Text mit gewohnter Miene noch einmal studierte.

»Okay, los geht's«, sagte sie und räusperte sich. »›Wo willst du hin, Jasper?‹« Sie hielt inne und zog die Augenbrauen hoch. »Du heißt Jasper?«

Er zuckte die Achseln, und sie fuhr fort.

»›Komm zurück!‹«, rief sie theatralisch, worauf Bagel aufsprang und den Kopf schüttelte, so dass sein Halsband rasselte.

Graham tätschelte ihn beruhigend. »Richtig toll«, sagte er zu Ellie. »Kein bisschen übertrieben.«

»Ich hab nie gesagt, dass *ich* richtig spiele«, stellte sie klar. »Du bist dran.«

»›Ich muss jetzt mal allein sein‹«, sagte Graham mit betont ausdrucksloser Stimme. »›Ich brauche Zeit zum Nachdenken.‹«

Ellie neigte den Kopf zur Seite. »Ich weiß, ich bin kein Experte, aber ich wette, du könntest etwas mehr Gefühl hineinlegen.«

»Kritisieren kann jeder, Bagel«, sagte er zum Hund, der mitfühlend jaulte, während Ellie sich wieder dem Drehbuch zuwandte.

»›Du weißt überhaupt nicht, was du jetzt brauchst. Du hast keine Ahnung –‹« An dieser Stelle brach sie ab, den Blick immer noch aufs Blatt gerichtet.

Graham konnte sich tatsächlich nicht erinnern, was als Nächstes kam. Er hatte vorgehabt, die Sätze später im Hotelzimmer durchzugehen, und er war morgen sowieso nicht vor zwölf Uhr dran, also hatte er auch noch den ganzen Vormittag. Er hatte schon ganze Szenen in weniger Zeit auswendig gelernt.

»Du sollst mich küssen«, sagte Ellie und sah ihn mit undurchdringlicher Miene an. Graham zog sich der Magen zusammen, er starrte sie an und war nicht in der Lage, eine Antwort zu formulieren. Es war still bis auf das Ticken der Uhr über dem Herd und das leise Atmen des Hundes. Nach einem langen Moment schüttelte Ellie den Kopf. »Steht im Drehbuch.« Sie zeigte auf die Seite, ohne den Blick von Graham zu wenden.

Er nickte rasch. »Stimmt«, sagte er und zwinkerte heftig.

»Du sollst mich küssen«, sagte sie noch einmal, dann wurde sie rot und hielt die zerknickten Seiten hoch. »Ich meine Olivia. Oder –«, sie schaute kurz darauf, »Zoe. Echt? Jasper und Zoe? Wer schreibt denn so was?«

Graham hörte gar nicht richtig hin. Ihre Worte kreisten in seinem Kopf: *Du sollst mich küssen.*

Sie hatte natürlich Recht. Er sollte sie küssen. Er hätte sie schon vor einiger Zeit küssen sollen, gleich als er hier angekommen war. Er hätte sie schon heute Nachmittag am Strand küssen sollen. Und am Tag vorher im Ort. Und am ersten Abend draußen auf ihrer Veranda.

Auf einmal kam es ihm vor, als hätte es bereits eine Million Gelegenheiten gegeben, bei denen er sie hätte küssen sollen, auch ohne Drehbuch oder sonst irgendwelche Anweisungen. Ohne nachzudenken, stützte er die Hände auf den Tisch und schob seinen Stuhl zurück. Erst als sie ihn anlächelte, merkte er, dass er selbst lächelte.

»Ich glaube, es ist ganz wichtig«, sagte er beim Aufstehen, »dass wir uns ans Drehbuch halten.«

»Echt?«, sagte sie, und ihr Lächeln wurde breiter.

Doch da schwenkte ein Lichtkegel an den dunklen Fenstern über der Spüle entlang, verschwand kurz und landete dann wieder direkt in Grahams Augen. Er trat zur Seite und blinzelte, und als er sich wieder Ellie zuwandte, war auch sie aufgestanden.

»Mist«, murmelte sie. »Sie kommt früher zurück.«

»Wer?« Graham war durcheinander. Vor einer Sekunde war alles noch wie in Zeitlupe abgelaufen, und jetzt kam es ihm vor, als hätte jemand »Schnitt!« gerufen, und der Bann war gebrochen. *Ich sollte sie küssen*, dachte er, und plötzlich erschien ihm der ganze Abend wie ein Lied, das vor den letzten Takten abgebrochen worden war und so ein quälendes Gefühl der Unvollständigkeit hinterließ.

»Meine Mutter«, sagte Ellie und räumte den Tisch ab. »Sie war wohl nicht so angetan von dem Buch.«

Draußen gingen die Scheinwerfer aus, Graham hörte eine Autotür zuschlagen. Bagel trottete zur Hintertür, und eine Minute später erschien Ellies Mutter, deren Miene sich verdüsterte, als sie Graham mit den Händen in den Hosentaschen mitten in der Küche stehen sah.

Es war schon lange her, dass ihn jemand mit so offenem Misstrauen angeschaut hatte. In seinem früheren Leben war er immer toll mit Eltern klargekommen: Er war ein netter Junge und charmant genug, fast jeden für sich einzunehmen. Und in seinem neuen Leben hatte er sich daran gewöhnt, dass sich alle fast überschlugen, um ihm zu gefallen. Aber dieser Ausdruck von Argwohn, mit dem Ellies Mutter ihn gerade ansah, war völlig neu für ihn.

Graham trat von einem Fuß auf den anderen und versuchte gewinnend zu lächeln, was aber offensichtlich überhaupt keine Wirkung erzielte.

»Ich dachte, Quinn kommt vorbei«, sagte Mrs O'Neill mit hochgezogenen Brauen, während sie ihre Handtasche auf die Arbeitsplatte fallen ließ.

»Sie hat es sich anders überlegt«, murmelte Ellie. »Du erinnerst dich an Graham, oder?«

Mrs O'Neill nickte, ohne zu lächeln. »Schön, Sie zu sehen«, sagte sie, klang dabei allerdings nicht so, als meinte sie das auch. »Gefällt es Ihnen in Henley?«

»Ja«, sagte Graham und schluckte im letzten Augenblick das »Ma'am« hinunter. »Es ist wirklich reizend hier.« Er räusperte sich und schaute zu Boden. Er hatte noch nie im Leben das Wort »reizend« benutzt.

»Und wie lange bleiben Sie alle hier im Ort?«

»Noch ein paar Wochen«, antwortete er. »Aber ich wünschte, es wäre für länger. Es ist wirklich ein reizender Ort.« Er hustete, seine Wangen brannten. Unfassbar, dass er in weniger als einer Minute zwei Mal »reizend« gesagt hatte. »Ich habe übrigens gerade meine Eltern für den vierten Juli hierher eingeladen«, fügte er rasch hinzu. Er hatte das Gefühl, Unsinn zu reden, aber konnte nicht aufhören. »Ich dachte mir, denen wird es hier sicher auch gefallen.«

Von der anderen Seite der Küche schickte Ellie ihm ein aufmunterndes Lächeln. »Das wird bestimmt nett«, sagte sie. »Wie lange bleiben sie denn hier? Wir könnten euch ein paar Tipps geben, was ihr unternehmen könnt.«

»Wahrscheinlich vier oder fünf Tage.« Während er das sagte, dachte Graham, wie unwahrscheinlich das doch war. Doch in dem Moment wünschte er sich so sehr, dass es wahr würde. »Mein Vater und ich gehen ganz gern angeln, das werden wir also ganz bestimmt machen.«

»Klingt doch super«, sagte Ellie und warf ihrer Mutter einen Blick zu. »Tja, es ist schon spät …«

»Ja, klar.« Graham machte einen Schritt in Richtung Tür. »Ist es.« Er winkte Mrs O'Neill unbeholfen zu. »Vielen Dank, dass ich herkommen durfte.« Dann lächelte er Ellie an, und es kam ihm vor, als sei sie unerreichbar weit entfernt, dabei wäre er am liebsten quer durch die Küche zu ihr gegangen, um zu Ende zu bringen, was sie angefangen hatten. »Wir sehen uns …« Er wollte schon »morgen« sagen, besann sich aber eines Besseren. »… sicher irgendwo.«

Damit wich er dem Hund aus und ging in den Flur. Zu seiner Überraschung fingen Ellie und ihre Mutter schon an zu streiten, als er durch die Haustür auf die Veranda trat, er konnte ihr Flüstern durchs Fliegengitter hören, harsch und erregt und viel zu laut.

Draußen war die Nachtluft abgekühlt, und er blieb einen Augenblick stehen, während er über das nachdachte, was gerade passiert war. Vielleicht war Mrs O'Neill so eine Mutter, die überhaupt nicht wollte, dass ihre Tochter Zeit mit Jungen verbrachte. Oder vielleicht lag es daran, dass Ellie nach Anbruch der Dunkelheit allein mit ihm im Haus gewesen war. Vielleicht hatte ihre Mutter auch nur einen schlechten Tag gehabt. Egal, was der Grund war, Graham wusste, dass er am besten rasch verschwinden sollte, und er holte nur noch einmal tief Luft, bevor er leise von der Veranda stieg.

Er war schon fast am Ende der Einfahrt, als er hörte, wie

hinter ihm die Fliegengittertür zuschlug. Dann klatschten Ellies nackte Füße aufs Pflaster, und sie lief kopfschüttelnd auf ihn zu.

»Tut mir leid –«, fing sie an, aber weiter kam sie nicht, denn Graham hielt es nicht länger aus. Er beugte sich vor, und ihre Lippen trafen sich; Ellies schmeckten leicht nach Erdnussbutter, und er schloss die Augen und küsste sie.

Es war genau so, wie er es sich vorgestellt hatte, es war ganz neu und zugleich unendlich vertraut, er war hellwach und schien doch das Gleichgewicht zu verlieren. Nur ging es diesmal nicht bloß ihm so; diesmal verloren sie gemeinsam das Gleichgewicht.

Von: EONeill22@hotmail.com
Gesendet: Montag, 10. Juni 2013 18:32
An: GDL824@yahoo.com
Betreff: Re: falls du dich verläufst …

Ich bin froh, dass du dich nicht verlaufen hast.

elf

Als Ellie aufwachte, roch es nach Pfannkuchen: ein Friedensangebot. Seit sie klein war, galt das als Signal zur Beendigung eines Streits. Sie und Mom stritten nicht oft, und wenn, dann immer nur für einen Abend. Die ungeschriebene Regel besagte, dass am nächsten Morgen alles vergessen war, dass die bösen Blicke und die scharfen Worte sich in herzförmige Pfannkuchen auflösten. Es war die bestmögliche Art Waffenstillstand.

Heute Morgen aber war es anders. Mom stand zwar wie üblich in ihrer Pyjamahose am Herd, eine Tasse Kaffee in der einen, den Pfannenwender in der anderen Hand, doch als Ellie sich auf ihren Platz am Tisch setzte, warf ihre Mutter ihr nur ein schmallippiges Lächeln zu und drehte sich wieder um.

Das war Ellies Schuld, weil sie vor dem Streit gestern Abend einfach weggelaufen war. Als Graham ging, zitterte sie vor Wut über das Benehmen ihrer Mutter.

»Wie kannst du nur so unhöflich sein?«, hatte sie geflüstert, als sie sicher war, dass er es nicht mehr hören konnte. »Es ist nicht seine Schuld. *Ich* habe *ihn* eingeladen.«

»Ohne mir ein Wort davon zu sagen.« Mom starrte sie zornig an. »Ich weiß gar nicht, wieso du überhaupt mit so einem Teenie-Schwarm rumhängst –«

»*Mom!*« Ellie wurde rot.

»Du weißt genau, was hier auf dem Spiel steht, und trotzdem hintergehst du mich ganz bewusst –«

»Wir haben bloß zu Abend gegessen.« Sie hob entnervt die Hände. »Und ich habe ihn hierhergebeten, damit wir nicht von irgendwelchen Fotografen erwischt werden. Es ist ja nicht so, als würde ich –«

»Wenn du meinst, sie kriegen das nicht sowieso raus, wenn du glaubst, dass nicht innerhalb von zwei Sekunden die ganze Welt Bescheid weiß, dann bist du naiver, als ich gedacht habe.« Mom legte zwei Finger an die Schläfen, als hätte sie furchtbare Kopfschmerzen, und atmete dann ganz langsam aus. »Ich meine, kennst du den Typen überhaupt, Ellie?«

»*Ja*«, sagte Ellie mit leiser, zorniger Stimme. »Ich kenne ihn. Tatsächlich.«

Mom schüttelte den Kopf, als hätte sie gar nicht zugehört. »Er ist Filmstar, Herrgott noch mal. Er lebt in Kalifornien. In ein paar Wochen ist er wieder verschwunden. Wie kommst du bloß auf den Gedanken, das sei die Sache wert?«

Ellie stand einfach da und ließ die Worte an sich abperlen. Alle Luft schien aus der Küche gewichen zu sein, sogar Bagel war vollkommen still. Dabei war die Frage ganz einfach zu beantworten; auch wenn ihre Mutter nicht begriff, dass Graham kein schnelles Abenteuer war, kein Sommerflirt. Er war es wert, nur dass die Gründe dafür nichts mit den Träumen anderer Mädchen zu tun hatten, die ihn in den Zeitschriften anhimmelten.

Es war ganz einfach: weil er bereit gewesen war, heute Abend bei ihr alte Tortilla-Chips zu essen. Weil er ihr eine ganze Stadt gezeichnet hatte, als sie ihn darum gebeten hatte. Weil er witzig war und wegen des Blickes, der in seinen Augen lag, wenn er sie anschaute. Wegen der Hunderte E-Mails, die er ihr geschickt hatte, wegen der Worte, die sie monatelang wie wertvolle Münzen getauscht hatten.

Weil er sie anscheinend schon besser kannte als fast alle anderen Menschen, obwohl sie sich erst vor ein paar Tagen tatsächlich begegnet waren. Und wenn das so war, was konnte da in ein paar Tagen mehr alles passieren?

Mom sah sie immer noch an und wartete auf eine Antwort, aber Ellie scherte sich nicht darum, sondern rannte aus der Küche.

»Ellie«, rief Mom, doch sie klang nicht wütend, bloß müde und verwirrt. Und es hätte auch gar keine Rolle gespielt, denn Ellie war schon durch die Haustür und die Auffahrt hinuntergerannt, wo Grahams weißer Hemdrücken noch im Dunkel leuchtete.

Als er sie küsste, war das wie die Antwort auf ihre Frage.

Es war alles, was sie wissen musste.

»Es tut mir leid«, flüsterte sie, als sie sich voneinander lösten. Er hielt sie fest, als wollte er sie am liebsten gar nicht mehr loslassen.

»Ist schon okay«, sagte Graham und warf einen Blick in Richtung der beleuchteten Küchenfenster. »Aber ich sollte wohl besser …«

Ellie nickte, und er beugte sich vor, um sie noch einmal zu küssen. Sie stellte sich vor, dass wahrscheinlich Tausende von Mädchen Graham Larkin küssen wollten und sich genau so einen Augenblick vorstellten, aber hier in der dunklen Einfahrt fühlte es sich gar nicht an wie im Film. Es war viel besser.

»Komm morgen zu mir, ja?«, sagte er beim Weggehen.

»Viel Glück bei deiner Szene«, sagte sie, und als er lächelte, machte ihr Herz einen Sprung.

Als sie danach wieder ins Haus kam und verlegen in die Küche schlich, stellte sie fest, dass ihre Mutter schon nach oben gegangen war. Darum blieb der Streit einfach so in der Luft hängen, unaufgelöst bis zum Morgen, und jetzt waren sie gezwungen, ihn beim normalerweise friedlichen Pfannkuchenfrühstück zu Ende zu führen.

»Hör mal zu«, sagte Mom, schob Ellie einen Teller hin und setzte sich neben sie. Sie beugte sich vor, und eine Strähne kastanienroten Haars löste sich aus ihrem Pferdeschwanz. »Vielleicht ist es ja ungerecht, wenn ich ein Urteil fälle, ohne die ganze Geschichte zu kennen. Also …«

Ellie griff nach der Flasche Ahornsirup. »Wir schreiben uns Mails«, sagte sie, ohne aufzublicken. »Schon seit Monaten.«

»Wie das denn?«, fragte Mom. »Ich meine, wie hast du –?«

»Es war ein Tippfehler«, erklärte Ellie. »Eine falsch geschriebene Mailadresse. Er wollte an jemand anderen schreiben, aber die Mail ist bei mir gelandet, und dann haben wir angefangen, uns zu schreiben. Ich wusste nicht, dass er es war. Graham Larkin, meine ich. Ich dachte, es ist einfach irgendein Typ.«

»Na, das ist ja beruhigend«, sagte Mom. »Ich nehme an, die Lektion in Sachen Internet-Sicherheit heben wir uns für ein anderes Mal auf …«

»Oh, Mom …«, stöhnte Ellie.

Die hob abwehrend die Hände. »Ich will ja nur sagen, dass es da draußen eine Menge Verrückte gibt …«

»*Mom*«, wiederholte Ellie. »Darum geht es doch gar nicht.«

»Okay, okay. Und worum geht es dann?«

Ellie schaute auf. »Es geht darum …« Sie brach ab und holte tief Luft. »Ich bin sehr froh, dass ich nicht wusste, wer es war, verstehst du? Sonst hätte ich ihn nie kennengelernt. Nicht richtig. Nicht so, wie ich ihn jetzt kenne.«

Mom nickte. »Und du magst ihn.«

»Ja.« Ellies Stimme klang plötzlich belegt. »Sehr.«

Auf dem Herd verbrannte gerade die zweite Runde Pfannkuchen, also stand Mom rasch auf und wendete sie. Dann blieb sie lange mit dem Rücken zu Ellie stehen, den Kopf zum Fenster über der Spüle geneigt.

»Ich weiß nicht, was ich sagen soll«, sagte sie schließlich und drehte sich um. »Ich will nicht, dass du verletzt wirst.«

»Das würde er –«

»Ach komm, Ellie«, sagte ihre Mutter, und etwas in ihrem Blick brachte Ellie zum Schweigen. Auf einmal wurde ihr klar, dass es hier gar nicht nur um Graham ging. Sondern auch um ihren Vater. »Du weißt, auf wie viele Arten das schiefgehen kann«, fuhr Mom mit gepresster Stimme fort. »Nicht bloß, weil er ein Filmstar ist, und auch nicht nur, weil er bald wieder abreist.« Sie drückte die Lippen fest zusammen und wählte ihre Worte sorgsam. »Du hast gesehen, was für einen Rattenschwanz er hinter sich herzieht.«

»Du willst mir doch wohl nicht erzählen, ich darf mich

nicht mit ihm treffen, bloß weil er oft fotografiert wird«, sagte Ellie. »Weißt du eigentlich, wie verrückt sich das anhört?«

»Das *ist* doch alles schon völlig verrückt.« Mom ließ die letzten beiden Pfannkuchen auf einen Teller gleiten und kam zurück an den Tisch. »Solche Sachen«, sagte sie kopfschüttelnd, »gehen einfach nicht gut aus.«

»Das glaubst du nur, weil es für dich nicht gut ausgegangen ist.« Ellie runzelte die Stirn. »Das ist nicht das Gleiche. Er ist kein schmieriger Senator. Ich bin keine –«

»Was?« Mom sah sie ganz ruhig an. »Keine billige Kellnerin?«

»Das habe ich nicht gesagt.« Jetzt schüttelte Ellie den Kopf. »Du weißt, so habe ich das nicht gemeint.«

»Dein Vater ...«, begann ihre Mutter und blickte in die Ferne. »Es war nicht einfach.«

»Sicher«, sagte Ellie. »Aber das hier ist was anderes. Graham ist anders.«

»Darum geht es gar nicht«, sagte Mom und schaute auf ihren Teller. Keine von beiden hatte ihr Essen angerührt, und die Pfannkuchen wurden kalt. »Er steht im Blickpunkt der Öffentlichkeit. Und glaub mir, da willst du nicht reingezogen werden.«

»Aber was spielt das überhaupt für eine Rolle?«, fragte Ellie. »Was mit dir und ihm passiert ist – mit meinem Vater –, das ist doch kein Geheimnis. Es ist längst bekannt. Darum verstehe ich nicht, wieso es so schlimm ist, wenn es jetzt jemand rausfindet. Und wieso wir uns immer noch verstecken müssen.«

»Wir verstecken uns nicht«, sagte Mom und spießte mit

der Gabel ein Stück Pfannkuchen auf. »Wir führen ein ganz normales Leben wie andere Menschen auch. Das ist nicht das Gleiche.«

»Aber du willst nicht, dass mein Gesicht in die Zeitung kommt.«

»Dabei bleibt es ja nicht«, seufzte sie. »Ich will einfach nicht, dass du unters Mikroskop gelegt wirst. Dein Bild in der Zeitung wäre bloß der Anfang. Das verstehst du doch, oder? Es braucht bloß ein einziges Foto von dir und Graham Larkin, dann würden die Fotografen auch dich verfolgen. Dann fangen sie an, nach Informationen zu graben. Und sie glauben, das Recht zu haben, alles zu verbreiten, was sie finden. Beim letzten Mal warst du noch zu klein, um dich daran zu erinnern.« Sie schüttelte den Kopf, schauderte. »Was die anstellen, ist grauenhaft. Die kennen überhaupt keine Grenzen.«

Ellie nahm einen Bissen und kaute nachdenklich. »Aber wenn das der einzige Grund ist, dann wäre es doch meine Entscheidung, oder?«, fragte sie. »Mein eigenes Risiko?«

»So einfach ist das nicht«, entgegnete Mom. »Es betrifft auch mich. Und deinen Vater.«

Ellie schnaubte. »Ach, wollen wir *den* jetzt schützen?« Sie lehnte sich zurück und verschränkte die Arme. »Der hat noch nie irgendwas für uns getan, hat nicht mal versucht, uns zu finden –«

»Du weißt genau, das liegt nur daran, dass ich ihn nicht gelassen habe.«

»– aber trotzdem sorgst du dich um ihn? Wenn er irgendwann für die Präsidentschaft kandidiert, werden sie uns wahrscheinlich sowieso aufstöbern. Was macht es da für einen Unterschied?«

»Vielleicht würden sie«, sagte Mom. »Vielleicht auch nicht. Das ist jetzt drei Wahlen her. Es gibt ständig neue Skandale. Sie werden es wieder ansprechen, wie jedes Mal, aber das heißt nicht, dass sie uns aufspüren werden.«

»Hast du nicht gerade gesagt, die kennen keine Grenzen?«

»In politischer Hinsicht ist das Schnee von gestern«, sagte sie. »Aber als Promi-Tratsch ist es eine große Geschichte. Anscheinend ist alles, was diesen Jungen betrifft, eine große Geschichte.« Mom schob ihren letzten Pfannkuchen auf dem Teller herum. »Begreifst du es nicht? Wir haben hier ein wunderbares Leben. Dafür habe ich hart gearbeitet. Und wenn so was erst mal ins Rollen gekommen ist, kann man es nicht mehr aufhalten.«

Als Ellie wieder sprach, klang ihre Stimme ganz klein. »Aber ich mag ihn wirklich.«

»Ich weiß.« Mom legte ihre Hand auf Ellies. »Aber selbst wenn dein Vater kein Thema wäre, so was willst du bestimmt nicht. Glaub mir. Niemand will beim Aufwachen Fotografen sehen, die im Vorgarten campieren. Ich bin überzeugt, Graham Larkin würde dir dasselbe sagen.«

Als sie später zur Arbeit ging, fragte Ellie sich, ob das wohl stimmte. Als sie Graham gefragt hatte, wie er es findet, ständig erkannt zu werden, hatte er nicht darüber reden wollen, doch was die Fotografen hier im Ort anging, wirkte er seltsam fatalistisch und behandelte sie nicht unfreundlicher als einen lästigen Straßenköter, der sich nicht wegschicken lässt. Sie hatte so viele Fotos von ihm in Quinns Zeitschriften gesehen, wie er aus dem Fitnessstudio kam oder versuchte, in Ruhe im Restaurant zu essen; es schien unmöglich, dass irgendjemand sich an so etwas gewöhnen konnte.

Als sie an den Wohnwagen vorbeikam, fiel ihr auf, dass weniger Menschen als sonst dort herumlungerten, und sie erinnerte sich, dass Graham ihr erzählt hatte, heute würden sie auf dem Meer drehen. Trotzdem entdeckte sie einen der Fotografen, der am Rand des Geländes eine Zigarette rauchte, und beschleunigte ihren Schritt, weil ihr nach dem morgendlichen Gespräch unwohl war. Sie war froh, dass sie heute Morgen im *Sprinkles* arbeitete; auch wenn Quinn noch sauer auf sie war, könnte sie dort auf jeden Fall besser darüber nachdenken, was sie mit Graham anfangen sollte, als wenn sie mit ihrer Mutter in deren kleinen Laden eingesperrt wäre.

Doch als sie die Ladentür aufdrückte, sah sie zu ihrer Überraschung Devons Lockenkopf hinterm Tresen auftauchen.

»Hey«, sagte sie, ging zu ihm und ließ ihre Tasche fallen. »Wo ist Quinn?«

Sein Blick glitt zur Seite. »Sie hat mich gebeten, ihre Schicht zu übernehmen.«

»Wieso?«, fragte Ellie. »Geht es ihr nicht gut?«

Devon schüttelte den Kopf, mochte sie aber immer noch nicht anschauen.

»Geht sie mir aus dem Weg?«

Nach einem kurzen Moment sah er sie an. »Ich glaube nicht«, sagte er. »Sie hat bestimmt bloß irgendwas anderes zu erledigen.«

Ellie nickte. Sie kannte Devon, seit er vier war; er war außerordentlich nett und immer anständig. Wenn er log, dann nur, um sie nicht zu verletzen. Seufzend griff sie nach der Metallschüssel mit den schmutzigen Eislöffeln und trug sie nach hinten zur Spüle, um allein zu sein.

Den größten Teil des Vormittags verbrachten sie schweigend. Wenn keine Kunden da waren, kauerte Devon auf einem Barhocker, in der Hand ein zerlesenes Exemplar von *Der große Gatsby*, und Ellie unterdrückte den Impuls, ihn mit Fragen zu bombardieren.

Als ihre Schicht zu Ende war, sammelte sie ihre Sachen zusammen, und Devon ließ sein Buch sinken. »Das ist ja aufregend mit dir und diesem Filmtypen.«

Ellie lächelte. »Ach, na ja.«

»Soll ich Quinn von dir grüßen?«

»Das wäre toll«, sagte sie. »Danke.«

Er nickte und fing wieder an zu lesen, doch als Ellie schon fast an der Tür war, drehte sie sich noch einmal um.

»Hey, Devon«, sagte sie, und er blickte auf, wobei ihm die Brille auf der Nase herunterrutschte. »Das mit dir und Quinn ist auch aufregend.«

Sein Lächeln wurde breiter. »Danke.«

Draußen hatte der Wind aufgefrischt, und Ellie blinzelte den Staub und den Sand weg, die durch die Luft wehten. Ein unbekanntes Boot fuhr in den Hafen ein, zwei Männer in dunklen Windjacken lehnten sich am Bug über die Reling, und noch ehe sie Graham und Olivia entdeckt hatte, war sie sich sicher, dass es das Filmboot war. Jemand stellte den Motor aus, als das

Boot zu den Bojen am äußeren Ende des Hafens kam, es wurde langsamer, ein paar Möwen kreisten darüber.

Ellie war zu weit entfernt, um Gesichter zu erkennen, aber sie sah Olivia ganz nah bei Graham stehen, der aufs Kielwasser schaute. Sie überlegte, ob sie eifersüchtig sein sollte. Doch nach allem, was sie von Olivia wusste, musste ein Typ schon ziemlich schizophren sein, wenn er sich sowohl für sie als auch für Ellie interessierte. Und so, wie Graham sie gestern geküsst hatte, war sie ganz sicher, er interessierte sich nur für sie.

Sie dachte an den Kuss gestern Abend und lief den Hügel hinunter. Eigentlich müsste sie jetzt schon im Laden ihrer Mutter sein; ihre Schicht fing gerade an, und sie hatte jede Menge zu tun. Doch als das Boot sich dem Anleger näherte, steuerte Ellie unwillkürlich aufs Wasser zu, wie von einem Magneten angezogen.

Sie wusste immer noch nicht, was sie tun sollte. Tief im Inneren war ihr klar, dass ihre Mutter Recht hatte. Nicht nur was die Fotografen anging, sondern insgesamt. Immer die gleichen Gedanken purzelten in ihrem Kopf herum wie Wäsche, die zu lange im Trockner geblieben ist. Er war ein zu großer Star. Sein Leben war zu anders. Er würde bald abhauen. Er würde ihr wehtun.

Aber im Augenblick war das alles egal.

Sie wollte ihm nur näher sein.

Als sie bis zum Anglerladen gekommen war, der am äußersten Rand des Jachthafens stand, hatte das Boot gerade angelegt, und sie konnte den am Heck aufgemalten Namen lesen: *Go Fish*. Graham stieg über Bord auf die grauen Planken des

Stegs. Er trug Anzug und Krawatte, was Ellie ein seltsamer Aufzug für eine Bootsfahrt zu sein schien, doch dann fiel ihr ein, dass die Szene direkt nach der Beerdigung seines Filmvaters spielte, wenn Jasper aus der Kirche flieht, um allein mit dem Boot rauszufahren, wobei ihm Zoe allerdings folgt.

Eine Bö fuhr übers Wasser, und Olivia hielt mit einer Hand den Saum ihres Kleides nieder; die andere reichte sie einem Mann, der ihr vom Boot half. Als sie festen Boden unter den Füßen hatte, ging sie mit Graham den langen Steg entlang, flankiert vom Regisseur und von einigen Assistenten, alle mit Kopfhörern, Klemmbrettern und grimmigen Mienen. Zwei Mitglieder des Filmteams blieben zurück, um die Ausrüstung zu sichern; Graham hatte gestern erwähnt, dass sie bis zum späten Nachmittag beschäftigt sein würden, doch Ellie vermutete, dass sie des Wetters wegen früher abbrechen mussten.

Schaulustige hatten sich an der Hafenmauer versammelt, Erregung und Geschrei erreichten den Siedepunkt, als die beiden Stars näher kamen. Ein paar hünenhafte Sicherheitsleute patrouillierten am Rand des Geschehens, doch das hinderte die Touristen nicht daran, alles mit ihren Handys aufzunehmen, und die zwölfjährigen Mädchen nicht daran, sich mit begeistert aufgerissenen Augen über die Brüstung zu lehnen, als Graham im Anzug auf sie zukam. Olivia blieb stehen und flüsterte ihm etwas ins Ohr, ehe sie ein paar Autogramme gab, und wie aus dem Nichts tauchten die übrigen Paparazzi auf, um den Augenblick mit ihren gewichtigen Kameras festzuhalten.

Ellie war beim Büro des Hafenmeisters stehen geblieben, immer noch in sicherem Abstand zur Menschenmenge, doch als Graham zu den Wohnwagen abbog, schaute er zu ihr hinüber. Sein Blick traf sie, so als hätte er gewusst, dass sie da war. Sie lächelte ihn an, doch ehe sie ihm noch ein anderes Zeichen geben konnte – ein Kopfschütteln oder Ähnliches –, änderte er die Richtung und ging direkt auf sie zu, anscheinend ohne zu bemerken, dass die Aufmerksamkeit des gesamten Hafens auf ihn gerichtet war.

Ellie wurden die Knie weich, ihre Beine zitterten, und einen kurzen, angsterfüllten Augenblick lang blieb sie reglos stehen, wusste nicht, was sie tun sollte. Graham bemerkte nichts von alledem, winkte ihr zu, lächelte breiter. Hinter ihm hatten die Fotografen sich von Olivias Autogrammstunde abgewandt und folgten Graham mit ihren Linsen. Die Worte, die Mom heute Morgen gesagt hatte, rasten Ellie durch den Kopf – *wenn so was erst mal ins Rollen gekommen ist, ist es nicht mehr aufzuhalten* –, und sie merkte, wie sie zurückwich.

Ich kann nicht, dachte sie und hoffte, er würde es verstehen.

Aber natürlich verstand er es nicht. Nur einen Moment lang sah sie ihm in die Augen, lange genug, um seine Verwirrung zu bemerken, und Schuldgefühl durchzuckte sie. Aber es war zu spät. Schon schlich sie an der Seite des Anglerladens entlang, nahm die Abkürzung hinunter zum Strand. Und dann ließ sie sich wie ein erstklassiger Zauberer selbst verschwinden. Und der ganze Riesenzirkus blieb hinter ihr zurück.

Von:	GDL824@yahoo.com
Gesendet:	Dienstag, 11. Juni 2013 12:18
An:	EONeill22@hotmail.com
Betreff:	**Wetterbericht**

E,

wir sind früher reingekommen, weil der Wind zu stark wurde. Der hat sicher auch dich weggeweht. Wir werden heute Abend lange drehen, aber ich versuche, danach noch vorbeizukommen …

G

zwölf

Den ganzen Nachmittag wurde Graham von unterschwelliger Panik verfolgt, die jede Konzentration unmöglich machte. Während sie auf besseres Wetter warteten, gab er vor, das Drehbuch zu lesen, war aber mit den Gedanken ganz woanders. Der Wind rüttelte an den Wohnwagenwänden, er rieb sich die Augen und zwang sich, die Worte scharf zu stellen.

Es dauerte zwei Stunden, bis das Wetter sich änderte, der Wind sich legte, und als sie dann wieder hinausfuhren, war das ganze Team von einer neuen Dringlichkeit getrieben, man versuchte, die verlorene Zeit aufzuholen und das Beste aus dem letzten guten Licht zu machen. Graham spürte die Ungeduld der anderen, als er durch seine Zeilen holperte, über einzelne Worte stolperte, seine Positionen vergaß und noch nicht mal das Boot starten konnte, obwohl ihm ständig Anweisungen zugerufen wurden. Die See war immer noch kabbelig und schlug gegen die hölzernen Bootswände, und obwohl der Wind nachgelassen hatte, kämpften die Haarstylisten auf verlorenem Posten um Olivias elegant-lässigen Pferdeschwanz.

Graham stand breitbeinig am Bug, während sich Mick mit zwei Kameraleuten besprach und überlegte, ob sie ein zweites Mal abbrechen oder weitermachen und nehmen sollten, was sie kriegen konnten. Die *Go Fish* hob und senkte sich mit den blaugrauen Wellen, das Deck neigte sich abwechselnd zu beiden Seiten. Wenn es nach Grahams schauspielerischer Leistung ging, war er sich sicher, dass sie bald wieder einlaufen würden. Die Szene verlangte nackte Gefühle und hart erkämpfte Liebesschwüre, gequälte Blicke und erstickte Stimmen, doch diese Art von Leidenschaft konnte Graham im Moment einfach nicht aufbringen. Nicht heute, nicht für Olivia. Nicht nachdem er hatte ansehen müssen, wie Ellie vor ihm weggelaufen war.

Nach dem letzten Abend hätte er eigentlich immer noch schweben müssen. Als er sie küsste, hatte sich das angefühlt, als würde ein Streichholz angerissen und etwas strahlend Helles in seiner Brust entzündet, von dem er gar nicht gewusst hatte, dass es dort bereit gelegen hatte.

Aber heute Morgen hatte er im Hafen ihr Gesicht gesehen, kurz bevor sie sich abwandte, und das hatte ihm den Atem geraubt. Er konnte ihr keinen Vorwurf machen: Er hätte gar nicht erst winken sollen. Denn gleich darauf spürte er die Aufmerksamkeit hinter sich hochkochen, und jede in ihrer Lage hätte angesichts einer derartigen Meute das Gleiche getan. Selbst aus der Entfernung hatte er ihre Miene so deutlich lesen können, als spräche sie die Worte laut aus: *Es tut mir leid*, hatte sie ihm gesagt.

Dann war sie weg.

Wahrscheinlich nur ein kurzer Moment der Panik. Wahrscheinlich reagierte er viel zu heftig, aber trotzdem wurde Graham das Gefühl nicht los, dass sie nicht bloß vor der Meute und den Kameras davongelaufen war.

Die Sonne war bereits hinter dem Kirchturm untergegangen, als sie zum zweiten Mal am Steg anlegten, aber der Drehtag war längst nicht vorbei. Auf dem Drehplan stand noch eine Abendszene vor einer Bar, und als Graham über die Straße zu seinem Wohnwagen ging, wurden schon die gewaltigen Scheinwerfer aufgebaut, eine kleine Lichtoase auf der ansonsten dämmrigen Straße.

Eine Produktionsassistentin rief vom anderen Ende der Wohnwagen nach ihm, aber er musste erst in zwanzig Minuten wieder am Set sein, also hielt er den Kopf gesenkt und zog beim Gehen sein Telefon aus der Tasche. Er scrollte mehrere Mails durch: von seinem Agenten und seiner PR-Frau, seinem Finanzverwalter und einem Mädchen, das er beim Sport in L.A. kennengelernt hatte. Immer noch kein Lebenszeichen von Ellie, und als er die Stufen zu seinem Wohnwagen hinaufsprang, wählte er ihre Nummer und lauschte dem Klingeln. Er überlegte schon, was er ihr auf die Mailbox sprechen würde, wenn sie nicht ranging – irgendwas Nettes, Fröhliches, um seine wachsende Sorge zu verbergen, weil sie immer noch nicht auf seine Mail geantwortet hatte –, doch als er die Tür öffnete, saß zu seiner Überraschung Harry an dem kleinen Tisch. Er ließ das Telefon sinken und unterbrach den Anruf hastig.

»Wer war das?«, fragte Harry und legte einen Stapel Zeitungen beiseite.

Graham antwortete nicht, sondern nahm sich eine Flasche Wasser aus dem Mini-Kühlschrank und setzte sich seinem Manager gegenüber.

Harry setzte ein warnendes Lächeln auf. »Die Rothaarige?«

Graham legte den Kopf in den Nacken, nahm einen Schluck

Wasser, schaute an die Decke. Als er fertig getrunken hatte, wischte er sich mit dem Handrücken über den Mund und sagte in einer Tonlage, die nicht ganz wie seine eigene klang: »Welche Rothaarige?«

»Ach komm«, sagte Harry. »Alle haben gesehen, wie du ihr vorhin entgegengelaufen bist.«

»Bin ich ga–«

»Du musst die Finger von den hiesigen Mädels lassen.« Er lehnte sich zurück und kratzte sich am Kopf. »Meinst du, ich hab so was noch nie erlebt? Da kommst du raus aus L.A., und plötzlich kreischen tausend Mädchen deinen Namen –«

»So ist es überhaupt nicht.«

»Nee, sicher nicht.« Harry klang allerdings kein bisschen überzeugt. »Es ist nur so, dass das jetzt kein guter Moment ist, sich plötzlich in einen Schürzenjäger zu verwandeln.«

Graham schnaubte. »Wann *wäre* denn ein guter Moment dafür?«

»Das meine ich ernst. Es geht jetzt um deine Karriere, und dafür ist dein Image wichtig. Da hilft es nicht, wenn du jeden Abend mit einer anderen ausgehst.« Er zog ein Boulevardblatt aus dem Stapel und schob es ihm hinüber. »Bloß mit dieser hier.«

Graham sah misstrauisch hin; zu seiner Überraschung war es ein Hochglanzfoto vom gestrigen Dreh, aufgenommen in dem Augenblick, als er Olivia zum großen Kuss hochhob, beide noch in Bewegung, die Augen geschlossen, die Arme umeinandergeschlungen – ein Moment, aus dem man leicht mehr als Schauspielerei herauslesen konnte, wenn man ihn aus dem Zusammenhang riss. Die Bildunterschrift lautete: »Leinwandknistern oder echte Romanze?«

»Saubere Arbeit«, sagte Graham und ließ das Blatt fallen.

Harry strahlte. »Darum zahlst du mir ja die dicke Kohle. Du könntest mir allerdings das Leben deutlich leichter machen, wenn du nicht mehr dieser Rothaarigen nachlaufen, sondern einfach mal mit Olivia essen gehen würdest.«

»Ich bin ziemlich sicher, dass *du* dafür bezahlt wirst, *mir* das Leben leichter zu machen.« Graham stand auf. Er warf die leere Wasserflasche in den überquellenden Papierkorb neben dem Kühlschrank und schmiss auch noch die Zeitung hinterher. »Außerdem hat sie einen Namen.«

»Nämlich welchen?«

Aber Graham war schon durch die Tür.

Auf der Straße war der Set zum Leben erwacht. Nach dem enttäuschenden Dreh auf dem Wasser strömte nun unterschwellige Energie durchs Team, alle waren konzentriert, beflügelt von der Aussicht auf eine neue Szene.

Es war jetzt fast ganz dunkel. Eine Straße weiter erhellten enorme Scheinwerfer die Fassade einer Bar, wo Jasper zusammenbrechen sollte, und Graham wusste, er müsste sich eigentlich auf die vor ihm liegende Aufgabe konzentrieren, doch er zog noch einmal das Telefon aus der Tasche, weil er unbedingt sehen wollte, ob es eine Mail von Ellie gab. Stattdessen fand er zu seiner Überraschung eine Nachricht von seiner Mutter.

Eine Kostümassistentin winkte ihn heran, doch Graham machte keine Anstalten, ihr zu folgen, sondern schirmte das Display mit der Hand ab und las. Seine Augen hüpften über die

Worte: eine ganze Reihe von Ausreden, eine Liste schon gefasster Pläne fürs Feiertagswochenende, Sorgen wegen des Flugverkehrs und der Kosten der Reise, Andeutungen, dass sie sich zwischen seinen »Filmfreunden« fehl am Platz fühlen könnten, Entschuldigungen und Versprechungen, es wiedergutzumachen, wenn er nach Kalifornien zurückkehrte.

Trotzdem dauerte es einen Moment, bis er die Nachricht im vollen Umfang begriffen hatte.

Sie kamen nicht.

Damit hätte er rechnen müssen. Es gab keinen Grund zu der Annahme, dass sie etwas anderes als Nein sagen würden. Doch erst als er das Telefon sinken ließ, wurde ihm klar, dass er – gegen alle Vernunft – tatsächlich darauf gezählt hatte, sie zu sehen.

Die Kostümassistentin stand jetzt direkt vor ihm und räusperte sich laut. Er hob ein wenig benommen den Kopf. Sie war klein, hatte runde Schultern, war mindestens zehn Jahre älter als er und sah doch mit einer Art Ehrfurcht zu ihm auf, so als täte er ihr einen großen Gefallen, als er sie endlich wahrnahm.

»Alle sind bereit und warten auf Sie«, sagte sie, und Graham nickte. Er steckte das Telefon wieder in die Tasche, ließ sich nichts anmerken.

Auch später, als er seine Filmklamotten und Gel im Haar trug, zeigte sein Gesicht die sorgsam einstudierte Leere, die Raum schaffen sollte für jemand ganz anderen: Jasper und seine Probleme, Jasper und seine komplizierten Gefühle für Zoe.

Doch dicht unter der Oberfläche lag etwas ganz anderes:

Graham und seine Probleme, Graham und seine komplizierten Gefühle für Ellie. Und noch viel mehr: sein Widerwille gegen Olivia, seine Genervtheit wegen Harry, die Enttäuschung über seine Eltern und seine Ungeduld, diese verdammte Szene endlich in den Kasten zu kriegen, damit er Ellie suchen konnte, das einzige Gegenmittel gegen alles andere, was sich in seinem Kopf drängte.

Sie wurden schnell fertig mit dem Dreh. Diesmal lag es nicht am Wetter, nicht am Licht und ganz bestimmt nicht daran, dass Graham nicht die richtigen Gefühle hatte heraufbeschwören können. Nein, als sie Schluss machten, als eine Armee von Handlangern wie aus dem Nichts erschien, um den Set abzubauen, kam Mick zu ihm und klopfte ihm auf die Schulter.

»Das war echt intensiv«, sagte er. »Meinst du, wir könnten so was morgen wieder zu sehen kriegen?«

Graham lachte rau. »Ich werde sehen, was ich tun kann.«

Doch in Wirklichkeit dachte er, dass er genau das Gegenteil wollte. Er wollte Ruhe. Er wollte Ellie.

Auf dem Weg zu ihrem Haus legte er den Kopf in den Nacken und schaute zu den Sternen hinauf, die am Set von den Scheinwerfern ausgelöscht worden waren. Jetzt aber waren sie dicht wie Sand über den dunkelblauen Himmel gestreut, und Graham musste an die Kiste im Keller seines Elternhauses denken, in der sein Vater ein antiquiertes Teleskop aufbewahrte. Das Holz war mit feinen Schnitzereien verziert, kleine Sonnen und Monde, und als Kind hatte Graham es unbedingt nach oben schleppen und damit aus dem Fenster schauen wollen, um die Sterne mit den gerundeten Glasscheiben einzufangen. Doch er bekam es nur einmal im Jahr zu sehen, wenn sein Vater ein weiches Tuch auf den Esstisch legte und das Teleskop so vorsichtig anhob wie ein rohes Ei.

»Können wir es ausprobieren?«, fragte Graham jedes Mal, wenn er sich über den Tisch beugte, wo sein Vater mit dem gleichen samtigen Tuch das Holz polierte und die Linsen säuberte.

»Es ist zu wertvoll«, sagte sein Vater dann. »Es soll ja schließlich nicht kaputtgehen.«

Es ging auch nicht kaputt, aber es wurde eben auch nie benutzt. Soweit Graham wusste, lag es immer noch im staubigen Keller, und inzwischen kam ihm das, was er sich immer als vernünftig schöngeredet hatte, wie eine kolossale Verschwendung vor.

Den Weg zu Ellies Einfahrt hinunter lief er schon fast. In der Küche brannte Licht, und auf den Verandastufen zwang er sich, langsamer zu werden und tief Luft zu holen. An der Tür hob er die Hand, doch er merkte, dass er nicht anklopfen konnte.

Er lief vom einen Ende der Veranda zum anderen, dann wieder zurück, wusste nicht, was mit ihm los war. Plötzlich war er wie gelähmt. Er blieb vor der Klingel stehen, wandte sich wieder ab, sank auf der hölzernen Verandaschaukel zusammen, stützte die Ellbogen auf die Knie und das Gesicht in die Hände. Was war bloß los mit ihm? So unsicher wegen eines Mädchens war er in seinem ganzen Leben noch nie gewesen, nicht mal in seinem alten Leben.

Er saß immer noch so da – gebeugt und elend, unfähig anzuklopfen –, als er von drinnen Schritte hörte und sein Magen sich verkrampfte. Doch als die Tür aufging, war es Ellies Mutter, die nach draußen trat. Sie zog die Augenbrauen hoch, sagte aber nichts, und Graham stand auf.

»Entschuldigen Sie die Störung«, sagte er. »Ich wollte gerade anklopfen.«

Ein Mundwinkel hob sich zu einem leicht spöttischen Lächeln, das er ganz ähnlich auch bei Ellie schon gesehen hatte. »Das habe ich mir schon vor zehn Minuten gedacht«, sagte sie. »Ich wollte die Sache mal in Gang bringen.«

Er räusperte sich. »Ist Ellie zu Hause?«

»Ja«, sagte sie. »Aber es ist schon spät.«

Graham wusste, das war sein Stichwort zum Aufbruch, und Ärger durchzuckte ihn. Er drückte die Schultern durch. Er wollte nicht gehen. Noch nicht. »Wäre es möglich, sie nur eine Minute zu sehen?«

»Ich glaube nicht«, sagte sie, und zu seiner Überraschung spiegelte sich echtes Mitgefühl in ihrem Gesicht. Er brauchte einen Moment, die Bedeutung dieses Blicks zu erfassen.

Mrs O'Neill versperrte ihm gar nicht den Weg. Nicht sie sagte Nein.

Sondern Ellie.

Diese Erkenntnis ließ ihn wie betäubt schweigen, und es gelang ihm beim besten Willen nicht, die naheliegenden Fragen zu stellen: *Wieso nicht?* oder *Was ist passiert?* oder, die schlimmste von allen, *Was habe ich falsch gemacht?*. Stattdessen richtete er den Blick auf die unebenen Bretter der Veranda.

»Du hast heute Abend einfach kein Glück«, sagte Mrs O'Neill und legte ihm die Hand auf die Schulter.

Die nächste Frage fiel ihm leicht, obwohl er fürchtete, dass ihm auch die Antwort darauf wahrscheinlich nicht gefallen würde. »Wie wäre es dann morgen?«

Sie zögerte, öffnete den Mund und schloss ihn wieder. Nach einem Moment schüttelte sie leicht den Kopf. »Gute Nacht, Graham«, sagte sie, ging zurück ins Haus und ließ ihn auf der Veranda allein.

Irgendwo drinnen bellte Bagel, als er die Tür zuschlagen hörte. Graham ging die Stufen hinunter, trat einen Schritt zurück und schaute nach oben. Nur ein Fenster war erleuchtet, und er erkannte ein Bücherregal. Einen Moment lang stellte er sich Ellie vor, aufs Bett gekuschelt, der Hund neben ihr – und bei dem Gedanken zerbrach etwas in ihm.

Er hatte Drehbücher gelesen. Er wusste, wie die Geschichte laufen sollte. Junge trifft Mädchen. Mädchen mag Jungen. Junge küsst Mädchen.

Und dann? Die Möglichkeiten waren endlos. Aber *das hier*, das wusste Graham genau, das gehörte nicht dazu: allein auf der falschen Seite der Tür zu stehen und keinen blassen Schimmer zu haben, was er falsch gemacht hatte.

Er hatte gedacht, es wäre ein Anfang. Aber offensichtlich hatte sie ihre Meinung geändert, und er war verblüfft, wie schnell alles sich in Luft aufgelöst hatte, alles schon wieder vorbei war, ehe es richtig angefangen hatte. Sein armes Teleskop-Herz – dieses zerbrechliche, wertvolle Ding – wäre wohl besser in seiner Kiste geblieben.

2. Teil

Gespeicherte Entwürfe

Von: EONeill22@hotmail.com
Gespeichert: Donnerstag, 13. Juni 2013 23:27
An: GDL824@yahoo.com
Betreff: (kein Betreff)

Lieber Graham,

es tut mir wirklich leid.

Von: EONeill22@hotmail.com
Gespeichert: Sonntag, 16. Juni 2013 15:02
An: GDL824@yahoo.com
Betreff: (kein Betreff)

Lieber Graham,

Von: EONeill22@hotmail.com
Gespeichert: Sonntag, 16. Juni 2013 15:05
An: thisisquinn@gmail.com
Betreff: (kein Betreff)

Quinn,

es tut mir leid. Wenn ich dir bloß erklären könnte

Von: EONeill22@hotmail.com
Gespeichert: Dienstag, 18. Juni 2013 17:15
An: GDL824@yahoo.com
Betreff: (kein Betreff)

G –

Von: EONeill22@hotmail.com
Gespeichert: Mittwoch, 19. Juni 2013 08:07
An: thisisquinn@gmail.com
Betreff: (kein Betreff)

Q – können wir bitte reden?

Von: EONeill22@hotmail.com
Gespeichert: Donnerstag, 20. Juni 2013 21:29
An: cbodine@harvard.edu
Betreff: (kein Betreff)

Liebe Ms Bodine,

ich möchte Ihnen mitteilen, dass ich nun doch nicht am Lyrikseminar im August teilnehmen kann. Leider kann ich die notwendigen Mittel nicht

---

Von: EONeill22@hotmail.com
Gespeichert: Donnerstag, 20. Juni 2013 21:38
An: paul_whitman@whitman.senate.gov
Betreff: (kein Betreff)

Von: EONeill22@hotmail.com
Gespeichert: Freitag, 21. Juni 2013 19:18
An: GDL824@yahoo.com
Betreff: (kein Betreff)

Hey Graham,

Von: EONeill22@hotmail.com
Gespeichert: Sonntag, 23. Juni 2013 10:10
An: cbodine@harvard.edu
Betreff: (kein Betreff)

Liebe Ms Bodine,

es tut mir sehr leid, aber ich kann nun doch nicht zum Lyrikseminar nach Harvard kommen. Leider haben sich unsere Pläne geändert, und ich werde in der Zeit mit meinen Eltern in den Urlaub fahren.

Von: EONeill22@hotmail.com
Gespeichert: Montag, 24. Juni 2013 16:51
An: thisisquinn@gmail.com
Betreff: (kein Betreff)

Quinn,

das ist doch albern. Wir müssen echt miteinander reden. Können wir uns treffen?

Von: EONeill22@hotmail.com
Gespeichert: Mittwoch, 26. Juni 2013 22:34
An: GDL824@yahoo.com
Betreff: (kein Betreff)

Lieber Graham,

ich hoffe, mit dem Dreh läuft alles gut …

Von: EONeill22@hotmail.com
Gespeichert: Donnerstag, 27. Juni 2013 15:40
An: GDL824@yahoo.com
Betreff: (kein Betreff)

Hi.

Von: EONeill22@hotmail.com
Gespeichert: Freitag, 28. Juni 2013 23:11
An: GDL824@yahoo.com
Betreff: (kein Betreff)

Hallo.

Von: EONeill22@hotmail.com
Gespeichert: Sonntag, 30. Juni 2013 07:31
An: GDL824@yahoo.com
Betreff: (kein Betreff)

Guten Morgen.

Von: EONeill22@hotmail.com
Gespeichert: Montag, 1. Juli 2013 08:24
An: GDL824@yahoo.com
Betreff: (kein Betreff)

Ich vermisse dich.

dreizehn

Es war so gut wie unmöglich, sich in einem Städtchen wie Henley aus dem Weg zu gehen. Es gab nur eine sehr begrenzte Zahl von Ausflugszielen, von Kreuzungen, Ampeln und Restaurants. Und nicht eben viele Bäume mit so dicken Stämmen, dass man sich dahinter verstecken konnte.

Ellie war also ziemlich stolz darauf, dass sie es drei Wochen lang geschafft hatte, Graham auszuweichen. Sie hatte ihn nur zwei Mal aus der Ferne gesehen, und beide Male hatte er reichlich Gefolge um sich gehabt – Paparazzi, Filmteam, Fans –, das sein Kommen ankündigte.

Quinn hingegen traf sie überall. Miteinander gesprochen hatten sie allerdings nicht. Kaum ein Wort seit Wochen.

»Wie geht's Quinn?«, fragte ihre Mutter nichts ahnend, wenn Ellie von ihrer Schicht bei *Sprinkles* zurückkam, worauf diese nur ein gezwungenes Lächeln aufsetzen konnte.

»Bestens«, sagte sie und hielt die deprimierende Wahrheit zurück: *Ich habe keinen Schimmer.*

An der Funkstille zwischen ihnen war nicht allein Ellie schuld; wäre Quinn nicht so stur, würden sie schon seit Wochen wieder miteinander reden. Trotzdem war Ellies Geheimniskrämerei der Auslöser gewesen, und jetzt suchte sie verzweifelt nach einem Weg, sich zu entschuldigen. Doch sie schaffte es einfach nicht, die angefangenen Mails abzuschicken, die zurechtgelegten Worte auszusprechen.

Zur Arbeit brachte Quinn meist Devon als eine Art Schutzschild mit. Die beiden saßen am einen Ende des Tresens, quatschten und lachten, während Ellie elend am anderen Ende stand, so weit weg, wie es in dem engen Laden nur ging. Ab und zu bat Quinn sie um einen Becher oder einen Löffel, immer in dem eisigen Ton, in dem man mit Fremden spricht, über die man nur Schlechtes gehört hat; aber das war es auch. Und nicht mal an den heißesten Tagen, wenn die Sonne geradezu brutal brannte, fragte sie Ellie, ob sie auch Sonnencreme aufgetragen habe.

Vor ungefähr einer Woche, als Ellie gerade überlegte, ob sie vielleicht tatsächlich unsichtbar geworden war, hörte sie, wie die beiden über eine Strandparty redeten.

»Große Pläne für heute Abend?«, fragte sie so beiläufig, wie sie konnte, doch die Antwort war ausgedehntes Schweigen. Als klar war, dass Quinn nicht antworten würde, räusperte Devon sich.

»Bloß ein bisschen Grillen«, sagte er. »Keine große Sache.«

»Und das heißt keine Filmstars«, setzte Quinn hinzu, ohne aufzublicken.

Ellie schluckte. Quinn konnte nicht wissen, was zwischen ihr und Graham vorgefallen war. In diesem Moment wäre es so einfach gewesen, die ganze Geschichte aufzutischen, ihr Herz auszuschütten und Quinns Reaktion zu beobachten: erst die Schuldgefühle, weil sie ihre Freundin in so einer Lage nicht beachtet hatte, dann Reue, weil sie nicht für sie da gewesen war, schließlich Mitgefühl, weil Ellie so etwas durchmachte.

Doch Ellie wollte kein Mitgefühl. Sie wollte ihre Freundin zurück.

Außerdem müsste sie, wenn sie alles erzählte, die kompliziertеste Frage von allen beantworten: Wieso war sie überhaupt vor ihm weggelaufen? Und das brächte sie wieder an den Anfang des ganzen Elends: ein Geheimnis, das sie nicht enthüllen konnte.

»An welchem Strand denn?«, fragte Ellie, und zum ersten Mal sah Quinn sie an, mit blitzenden Augen.

»Das ist geheim«, sagte sie spitz.

Danach hatte Ellie beschlossen, es nicht weiter zu versuchen, sondern Quinn ebenso zu ignorieren, wie Quinn sie ignorierte, was den Graben zwischen den beiden natürlich noch vertiefte.

Aber mit Graham war es viel schlimmer. Bei Quinn brauchte es zwar Zeit, aber Ellie wusste, irgendwann würden sie wieder zueinanderfinden. Es war nicht ihr erster Streit, und es würde auch nicht der letzte bleiben.

Doch bei Graham fürchtete Ellie, etwas zerbrochen zu haben, was sich nicht reparieren ließ. An dem Abend, als er zu ihr gekommen war, hatte sie auf der obersten Treppenstufe gekauert, den Stimmen vor der Haustür gelauscht und sich den Mut gewünscht, nach unten zu gehen und ihrer Mutter zu sagen, sie solle ihn hereinlassen, weil alles andere keine Rolle spielte: weder ihre Vergangenheit noch ihre Geheimnisse und erst recht nicht ihr Vater.

Doch sie hatte eine Entscheidung getroffen. Sie hatte sich am Hafen von ihm abgewandt, und jetzt war sie zu einem verzweifelten Versteckspiel verurteilt, schlich durch den Ort und versuchte ihm keinesfalls zu begegnen.

Denn ehrlich gesagt glaubte sie nicht, dass sie es noch ein zweites Mal schaffen würde, ihm den Rücken zuzukehren.

Darum stand Ellie also heute wie jeden Tag an der Ladentür von *Happy Thoughts* und schaute nach links und nach rechts, bevor sie hinaustrat. Erst vor drei Wochen hatten sie genug Geld zusammengekratzt, um die Klimaanlage zu Hause reparieren zu lassen, und jetzt, am heißesten Tag des Sommers, hatte sich die im Laden auch noch mit einem Seufzer verabschiedet. Nachdem sie sich den ganzen Vormittag abwechselnd Luft zugefächelt und auf den rostigen Metallkasten gehauen hatten, schickte Mom Ellie schließlich los, Eistee zu besorgen.

Auf dem Grün hatte jemand einen Rasensprenger aufgestellt, und ein paar Kinder in zu großen Badehosen rannten durch den Wasserstrahl. Fast alle warteten heute drinnen darauf, dass die brütende Hitze nachließ. Trotzdem suchte Ellie den Platz und die Läden gegenüber mit dem scheuen Blick eines Verbrechers auf der Flucht ab.

Henleys einziger »Deli« war im letzten Jahr an die Stelle einer örtlichen Institution getreten: Seit Menschengedenken hatte dort ein kleiner Gemischtwarenladen namens *Marv's* gestanden. Als kleine Verbeugung vor dieser Tradition hieß der Imbiss jetzt *The Sandwich Shop Where Marv's Once Was*, was jedoch alle weiter zu *Marv's* abkürzten. Beim Eintreten seufzte

Ellie erleichtert auf, denn die kühle Luft nahm den Hitzemantel von ihren Schultern. Ihre Wangen waren immer noch rot erhitzt, ihr Tanktop klebte ihr immer noch am Leib, aber sie fühlte sich gleich besser. Als käme sie in einen Kühlschrank.

An der Theke stand eine Schlange, weshalb sie gern unter der Lüftung an der Tür stehen blieb. Auf einem kleinen Tisch unter dem Fenster lagen Tageszeitungen, sie nahm sich das Lokalblatt und blätterte darin herum.

»Was kann ich für dich tun, Mädchen?«, fragte Meg, die Besitzerin, die mit Notizblock und Stift ans Ende der Theke gekommen war.

»Schon okay«, sagte Ellie und wedelte mit einem Teil der Zeitung. Das ungeschriebene Gesetz hier lautete, dass Einheimische zuerst bedient wurden, aber sie hatte keine Eile, in den Backofen *Happy Thoughts* zurückzukehren. »Ich kann warten.«

Meg zuckte die Achseln. »Dir ist aber heiß, das sieht man. Kann ich dir wenigstens eine Limonade bringen oder Eistee?«

»Genau deshalb bin ich eigentlich hier«, gab Ellie zu. »Ich nehme zwei Eistee.«

Meg salutierte scherzhaft und ging zurück nach hinten, während Ellie sich wieder der Zeitung zuwandte. Sie hatte zufällig die Immobilienseite erwischt und überflog einen Artikel darüber, dass die bröckelnde Küste auf einer der Inseln vor dem Festland die Preise der riesigen Anwesen dort verfallen ließ, als sie in einer schmalen Spalte weiter unten einen bekannten Namen entdeckte:

Vor seinem hart erarbeiteten Urlaub am kommenden Feiertagswochenende bekannte Senator Paul T. Whitman vor Journalisten, dass er die Arbeit ein paar Tage hinter sich lassen will.

»Wir feiern Amerikas Geburtstag«, sagte er. »Ich weiß keinen besseren Grund, mal Pause zu machen und mit der Familie zu entspannen.«

Der Hoffnungsträger seiner Partei wird vier Tage im malerischen Kennebunkport in Maine verbringen, berühmt als Sommerresidenz des früheren Präsidenten George H. W. Bush.

Möchte Whitman, Senator aus Delaware, also in die Fußstapfen des älteren Bush treten?

»Das werden wir sehen«, lachte er. »Aber dieses Wochenende gibt es keine Politik. Ich will nichts weiter als mit meinen Jungs mit dem Boot rausfahren, ein paar Fische fangen und entspannen.«

Ellie ließ die Zeitung sinken und blinzelte heftig.

Kennebunkport war nicht mal eine Stunde Fahrt von hier, und diese Nähe ließ ihr die Hände zittern. Sie hatte immer gewusst, dass er irgendwo da draußen war, ihr Vater, aber eher so, wie man von einem fernen Planeten weiß, der zwar immer um einen herumkreist, aber nie nahe genug kommt, um wirklich eine Rolle zu spielen. Ihr ganzes Leben hatte sie in den Nachrichten von ihm gehört, von seine Reden und Wahlkämpfen, seinen Familienurlauben, Abendessen und Spendengalas, aber sie wusste auch nicht mehr über ihn als der Rest des Landes.

Im Grunde war er das genaue Gegenstück zu Graham: jemand, den Ellie eigentlich besser kennen sollte als alle anderen, der für sie mehr sein sollte als nur ein Name in der Zeitung; während es keinen vernünftigen Grund dafür gab, dass sie Graham Larkin besser kannte als die Dutzende von Menschen, die sich jeden Tag in der Hoffnung auf ein Autogramm am Rand des Sets drängten.

Die Türklingel bimmelte, Ellie sah hin und rang nach Luft. Als sei er direkt aus ihren Gedanken gesprungen, stand er hinter der Glasscheibe; im ausgeblichenen blauen T-Shirt, passend zu seinen Augen, die er allerdings hinter einer dunklen Sonnenbrille versteckte.

Sie war so erschrocken, dass sie unwillkürlich zurückwich und schon nach zwei Schritten gegen den Ständer mit Kaugummi und Bonbons stieß. Das ganze Gerüst schwankte eine endlos scheinende Sekunde und krachte dann zu Boden. Die Päckchen knallten aufs Linoleum, eine Verpackung platzte auf und streute blassgrüne Pfefferminzbonbons wie Murmeln in alle Richtungen.

Sämtliche Leute im hinteren Teil des Ladens drehten sich um. Graham zog die Tür ganz auf, schob die Sonnenbrille nach unten und besah sich den Schaden. Ellie stand wie angewurzelt da, auch noch, als Meg mit einem Besen hinter dem Tresen hervorhuschte. »Nicht schlimm, nicht schlimm!« Ihre Worte klangen laut in der plötzlichen Stille ringsum. »Ich wollte den Ständer sowieso umstellen.«

Sie schob sich an Graham vorbei, ohne ihn zur Kenntnis zu nehmen, und fing an zu fegen. Ellie stand hilflos inmitten des neuen bunten Bodenmusters. Plötzlich war sie sich ihres schmutzigen Tanktops, ihrer wirren Haare und des verschwitzten Äußeren schmerzhaft bewusst, die von einem Vormittag mit dem riesigen Stoffhummer in der heißen Ladenecke herrührten. Sie merkte, dass sie immer noch die Zeitung in der Hand hielt, und rollte sie auf. Ihr fiel nichts ein, was sie sagen konnte, und sie starrte bloß nutzlos auf den Boden.

Graham hatte die Tür hinter sich zufallen lassen und bückte sich wortlos neben Meg, sammelte die Pfefferminzbonbons mit beiden Händen auf, während die übrigen Gäste, offenbar ebenso verblüfft wie Ellie, stumm zuschauten. Sie starrte auf seinen breiten Rücken, dem sie an jenem Tag am Strand gefolgt war, und ihr Herz schlug heftig. Selbst hier, direkt unter dem Ventilator, wurde ihr wieder zu warm, die Augen brannten, die Haut kribbelte. Sie überlegte, ob sich so wohl ein Hitzschlag anfühlte.

»Katastrophe abgewendet«, sagte Graham und richtete sich auf, währen Meg mit ihrem Besen wieder nach hinten eilte. Den übrigen Gästen fiel wieder ein, warum sie eigentlich hier waren, sie wandten sich zurück zur Theke, um Sandwiches zu bestellen, und zu Ellies Erleichterung löste sich die plötzliche Stille wieder in Besteckklappern und Gelächter auf.

»Danke«, sagte sie leise. Sie konnte ihn nicht anschauen, obwohl sie seinen Blick wie Hitze auf sich spürte. Er räusperte sich, schob die Brille ins Haar, und als er eine Augenbraue hochzog, schoss auch die sichelförmige Narbe darüber in die Höhe. Ellie hüpfte das Herz in der Brust, als wäre auch das mit dem gleichen zarten Faden verbunden. Sie wollte etwas sagen, aber die Zunge lag ihr schwer im Mund, und ehe sie es versuchen konnte, ging die Tür erneut auf, und wieder verstummten alle, als eine unfassbar kühl und frisch wirkende Olivia eintrat.

»Entschuldige«, sagte sie und ging direkt auf Graham zu. Sie hielt ihr Smartphone hoch, die Brillanten auf dem Etui glitzerten. »Mein Agent.« Sie zog die Nase kraus, als ihr Blick auf einen grünen Minzbonbon fiel, der an seinem Knie klebte. »Hast du da gerade auf dem Boden gekniet?«

»Es gab einen kleinen Unfall.« Er wischte den Bonbon weg. »Reinigungseinsatz in Gang vier.«

Olivia sah sich zerstreut um. »Haben sie hier niemanden, der das macht?«

»Doch, haben sie.« Meg stand plötzlich wieder neben ihnen, in jeder Hand einen beschlagenen Becher kalten Eistees. »Wollt ihr zwei ein Sandwich oder einen Tisch oder beides?«

»Beides, denke ich«, sagte Olivia ohne rechte Überzeugung, während sie ihren Blick über die wenigen Tische schweifen ließ, an denen Touristenfamilien ihren Mittagsimbiss aus Weidenkörbchen aßen.

Ellie steckte sich die Zeitung unter den Arm, wich Grahams forschendem Blick aus und nahm Meg die Becher ab. »Vielen, vielen Dank«, sagte sie, »ich muss gleich zurück in den Laden.«

»Schön, dich zu sehen«, sagte Graham, und Ellie nickte steif. Als sie die Tür aufdrückte, hörte sie Olivia fragen: »Kennst du sie?«

Sie wartete nicht auf seine Antwort.

Draußen auf dem Grün zwang sie sich trotz weicher Knie zur Eile und wurde das Gefühl nicht los, verfolgt zu werden. Ein alter Hummerkorb hielt Moms Ladentür auf, und obwohl Ellie drinnen von einer Wand stickiger Hitze empfangen wurde, war sie erleichtert, wieder hier zu sein.

Mom stützte sich mit einem Ellbogen auf den Tresen und tupfte sich die Stirn mit einem Halstuch. Als sie Ellie sah, richtete sie sich auf.

»Du siehst aus, als wärst du grade einen Marathon gelaufen.«

»So fühlt es sich auch an«, sagte Ellie und stellte die tropfenden Getränkebecher ab. Sie hatte gar nicht gemerkt, wie ihre Hände zitterten, und sie versuchte sie ruhig zu halten, während sie die Zeitung aus der Armbeuge gleiten ließ und hinter einer der Spielzeugtonnen vor ihren Füßen versteckte, um sie sich später noch einmal anzusehen.

»Alles okay?«, fragte ihre Mutter, und Ellie nickte.

»Mir geht's gut.« Das stimmte allerdings nicht ganz. Sie war wie benommen von dem, was gerade passiert war, aus der Bahn geworfen vom Artikel über ihren Vater, und sie hatte die Nase voll davon, vor Graham wegzulaufen. Ihr war elend zumute.

»Gut«, sagte Mom. »Ich dachte nämlich, wir könnten die Fenster neu herrichten.«

Ellie seufzte erschöpft. Mom hatte die anstrengende Angewohnheit, alle zwei Wochen die Schaufensterdekoration zu ändern. »Heute?« Eigentlich meinte sie: *Bei der Hitze?*

Mom ignorierte den Unterton. »Warum nicht heute?«, sagte sie. »Ich dachte, in das eine Fenster könnte das Schalentier-Schachbrett, vielleicht mit ein paar Muscheln drum rum, und in das andere ein paar von deinen Rahmen.«

»Ist gut.« Ellie ging zum Fenster und räumte die Wasserbälle weg, die dort seit Ferienbeginn lagen.

»Das mache ich«, sagte Mom. »Könntest du neue Gedichte in die Rahmen stecken? Wir brauchen noch ein paar.«

Ellie zog das schmale Lyrikbändchen aus ihrer Tasche. Letzte Woche hatten sie zwei Rahmen mit Gedichten von Elizabeth Bishop darin verkauft, und Mom war überzeugt, die Frau hätte sie nur deshalb genommen; sie hatte offenbar fast eine Viertelstunde gelesen, ehe sie sich zum Kauf entschloss.

Ellie setzte sich auf den Barhocker hinter dem Tresen und überlegte bereits, ob sie sich für Auden oder Yeats entscheiden sollte. Doch als sie das Buch aufschlug, rutschte ein loses Blatt heraus, und zu ihrer Überraschung hielt sie Grahams Zeichnung in der Hand.

Mit den Augen folgte sie den Strichen, der geometrischen Studie mit ihren pfeilgeraden Kanten und präzisen Winkeln. Es kam ihr vor wie der Sturz in einen Traum, sie verlor sich in den Linien; die Schlichtheit der Skizze war wie ein Schutzschild gegen die Erinnerung an den Tag, da sie entstanden war.

Mit dem Daumen fuhr sie über das winzige Loch, wo der Bleistift durchs Papier gedrückt hatte. Durch die Zeichnung hindurch schienen schwach gedruckte Worte, sie drehte das Blatt um und las die Speisekarte – auf einmal war sie wieder mit Graham im *Emporium*, wo süßer Schokoladenduft in der Luft hing.

Lange Zeit saß sie so, hielt die Zeichnung vorsichtig am Rand und ließ ihre Gedanken treiben. Dann stand sie auf, ging nach hinten, wählte einen neuen Rahmen aus – einen stabilen, schwarzen – und löste die Rückwand. Sie ließ die Zeichnung hineingleiten und achtete darauf, dass die Signatur am unteren Rand verborgen blieb, die graue Wellenlinie, die den Künstler verraten könnte.

Als sie den Rahmen nach vorn brachte, runzelte ihre Mutter die Stirn.

»Das ist doch kein Gedicht«, sagte sie, aber Ellie beachtete sie nicht. Sie legte eine rosa Karteikarte ins Fenster, auf der »Zeichnung nicht zu verkaufen« stand, und richtete den Rahmen darauf nach Süden aus, so dass er zum Wasser und zum Hafen schaute. Zu Graham.

»Doch«, sagte sie. »Ist es.«

Von: GDL824@yahoo.com
Gesendet: Mittwoch, 3. Juli 2013 11:44
An: EONeill222@hotmail.com
Betreff: **(kein Betreff)**

Hey Evan,

sieht so aus, als käme ich doch schon dieses Wochenende nach Hause. Kaum zu glauben, aber wir sind beim Drehen voll im Zeitplan, und ich will auch langsam weg hier. Wenn du Wilbur am Samstag gegen Mittag noch mal Futter geben könntest, dann reicht es bis abends, wenn ich zurückkomme.

Vielen Dank noch mal, Mann. Drück das Schwein von mir, ja?

GL

vierzehn

Sobald er sie im *Deli* sah, begriff Graham seinen Fehler.

Er hatte sie nicht vergessen. Aber er hatte aufgegeben.

Und als er jetzt mit Olivia am Tisch saß, durchzuckte ihn die verzweifelte Gewissheit, dass er das Falsche getan hatte. Er hätte hartnäckiger sein sollen, hätte jeden Abend vor ihrem Haus stehen, sie jeden Tag anrufen, ihr stündlich Mails schicken sollen. Er hätte kein Nein akzeptieren dürfen.

Er hätte nicht aufgeben dürfen.

Und jetzt war es zu spät.

Sie hatte ihn nicht mal angesehen. Nicht ein einziges Mal.

Olivia studierte mit zusammengekniffenen Augen die Speisekarte, die auf eine Tafel über der Theke gekritzelt war. »Wie kann es hier denn *keine* Salate geben?« Den maulenden Tonfall konnte sie nur in ihrer Rolle unterdrücken.

»Bestimmt können sie dir ein paar Salatblätter in eine Schüssel tun«, sagte er geistesabwesend, worauf sie ein Gesicht zog, als hätte er vorgeschlagen, sie solle vom Fußboden essen.

Seit drei Wochen hatte er sich nun vorgestellt, wie es wäre, Ellie wiederzutreffen. Ihm war dabei allerdings nie in den Sinn gekommen, dass er dann vielleicht gerade mit Olivia essen war.

»Entschuldigung.« Sie winkte die Frau herbei, die vorhin mit Graham die Bonbons zusammengefegt hatte. »Wäre es wohl möglich, so was wie einen Rucolasalat zu bekommen? Und haben Sie Birnen? Oder Ziegenkäse?« Sie schenkte Graham ein strahlendes Lächeln. »Auf Ziegenkäse hätte ich richtig Appetit.«

Es war deutlich zu sehen, dass die Frau sich das Lachen verkneifen musste. »Wir haben nur, was auf der Karte steht.« Sie deutete auf die Tafel, wo Sandwiches mit Roastbeef, Pute oder Schinken angeboten wurden. »Und bestellen müssen Sie an der Theke.«

Graham stand auf. »Ich hole uns was.«

»Dann nehme ich eben ein Putensandwich.« Olivia zog seufzend ihr Telefon aus der Tasche. »Ohne Brot.«

»Kann man kaum Sandwich nennen«, murmelte die Frau und ging zurück zum Tresen.

Ein paar Leute wollten Graham vorlassen, doch er lehnte freundlich ab. Er schaute aus dem Fenster, wo jenseits des Grüns der Laden der O'Neills lag, dann wieder zum Tisch, wo Olivia sich mit manikürter Hand Luft zufächelte.

Harry hatte ihn unablässig darauf hingewiesen, dass ein Date mit Olivia das Zweitbeste war, was er zur Förderung seiner Karriere tun konnte. Das Beste wäre natürlich, aus der langen Reihe von Drehbüchern, die in seinem Hotelzimmer auf dem Couchtisch ausgebreitet lagen, das nächste Projekt auszuwählen. Doch von den Exposés war eins schlimmer als das andere, lauter Filme über Aliens, Roboter oder Vampire. Außerdem die Musicalversion einer alten Sitcom, eine Komödie, in der Graham eineiige Zwillinge spielen sollte, und so ein Kumpelfilm über zwei Highschoolfreunde, die sich eine Nacht lang als Studenten ausgeben.

»Ich weiß, ich weiß«, sagte Harry jedes Mal, wenn er wieder ein Drehbuch auf den Tisch warf. »Aber wir müssen jetzt mal überlegen, was als Nächstes kommt.«

Das war Graham auch klar, aber er wollte es sich in aller Ruhe überlegen.

In den letzten beiden Wochen hatte er sich ganz in die Dreharbeiten gestürzt, war jede Szene mit neuer Energie angegangen, hatte immer richtig gestanden und jede Dialogzeile fehlerlos gebracht. Nachts schlief er im durchgelegenen Hotelbett mit dem kommentierten Drehbuch auf der Brust ein, morgens unter der Dusche und beim Zähneputzen ging er die Szenen im Kopf durch.

Sonst gab es auch nicht viel zu tun. Ohne Ellie kam ihm der Ort bald klein vor, und er hatte die Nase voll davon, jeden Mittag im Wohnwagen und jeden Abend im Hotelzimmer zu essen. Harry ging ihm auf die Nerven, und Mick wollte bloß über die Arbeit reden. Gelegentlich spielte er mit einigen anderen Schauspielern Karten, aber die meisten waren älter als er, darum blieb er am Ende meist auf sich gestellt. Und nichts fühlt sich so einsam an wie ein flimmernder Fernseher und ein halb leer gegessener Teller vom Zimmerservice auf dem ungemachten Hotelbett.

Als er gestern Abend den Fernseher angeschaltet hatte, lief zu seiner Überraschung *Wer die Nachtigall stört*. Den hatte er zuletzt als Kind gesehen, zusammen mit seinen Eltern aufs

Sofa gekuschelt, mit einer Schüssel Popcorn für alle – und jetzt war er sofort wieder gefesselt, verzaubert von der klassischen Geschichte. Sollten seine Altersgenossen mit ihren Tanzfilmen, zotigen Komödien und Actionstreifen glücklich werden – Graham wurde klar, er wollte so etwas machen. Etwas Wichtiges.

Auf dem Weg zum Set heute Morgen hatte Olivia sich zu ihm gesellt. Graham wusste, dass sie ihre nächsten beiden Filme schon klargemacht hatte: einen Disneyfilm über eine moderne Prinzessin und eine Komödie über zwei Mädchen am College. Zwar konnte er ihre Auswahl nicht nachvollziehen, aber irgendwie beneidete er sie doch. Sie wusste genau, was sie wollte und wo sie hinwollte. Das konnte er von sich nicht sagen.

»Was machst du denn am Vierten?« Sie rückte ihre Sonnenbrille zurecht, als sie auf einige Kamerawagen zugingen, die ihnen später die Straße entlang folgen sollten.

Das gesamte Team, Schauspieler und Crew, hatte gemeutert, als Mick vorschlug, man solle den Feiertag durcharbeiten. Sie brauchten nur noch drei Drehtage – für Graham sogar weniger, bei ihm war nach dem Vormittag des zweiten Tages schon Schluss –, und der Regisseur hatte die Sache schnell durchziehen und zurück nach L.A. ins Studio gehen wollen. Doch nachdem sie fast einen gesamten Monat durchgearbeitet hatten, brauchten alle unbedingt eine Pause, weshalb er schließlich nachgab: Sie bekamen den Feiertag frei und würden erst danach fertig drehen. Und jetzt schmiedeten anscheinend alle Pläne. Graham hatte gehört, dass ein paar Jungs aus dem Team ein Boot chartern und draußen auf dem Wasser feiern wollten, andere wollten zum Stadtfest gehen.

»Ich hab mir gedacht, ich könnte für den Tag nach Manhattan fliegen«, sagte Olivia, ohne seine Antwort abzuwarten. »Ich vergesse schon langsam, wie es sich in der Zivilisation anfühlt.«

»Das wird bestimmt lustig«, sagte er, und sie sah ihn von der Seite an.

»Willst du mitkommen?«

Er schaute sie fragend an. »Nach New York?«

»Nach *Manhattan*«, sagte sie, als wäre das etwas ganz anderes. »Du musst doch zugeben, es wäre ganz nett, hier mal rauszukommen.«

Es überraschte ihn, dass ihm das Angebot tatsächlich nicht ganz ohne Reiz schien, vor allem nach so vielen Tagen allein, und er fragte sich, ob sie es wohl ernst gemeint hatte. Er suchte in ihrer Miene nach Hinweisen, ob sie tatsächlich hoffte, er könne sie begleiten. War es möglich, dass sie ihn wirklich mochte, dass es nicht nur um Publicity ging?

Doch bevor er antworten konnte, lächelte Olivia. »Es ist natürlich nicht L.A., aber ich bin sicher, ganz unbemerkt würden wir auch da nicht bleiben.« Sie waren fast bei ihrem Wohnwagen angelangt. »Du hast doch noch nichts vor, oder?«

Graham fiel wieder ein, wie er sich das Wochenende vorgestellt hatte: eine Parade, Feuerwerk, Wunderkerzen und Orchester, ein Kleinstadtfest und Zeit mit seinen Eltern. Er hatte nicht auf die Absagemail seiner Mutter geantwortet und nichts weiter von ihnen gehört, bis sie ihn letzte Woche angerufen hatte. Zehn Minuten lang hatten sie über das Wetter in Kalifornien geredet und über die Bücher, die sie gerade las. Als sie sich nach dem Film erkundigte, kam Graham schnell auf etwas anderes zu sprechen, wie immer, wenn seine Eltern danach fragten, weil ihm klar war, sie taten es nur aus Höflichkeit. Doch als sie die Grillparty der Nachbarn am vierten Juli erwähnte, verstummte Graham ganz.

»Schätzchen?« Die Stimme seiner Mutter klang dünn aus dem Hörer.

»Klingt doch nett«, sagte er knapp, und sie seufzte.

»Entschuldige, dass wir nicht kommen«, sagte sie nach kurzer Stille. »Du weißt, wie ungern dein Vater reist, und –«

»Ist schon in Ordnung, Mom.«

»Was wirst du denn unternehmen?«

»Ach, inzwischen hat sich sowieso ergeben, dass ich arbeiten muss«, log er. Er wusste, er würde wahrscheinlich das Gleiche tun wie an allen anderen Tagen hier: lange durch den Ort spazieren, im Hafen nach Fischerbooten Ausschau halten, Filme anschauen, zeichnen, sich bei Evan nach Wilbur erkundigen, was er allerdings schon so oft getan hatte, dass er nur noch sehr ironische Auskünfte bekam (»Schwein auf freiem Fuß« oder »Das Schwein hat gerade das Gebäude verlassen«).

Als er hergekommen war, hatte er sich vor allem gefreut, endlich mal aus Los Angeles rauszukommen, und sich nicht vorstellen können, dass vier Wochen ansatzweise genug sein könnten. Doch inzwischen war ihm klar, das Versprechen des Ortes war untrennbar mit Ellie verbunden gewesen, und da sie aus dem Spiel war, wollte er nur nach Hause.

Aber noch hatten sie ein paar Tage vor sich, und heute konnte er ein Essen mit Harry im Wohnwagen nicht ertragen.

»Ich kann leider nicht«, sagte er zu Olivia, die immer noch auf eine Antwort wegen New York wartete. »Aber wie wär's mit Mittagessen?«

Beim Essen – Graham jedenfalls aß, während Olivia mit der Gabel in Putenbrust und Salatblättern herumstocherte – versuchte er sich, so gut es ging, mit ihr zu unterhalten, doch das war nicht leicht. Olivia guckte sich die ganze Zeit um, als säßen sie in einem Club in Hollywood und jeden Moment könne irgendeine Berühmtheit hereinspazieren. Er versuchte, ihr »echte« Fragen zu stellen, wie er das gern nannte – wo sie aufgewachsen war oder was ihre Eltern machten und nicht die üblichen Filmgeschäftsfragen nach dem nächsten Projekt und wie sie zur Schauspielerei gekommen war –, doch ihm war gleichzeitig allzu bewusst, dass die Leute an den eng gestellten Tischen zu dicht dran saßen, als dass sie frei über Persönliches reden könnten. Außerdem musste er sich Olivias Aufmerksamkeit mit ihrem Telefon teilen.

Zugegeben, er war selbst nicht ganz anwesend; die Begegnung mit Ellie hatte ihn zu sehr durchgerüttelt.

Auf dem Weg nach draußen gaben sie ein paar Autogramme, und Graham steckte Trinkgeld in den Krug. Die Fotografen waren endlich angekommen, und wie üblich setzte Graham die Sonnenbrille auf, senkte den Kopf und wollte zum Set eilen. Doch Olivia hängte sich bei ihm ein und zwang ihn, langsamer zu gehen, und er merkte, sie genoss das. Er fragte sich, ob sie seine Begleitung schlicht ausnutzte oder ob ihr die Beobachtung tatsächlich nichts ausmachte. Er schlenderte mit zusammengebissenen Zähnen neben ihr her, solange er konnte, und flüsterte dann: »Wir müssen zurück zum Set.«

»Sie können ja schlecht ohne uns anfangen«, antwortete sie leise. »Das ist der Vorteil, wenn man der Star ist.«

»Seid ihr beide jetzt zusammen?«, fragte einer der Fotografen augenzwinkernd, und Olivia zog die Augenbrauen hoch und schenkte ihm ein undurchschaubares Lächeln.

Der kurze Weg kam ihm endlos vor. Als sie zum Ende der Straße kamen, war Graham erstaunlich erleichtert, Harry zu sehen, und während der Ältere strahlte, als er sie beide zusammen sah, löste Graham rasch seinen Arm von Olivias.

»Na kommt«, sagte Harry und führte sie hinter die Metallbarrieren, die den Set vom Rest der Straße trennten; die klickenden, sirrenden Kameras blieben zurück. Auf dem Weg zu den Wohnwagen wandte er sich wieder grinsend zu ihnen um. »Gut zu Mittag gegessen?«

»War praktisch ein Feinschmeckerlokal.« Olivia verdrehte die Augen.

»Ich fand es ganz gut.« Graham wusste nicht genau, wieso er den Laden verteidigen wollte.

»Das glaube ich gern«, sagte sie und dann direkt zu Harry: »Als ich hinkam, hat er praktisch vom Fußboden gegessen.«

»Da hatte jemand einen Süßigkeitenständer umgestoßen«, erklärte Graham. »Und ich habe bloß aufräumen geholfen.«

»Hat vielleicht auch dran gelegen, dass sie so scharf aussah«, sagte Olivia beiläufig und lachte dann. »Mir war gar nicht klar, dass du auf Rothaarige stehst.«

Grahams Kiefer mahlten, und als er Harry ansah, bemerkte er leicht überrascht dessen finstere Miene. Sie galt nicht Olivia, sondern ihm.

»Ich geh dann mal«, sagte er abrupt, und Olivia schaute von ihrem Smartphone auf. »Danke fürs Mittagessen.«

Harry folgte ihm wortlos in den Wohnwagen, an seiner Schläfe pochte zornig eine Ader. Kaum waren sie drinnen, ließ er die Tür hinter sich zuknallen und verschränkte die Arme vor der Brust. »Dieselbe Rothaarige?«

»Was ist denn so schlimm daran?« Graham zog sich einen Stuhl heran. »Ich dachte, du wärst begeistert von meinem Date mit Olivia. Du kannst dich drauf verlassen, sie hat für jede Menge Bilder gesorgt.«

»Hör mal zu«, sagte Harry, nahm seinen Aktenkoffer von der Couch und blätterte darin herum. »Du weißt ja, ich will nur, dass du glücklich bist –«

Graham schnaubte verächtlich.

»Aber mit dem Mädchen darfst du dich nicht einlassen.«

»Mit Olivia?« Graham stellte sich dumm, und Harry starrte ihn böse an.

»Mit Ellie O'Neill.«

Graham zuckte überrascht zusammen, als er ihren Namen hörte. »Woher weißt du –?«

»Ich habe ein paar Nachforschungen angestellt«, sagte Harry und hob sogleich abwehrend die Hände. »Das ist mein Job, okay?« Er zog einen dicken braunen Umschlag aus dem

Koffer. »Ich wollte dich eigentlich nicht damit belästigen, weil wir sowieso nur noch ein paar Tage hier sind. Aber ich sehe, du bist immer noch verknallt in sie –«

»Bin ich nicht«, sagte Graham viel zu schnell.

»– und du bist ganz offensichtlich noch nicht drüber weg, was immer zwischen euch war –«

»Da war gar –«

»– und da will ich dir zumindest alle nötigen Informationen zur Verfügung stellen.« Harry streckte ihm den Umschlag hin, doch Graham machte keine Anstalten, ihn zu nehmen. »Es ist grad kein guter Zeitpunkt, sich auf etwas einzulassen, was womöglich … unerfreulich werden könnte. Nicht gerade jetzt.«

»Das geht dich nichts an.« Graham starrte ihn wütend an.

»Es wäre einfach nicht gut für dich«, sagte Harry. »Für die Zeitungen wäre es ein gefundenes Fressen. Aber ob sich dein Image davon wieder erholen würde, weiß ich nicht.«

Der Umschlag baumelte immer noch in seiner ausgestreckten Hand. Als er merkte, dass Graham ihn nicht nehmen würde, ließ er ihn schließlich klatschend auf den Tisch fallen und stand auf.

»Glaub mir, es ist zu deinem Besten«, sagte er und verließ den Wohnwagen. Sonnenlicht fiel auf den Teppich, als Harry die Tür öffnete, dann verschwand es wieder, und Graham war allein.

Er starrte den Umschlag an und wusste nicht, ob er ihn öffnen oder wegschmeißen sollte. Er konnte sich beim besten Willen nicht vorstellen, was Harry gefunden haben wollte oder was ihn überhaupt zum Suchen bewogen hatte. Und er wusste auch nicht, ob er es wissen wollte.

Er dachte zurück an die allerersten Mails zwischen Ellie und ihm, den federleichten Austausch von Worten, die Nachrichten, in denen es im Grunde um nichts ging, die sich aber trotzdem nach etwas anfühlten. Nach allem.

Bis zu ihrer zufälligen Begegnung heute hatten sie sich wochenlang nicht gesehen. Graham hatte sie natürlich vermisst, hätte nichts lieber getan, als an ihre Tür zu klopfen und sie wieder in die Arme zu schließen, aber da war noch mehr. Es überraschte ihn, wie sehr er das Schreiben an sie vermisste. So viele Monate hatte er mit ihr all seine Grübeleien teilen können; jetzt war sie weg, und seine Gedanken summten ihm im Kopf herum wie aufgeregte Fruchtfliegen im Glas. Ihm war nicht klar gewesen, wie viel es bedeuten kann, so mit jemandem reden zu können; dass es eine Art Rettungsring ist und dass man ohne ihn hilflos versinkt.

Graham berührte die Ecke des Umschlags, zog ihn näher heran. Plötzlich merkte er, wie verzweifelt er nach dem Inhalt gierte, nach jedem Schnipsel Information, den er über Ellie O'Neill bekommen konnte, egal, was es bedeuten mochte.

Der Umschlag starrte ihn an, rätselhaft und gewichtig.

Er sah aus wie ein Geheimnis.

Wahrscheinlich war es ein Fehler.

Doch nach kurzem Zögern griff er zu.

Von: EONeill22@hotmail.com
Gesendet: Mittwoch, 3. Juli 2013 13:21
An: thisisquinn@gmail.com
Betreff: **weiße Flagge**

Können wir vielleicht Waffenstillstand schließen? Ich weiß, du bist noch sauer auf mich, aber ich könnte jetzt wirklich eine Freundin gebrauchen. (Und zwar nicht irgendeine …)

fünfzehn

Es war zu heiß, um überhaupt irgendwas zu tun. Nachdem sie die Schaufenster fertig dekoriert hatten, zog sich Ellie einen Hocker zum Ventilator und setzte sich mit dem Gesicht zum Propeller, der jedoch bloß die warme Ladenluft umrührte. Die paar Kunden, die sich hereinwagten, waren schon kurz hinter der Tür wieder umgekehrt, weil die stickige Luft drinnen noch weniger zu ertragen war als die Sonnenglut draußen.

Gegen zwei Uhr stand ihre Mutter endlich auf. »Ich komme mir vor wie in einem Backofen«, sagte sie. »Komm, wir machen zu und verschwinden.«

Ellie sprach in den Ventilator, der ihre Worte zitternd zerhackte. »Wo wollen wir denn hin?«

Aber sie kannte die Antwort schon. Wo sie immer hingingen.

Eine halbe Stunde später waren sie auf dem Weg zum Strand. Nicht zum Hauptstrand im Ort, wo sich alle Touristen wie Seehunde auf den Felsen in der Sonne aalten, nicht zum Kinderstrand mit den Rettungsschwimmern und den abgeteilten Badebereichen und auch nicht zum Sandstrand an der Angelmole.

Sie gingen in die Bucht.

Nachdem sie ein Schild an die Ladentür gehängt hatten –

»Genug gebraten; morgen wieder da« –, hatten sie rasch von zu Hause ihre Badeanzüge, ein paar Handtücher und den Hund geholt, und jetzt waren sie auf dem Weg zur kleinen Bucht unweit ihres Hauses, die so versteckt lag, dass sie sie schon als ihren Privatstrand betrachteten. Seit Ellies Kindheit war das ihr Rückzugsort, im Sommer hatten sie Sonnenschutz und Handtücher mitgebracht, im Winter Cider und Decken. Zahllose Nachmittage waren sie durch die Brandung gewatet, hatten Steine gesammelt oder Vögel beobachtet. Das war allein ihr Platz, und bis sie sich vor ein paar Wochen mit Graham dort getroffen hatte, hatte Ellie nie irgendjemand anderen dorthin gebeten. Nicht mal Quinn.

Als sie jetzt zum Wasser hinuntergingen, suchte sie die Strandkiesel ab und fragte sich, ob man auf so einem kleinen Fleckchen wohl zwei Herzsteine finden könnte. Mom legte die Handtücher an die übliche Stelle, Bagel stürmte schon ins Wasser, kühn und wagemutig, um gleich darauf von der allerlahmsten Welle wieder hinausgescheucht zu werden.

Ellie warf ihre Flipflops ab und watete hinein; das kühle Wasser bis zu den Knien ließ sie angenehm schaudern. Ihre Füße wurden eiskalt, die Schultern waren warm, sie legte den Kopf in den Nacken und schloss die Augen, und die Ereignisse des Vormittags fielen von ihr ab.

»Drei ganze Wochen«, sagte ihre Mutter, als sie sich zu ihr gesellte. »Ich werde das hier vermissen.«

Ellie musste nicht nachfragen, was sie meinte. Sie war ihr ganzes Leben noch nicht länger als ein paar Tage von hier weg gewesen, und Mom nahm immer noch an, dass sie bald mit einem nicht existenten Stipendium zum Lyrikseminar fuhr. Und nicht nur das: Mom bereitete sich damit auf einen viel größeren Schritt vor. Wenn sie nach Boston fuhr und Ellie im leeren Wohnheim ablieferte, wäre das ein Vorgeschmack auf den nächsten Sommer, wenn sie tatsächlich anfangen würde zu studieren. Dieses Seminar im August war so etwas wie der Anfang vom Ende. Der Beginn ihres letzten gemeinsamen Jahres.

Ellie wusste also, was mit *drei ganze Wochen* gemeint war und dass sie eigentlich jetzt die Hand ihrer Mutter nehmen und so etwas wie *Ja, genau* oder *Ich auch* sagen sollte. Doch ihr Herz war immer noch verhärtet, und so starrte sie geradeaus zur unsichtbaren Grenze zwischen Wasser und Himmel.

»Drei Wochen sind gar nicht so lang«, sagte sie schließlich knapp und unversöhnlich.

Mom nickte und sah in die Ferne. Sie konnte nicht ahnen, was Ellie wirklich dachte: dass diese drei Wochen alles waren, aber dass sie die Chance wohl nicht bekommen würde. Bisher hatte sie 624 Dollar und 8 Cent gespart, und wenn sie so weiterarbeitete, hätte sie bis August knapp unter tausend. Aber das reichte noch lange nicht, und der Gedanke, Nein sagen zu müssen – die Gelegenheit sausenzulassen oder, noch schlimmer, um Hilfe zu bitten –, zog ihr Innerstes zusammen, machte sie hoffnungslos, elend und kleinlich.

Am Strand hetzte Bagel unruhig hin und her, weil man ihn zurückgelassen hatte. Als Ellie nach ihm pfiff, stürzte er sich mit leisem Jaulen ins Wasser und paddelte mit hochgereckter Schnauze auf sie zu.

»Hör mal«, sagte Mom, »ich weiß –«

Aber Ellie wollte nichts davon hören; sie holte tief Luft und sprang kopfüber in die Wellen. Der Schock des kalten Wassers ließ ihren ganzen Körper erzittern, bis zu den Zähnen. Durch schmale Lider sah sie Bagels rudernde Pfoten, und sie schwamm einige Züge, ehe sie wieder an die Oberfläche stieß.

Zu ihrer Überraschung schüttelte ihre Mutter sich neben ihr das Wasser aus den Ohren. »So schnell wirst du mich nicht los«, sagte sie, und Ellie wischte sich über die Augen. Der Meeresboden fiel hier steil ab, und sie mussten beide Wasser treten, um oben zu bleiben.

»Wollte ich gar nicht«, sagte Ellie, legte sich auf den Rücken und ließ sich treiben. Die Wellen rauschten in ihren Ohren, ihre Lippen schmeckten salzig.

»Ich weiß, du bist noch sauer auf mich wegen Graham«, sagte Mom, und Ellie schaute sie an. Tropfen hingen in ihren Wimpern, und ihr Gesicht sah gegen das dunkle Wasser sehr blass aus. »Du warst die letzten Wochen so still, und ich weiß, dass du traurig bist. Es tut mir leid.«

Eine Welle hob sie sacht und ließ sie wieder sinken, ein paar Möwen kreisten über ihnen. Das Sonnenlicht spiegelte sich unangenehm grell auf dem Wasser, Ellie kniff die Augen zu und wusste nicht, was sie antworten sollte. Mom hatte Recht, sie war traurig wegen Graham. Sie hatte gedacht, aus sicherer Entfernung könne sie es ertragen. Doch als sie ihn heute gesehen, so nah neben ihm gestanden hatte – da war sie wie von einem Magneten angezogen worden, kraftvoll und unwiderstehlich. Selbst jetzt, da sie unter der hoch stehenden Sonne im Wasser paddelte, fühlte es sich noch an, als ob sie das Gleichgewicht verloren hatte. Sie war schon vor Stunden bei *Marv's* aus der Tür getreten, doch ein wichtiger Teil von ihr – zu wichtig, als dass sie darauf verzichten könnte – war dort geblieben.

»Ist schon okay«, sagte Ellie schließlich sehr leise. »Es ist nicht deine Schuld.«

Mom atmete aus. Ihre Arme, geisterhaft bleich, bewegten sich unter Wasser rasch. »Er ist sowieso bald weg«, sagte sie. »Dann wird es leichter.«

Ellie öffnete den Mund, konnte aber nichts sagen. Eigentlich sollte der Satz helfen, das wusste sie, aber auf einmal wollte sie nur noch heulen.

Moms Worte hallten ihr durch den Kopf: *Drei ganze Wochen.* So viel Zeit hatte sie vergeudet. So lange war es her, seit sie Graham geküsst hatte.

Drei ganze Wochen.

Weiter draußen glitt eine riesige Jacht langsam am blendenden Blau des Horizonts entlang, und Ellie fiel die Zeitungsmeldung über ihren Vater ein, dass er an diesem Wochenende in Kennebunkport sein würde, wahrscheinlich mit einem ganz ähnlichen Boot. Sie stellte sich vor, dass er in einer Villa direkt am Wasser wohnte und abends von einer eleganten Cocktailparty zur nächsten eilte. Tagsüber würde er mit seinen beiden Söhnen angeln gehen, die zwar wie Models aussahen, aber – nach allem, was Ellie über sie gelesen hatte – bestimmt nicht zu Lyrikseminaren in Harvard zugelassen würden.

Sie schluckte heftig, weil alles so ungerecht war. Nicht nur, dass sie Stunde um Stunde schuftete, um das Geld für einen Ferienkurs zusammenzukratzen, an dem sie dann wahrscheinlich doch nicht teilnehmen konnte. Das war nur der Anfang. Als Nächstes kam das Studium: die ganzen Anträge für Stipendien, Moms nächtliche Sitzungen mit dem Taschenrechner und mit spitzem Bleistift. Die ständigen Sorgen um Haus und Laden, die endlosen Gespräche über Finanzen, die Schubladen voller Wertcoupons, das wäre alles kein Thema, wenn Paul Whitman noch zu ihrem Leben gehörte.

Als Graham sie gefragt hatte, wie viel Geld sie noch brauchte, hatte die Frage sie wie eine Kugel getroffen. Für ihn waren tausend Dollar wahrscheinlich das Trinkgeld fürs Personal nach einem Wochenende im Luxushotel. So viel verdiente er wahrscheinlich jeden Tag als Zinsen. Für ihn waren das Peanuts. Kleingeld.

Für sie war es aber immer noch eine unfassbare Summe. Es hätten genauso gut zehntausend Dollar sein können. Oder eine Million.

Ellie hatte einen Kloß im Hals, als sie den Blick von der Jacht losriss. Bagel paddelte schon in Richtung Strand, und sie schauten dem weißen Karo auf seinem Hinterkopf nach, das beim Schwimmen auf und ab wippte.

»Ich glaube, das ist ein schlauer Gedanke«, sagte Mom und stieß sich ebenfalls in Richtung Strand ab. »Ich verbrenne. Kommst du auch mit nach Hause?«

Ellie tauchte das Kinn ins Wasser, schüttelte den Kopf und legte sich dann ganz auf den Rücken, so dass ihr Haar sich auf dem Wasser auffächerte.

»Noch nicht«, sagte sie. »Ich komme ein bisschen später.«

»Okay«, sagte Mom. »Aber treib nicht weg.«

Das Wasser leckte in ihre Ohren. Über ihr unterhielten sich die Möwen quer über den weiten Himmel, und die Sonne ließ sich zum Strand herab. Sie wusste nicht, wie lange sie sich da draußen von den Wellen schaukeln ließ; ihr Körper wirkte so leicht, obwohl sie so viel Schweres mit sich herumtrug.

Irgendwann drehte sie sich wieder um und schwamm zurück, wo sie sich in ein Handtuch wickelte und auf ihren Lieblingsfelsen setzte, der wie eine Miniklippe über die flache Bucht ragte. Sie spürte die warme Sonne auf den Augenlidern, das Salz auf der Haut, als das Wasser trocknete. Sie krallte die Zehen um die Felsenkante und legte die Arme um die Knie. Zwischen den Steinen entdeckte sie eine kleine runde Scheibe, und als sie danach griff, musste sie lachen.

Ein Sanddollar. Ein flaches Seeigelskelett. Nicht gerade die Sorte Dollar, die sie brauchte.

Sie legte ihn auf die Handfläche und untersuchte die gerundete Kante, die schwache Sternzeichnung in der Mitte. Draußen auf dem Wasser glitt wieder ein teures Boot vorbei, und während Ellie es anblinzelte, entstand eine Idee in ihrem Kopf. Sie richtete sich auf, und ihr sonnenmürbes Hirn erwachte zum Leben, spielte unterschiedliche Möglichkeiten durch, während sie den Sanddollar geistesabwesend zwischen den Fingern drehte.

Ab morgen war ihr Vater nur eine Stunde entfernt.

Das Ganze schien auf einmal so klar und einfach wie das Offensichtlichste auf der Welt. Während sie auf dem Felsen saß, erhärtete sich ihre Gewissheit, sogar ein gewisses Gefühl der Unvermeidlichkeit, wie Zement in der Sonne, und sie war so sehr mit dem Entwerfen eines Plans beschäftigt, dass sie gar nicht hörte, wie jemand durch die Bäume kam. Doch als die Schritte auf den Kieseln knirschten, fuhr sie herum, und ihr Herz machte einen Sprung, als sie Graham erkannte.

Er lächelte sie quer über den Strand an. Er trug Khakishorts und ein blaues Polohemd, das seine Augen vor dem Grau der Umgebung leuchten ließ, und in der Hand hielt er, da war sie sicher, einen herzförmigen Stein.

»Du wirkst sehr in Gedanken versunken«, sagte er.

Ellie musste lächeln. »Hi«, sagte sie, und er neigte den Kopf, betrachtete sie amüsiert.

»Träumst du, oder heckst du was aus?«

»Ich hecke was aus«, antwortete sie, und er schien einen Augenblick zu überlegen, ehe er näher kam.

»Egal, was es ist«, sagte er. »Ich bin dabei.«

Von: GDL824@yahoo.com
Gesendet: Mittwoch, 3. Juli 2013 16:48
An: harry@fentonmanagement.com
Betreff: **(kein Betreff)**

Harry,

vielen Dank für die Info. Fand ich ungeheuer hilfreich.

Graham

sechzehn

Sicher, er war zu ihr zurückgekehrt. *Er* war aus den Bäumen über den Strand gekommen, hatte den Weg zwischen ihnen zurückgelegt. Doch man sah es in ihren Augen: Auch sie war zu ihm zurückgekehrt.

Als er den Umschlag geöffnet hatte, waren alle Zweifel von ihm abgefallen. Harry hatte sicher vorgehabt, ihn irgendwie zu warnen, doch der Inhalt hatte die gegenteilige Wirkung gehabt. Er hatte alles auf den Wohnwagentisch geschüttet – ein Durcheinander aus Internet-Suchen und archivierten Zeitungsartikeln – und ihre Vergangenheit nachgelesen. Doch deswegen wollte er sich nicht von ihr fernhalten. Es scherte ihn nicht, dass sie die uneheliche Tochter dieses steifen Senators war, genauso wenig wie ihn die Gefahr negativer Publicity oder eines Karriereknicks kümmerte.

Ihn interessierte nur, dass es ihr ganzes Verhalten erklärte: ihren Gesichtsausdruck, als sie im Hafen vor ihm weggelaufen war, die unbeantwortete Mail, den Abstand, den sie in den letzten Wochen gehalten hatte.

Es war gar nicht so, dass sie ihn nicht wollte. Sie wollte sich nur schützen.

Aber das spielte jetzt keine Rolle mehr. Sie saßen auf dem mächtigen Felsblock, der über die Brandung ragte. Die Sonne sank tiefer, und obwohl sie inzwischen Shorts und T-Shirt trug, hatte Ellie immer noch das Handtuch wie eine Decke um sich geschlungen und zitterte trotz der Abendwärme. Ihre langen Haare waren noch feucht vom Schwimmen, ihre Nase rosa von der Sonne.

Sie hatte zuerst sprechen wollen, er auch, und ihre Worte waren gegeneinandergeprallt wie Autoskooter; dann hatten sie sich auf den Felsen gesetzt, tief Luft geholt und eigentlich ohne Grund angefangen zu lachen, bloß weil es so eine reine Freude war, wieder zusammen zu sein. Auch ohne Erklärungen oder Entschuldigungen kam es ihnen vor wie eine zweite Chance, ein Neuanfang. Es war ein Geschenk, und Graham wollte es nicht verderben. Aber manche Dinge mussten gesagt werden, also räusperte er sich und beugte sich vor.

»Ich zuerst«, sagte er, und Ellie nickte, wurde ernst. Graham zögerte und überlegte, wo er anfangen sollte. »Ich weiß, was los ist«, sagte er schließlich. »Es geht gar nicht um dich und mich. Sondern um deinen Vater.«

Sie zuckte zusammen. »Woher weißt du –?«

»Harry hat es rausgefunden«, sagte er. »Mein Manager. Er wird niemandem davon erzählen. Er wusste bloß, dass ich dich gernhabe, und hat versucht, mich zu schützen –«

»*Dich* zu schützen?« Ihre grünen Augen blitzten.

»Das ist eben sein Job. Aber darum geht es auch gar nicht. Es gab gar kein Problem zwischen uns, stimmt's? Und darum ist es jetzt kein Thema mehr. Weil ich Bescheid weiß.«

Ellie runzelte die Stirn. »Natürlich ist es noch ein Thema. Das ändert gar nichts.«

»Es ändert *alles*«, widersprach Graham. »Mir ist deine Vergangenheit egal oder wer dein Vater ist. Es ging doch nur um die Öffentlichkeit, oder? Die Kameras.« Er zog die Schultern hoch. »Dann halten wir uns eben fern von denen.«

»Graham«, sagte sie streng, obwohl ihr Mundwinkel verräterisch zuckte. »Denk doch mal einen Augenblick nach. So leicht ist es nicht, sich davon fernzuhalten. Das ist ein Teil von dir.«

»Das ist *kein* Teil von mir«, sagte er mit einem Anflug von Ärger, und ihre Züge wurden weicher.

»So habe ich es auch nicht gemeint«, sagte sie, und zu Grahams Überraschung legte sie ihm die Hand an die Wange. Er spürte ihre Wärme, ihre unfassbar weiche Haut, doch ehe er reagieren konnte, zog sie die Hand verlegen wieder weg. »Ich meinte nur, das Risiko ist zu groß. Ich bin froh, dass du die Geschichte kennst. Ich habe sie noch niemandem erzählen können. Aber mit dir zusammen zu sein – das ist einfach zu öffentlich. Das kann ich meiner Mom nicht antun.« Sie schwieg und sah aufs Meer hinaus. »Und Harry hat wahrscheinlich Recht: Für dich ist es auch nicht die beste PR.«

»Das juckt mich nicht«, sagte er. »Das ist nicht wichtig.«

»Ist es wohl«, sagte sie mit traurigem Blick. »Es ist das Risiko nicht wert. Du bist doch sowieso nur noch ein paar Tage hier.«

»Genau«, sagte er und rückte ein wenig näher. »Wir haben ganze drei Wochen vergeudet.«

Sie senkte den Blick. »Ich weiß.«

»Was für eine lange Zeit. Seit wir angefangen haben, uns zu

schreiben, sind nie drei Stunden vergangen, ohne dass ich wusste, was du so gemacht hast.«

Sie lächelte, wurde aber gleich wieder ernst. »Es geht trotzdem nicht.«

»Wegen der Fotografen?«

Ellie nickte. »Du weißt doch, sobald wir wieder in den Ort kommen –«

»Okay.« Graham sah sich am Strand um. Die Sonne näherte sich den Bäumen, die Wellen waren goldgesäumt. »Dann bleiben wir eben hier.«

Sie lachte. »Für immer?«

»Klar. Ist doch kein schlechter Ort zum Leben.«

»Schöner Meeresblick.«

»Hell und sonnig.«

»Mit eigenem Strand.«

»Und ohne Kameras.«

Sie griff nach seiner Hand, ihre Finger waren warm. »Ich will keine Zeit mehr verlieren«, sagte sie leise, und als er sich vorbeugte und sie küsste, schmeckte er das Salz auf ihren Lippen. Zwischen ihnen wirkte so etwas wie Schwerkraft, ein Strom, so stark wie die Gezeiten, wie er es noch nie zuvor gespürt hatte. Er hatte im Scherz gesagt, sie sollten für immer hierbleiben, aber plötzlich hatte er das Gefühl, es könnte gehen.

Als sie sich von ihm löste, wollte er sich noch nicht trennen und legte ihr den Arm um die Schultern. Sie fiel gegen seine Brust, schmiegte sich an ihn. So blieben sie sehr lange sitzen, schauten wortlos aufs Wasser hinaus, während hinter ihnen die Sonne unterging.

»Schaust du dir von hier den Sonnenaufgang an?«, fragte er. »Das ist bestimmt die perfekte Stelle.«

Ellie drehte sich verlegen zu ihm um. »Ehrlich gesagt habe ich noch nie einen gesehen.«

»Was? Wie ist das denn möglich?«

»Ich verschlafe immer«, gestand sie. »Furchtbar, ich weiß.«

»Aber das stand doch auf deiner Liste.«

»Welcher Liste?«

»Die Sachen, die dich glücklich machen.«

»Ach so«, sagte sie. »Stimmt. Das war wohl eher Wunschdenken. Aber von deiner Liste stimmte auch nicht alles.«

Er schaute fragend. »Was denn nicht?«

»Du hast gesagt, du lernst gern neue Menschen kennen ...«

Er wusste, was sie meinte. Und sie hatte Recht – jedenfalls, bis er Ellie kennenlernte. Aber jetzt war alles anders.

»Das stimmt schon.« Er legte das Kinn auf ihren Scheitel. »Ich meinte dich.«

»Das ist gut.« Er hörte das Lächeln in ihrer Stimme. »Ich habe mich nämlich auch sehr gefreut, dich kennenzulernen.«

»Hoffentlich mehr als über die Sonnenaufgänge.«

»Die ich noch nie gesehen habe?«, ergänzte sie, und er nickte.

»Genau. Wie kann dich etwas glücklich machen, was du noch nie erlebt hast?«

»Es gibt unterschiedliche Formen des Glücks«, sagte sie. »Manche brauchen keinen Beweis.«

»Zum Beispiel die Sonnenaufgänge?«

»Genau. Ich weiß genug darüber, um sicher zu sein, sie würden mich glücklich machen. An einem Sonnenaufgang ist nichts Trauriges.«

»Im Gegensatz zum Sonnenuntergang.«

»Den finde ich auch nicht besonders traurig.«

»Ich schon«, sagte Graham. »Es ist ein Ende, und ein Ende ist immer traurig.«

»Es ist der Beginn der Nacht. Das ist doch auch was.«

»Schon, aber dass die Nacht unheimlicher ist als der Tag, weiß doch jeder.«

Ellie lachte. »Dann sollten wir uns vielleicht besser umdrehen.«

»Wieso das denn?«

»Nichts ist so richtig unheimlich, wenn man es kommen sieht.«

Doch sie rührten sich nicht. Die Sonne ging weiter hinter ihnen unter, glitt auf die Bäume und Häuser der Stadt Henley zu, während vor ihnen zahlreiche Boote in den Hafen zurückkehrten. Ein riesiges Segelboot glitt vorüber, die mächtigen Leinwände flatterten im Wind. Graham schloss die Augen.

»Meine Eltern kommen nicht«, sagte er, und Ellie bewegte sich in seinen Armen.

»Zum vierten Juli?«

»Ich dachte wirklich, sie würden kommen.« Er schüttelte den Kopf. »Obwohl, das stimmt eigentlich nicht. Sie reisen nie irgendwohin. Aber ich habe sie auch noch nie darum gebeten.«

»Steht ihr euch sehr nahe?«

»Früher ja«, sagte er. »Vorher.«

»Vor dem ganzen …?« Er nickte, denn er wusste, was sie

meinte. Schweigend verfolgten sie den Weg des Bootes, bis Ellie wieder seine Hand nahm. »Sie verpassen was.«

»Sie verstehen es nicht«, sagte er. »Den ganzen Filmkram.«

»Kannst du das nicht nachfühlen?«

»Doch, eigentlich schon«, sagte er leise. »Ich verstehe es ja selbst die meiste Zeit nicht.«

»Immerhin hast du Wilbur«, sagte sie, und er lachte.

»Stimmt.«

»Und mich.«

Er beugte sich vor und küsste sie auf den Scheitel. »Stimmt auch.«

Das Segelboot wurde zu einer Silhouette vor goldenem Wasser, und ein warmer Windhauch wehte Graham das Haar aus der Stirn.

»Tut mir leid mit deinem Vater«, sagte er, obwohl er dabei noch an seinen dachte.

Es dauerte einen Moment, bis sie antwortete. »Früher war es mir egal«, sagte sie. »Mit meiner Mutter habe ich echt Glück gehabt. Aber diesen Sommer ist es schwerer als sonst.«

»Meinetwegen?«, fragte er, doch sie antwortete nicht, sondern richtete sich auf und drehte sich zu ihm um. Ihre Augen glänzten entschlossen.

»Er verbringt das lange Wochenende in Kennebunkport.«

Graham sah sie ratlos an und fragte sich, was das zu bedeuten hatte. »Wo ist das denn?«

»Ein kleines Stück nördlich von hier«, sagte sie mit vorgeschobenem Kinn. »Er macht da mit seiner Familie Urlaub, und morgen fahre ich hin und besuche ihn.«

»Hast du das vorhin ausgeheckt?«, fragte er. »Weiß er, dass du kommst?«

Sie schüttelte den Kopf.

»Und du hast ihn zuletzt als kleines Kind gesehen?«

»Richtig.« Sie nickte.

»Weiß deine Mutter davon?«

Ellie biss sich auf die Lippe. »Nein.«

Graham rieb sich seufzend den Hinterkopf. »Findest du das eine gute Idee?«

»Sollten Filmstars nicht eigentlich leichtsinnig und verantwortungslos sein?« Sie versuchte zu grinsen, aber das verging ihr rasch wieder.

»Ich meine ja nur –«

»Ist mir egal.« In ihren Worten lag harte Entschlossenheit. »Ich habe mich schon entschieden.«

Graham zögerte kurz, bevor er nickte. »Okay. Dann komme ich mit.«

Sie schaute überrascht auf. »Nein, kommst du nicht.«

»Wir haben morgen drehfrei, und ich habe am vierten sowieso nichts vor«, sagte er. »Machen wir eine kleine Spritztour.«

»Du bist viel zu auffällig.«

»Ich verschwinde in der Menge.«

Trotz ihrer Anspannung musste sie lachen. »Unmöglich.«

»Versprochen. Ich setze einen Cowboyhut auf. Und klebe mir einen Schnurrbart an.«

»Das ist ja überhaupt nicht übertrieben.«

»Berufskrankheit«, grinste er.

»Vorschlag.« Ellie stand auf, das Handtuch um die Schultern gelegt. »Ich schlafe drüber.«

»Ist gut.« Er stand ebenfalls auf. »Aber ich bereite für alle Fälle schon mal meine Verkleidung vor.«

Auf dem Weg über den Strand nahm er ihre Hand. Sie waren still, nur die Steine knirschten unter ihren Füßen, die Wellen brandeten ans Ufer.

Noch drei Tage, dachte Graham.

Er wollte keinen einzigen mehr verpassen.

»Bist du fertig für heute?«, fragte Ellie, ohne ihn anzusehen; sie schaute beim Gehen auf den unebenen Boden.

»Ja, bin ich«, antwortete er. »Hast du heute Abend was vor?«

»Nein«, er konnte das unterdrückte Lachen in ihrer Stimme hören, »wir könnten ja ein bisschen durch den Ort schlendern, im *Lobster Pot* essen gehen, dann vielleicht noch ein bisschen auf dem Grün rumknutschen ...«

»Sehr witzig.« Sie kamen zu der kleinen Böschung zwischen Strand und Wäldchen und stiegen zusammen hinauf. »Wie wär's mit einem Picknick? Wir könnten uns doch später wieder hier treffen.«

Sie nickte. »Klingt super.«

Zwischen den Bäumen war es dunkler, Graham ließ sich im blauen Dämmerlicht von Ellie führen, stolperte auf die Straße zu. Es kam ihm vor wie ein Traum, im Ohr nur ihre Schritte und ihren Atem, ihre Hand, die ihn leitete. Der Strand lag erst ein paar Meter hinter ihnen, die Straße kurz vor ihnen, doch hier unter den Bäumen hatte er das Gefühl, Millionen Meilen weg von allem zu sein. Darum brauchte er ein bisschen, das erste Blitzlicht einzuordnen.

In Los Angeles oder New York oder auch nur ein Stück weiter, mitten in Henley, hätte er schneller geschaltet, doch hier in der sinkenden Dämmerung, nach der Einsamkeit des Strandes, begriff er langsamer. Vor ihm war Ellie plötzlich stehen geblieben und ließ seine Hand los. Doch selbst als der zweite Blitz aufzuckte und die Szene erhellte – das Glitzern des Motorrads, die eiligen Schritte, der nächste Blitz –, stand er bloß wie angewurzelt und blinzelte.

»Graham«, rief der Erste, und er spürte, wie Ellie sich neben ihm verkrampfte. »Graham, zeigst du uns ein Lächeln? Wie wär's mit einem Kuss?« Es waren nur drei, doch sie wirkten zahlreicher; Graham fühlte sich umzingelt.

»Wie heißt du denn, Schätzchen?« Das fragte der riesige Glatzkopf, der schon im Ort herumlungerte, seit das Filmteam eingetroffen war. Er machte am Straßenrand einen Schritt auf sie zu. Graham und Ellie waren immer noch in den Bäumen verborgen, doch von hier aus konnten sie nirgendwohin. »Kriegen wir ein einziges Foto?«

Einen Augenblick später hatte Graham die Fassung wiedererlangt. Er wandte sich zu Ellie um, riss ihr das Handtuch von der Schulter und hielt es vor sie. Als sie begriff, was er wollte, nahm sie es ihm ab und verbarg ihr Gesicht im Seepferdchenmuster. Er legte ihr den Arm um die Schultern und drängte sie trotz ihres Widerstandes vorwärts, und sie stolperten über Wurzeln und Steine auf die Straße zu.

Jetzt knipsten alle drei Fotografen, und hier draußen auf

dem leeren Straßenabschnitt fühlte es sich anders an, unheilvoll, sogar bedrohlich. Die Paparazzi wichen ein paar Schritte zurück, als Graham auf die Straße trat, Ellie dichter an sich zog und mit ihr wortlos in die entgegengesetzte Richtung ging.

»Na los, Graham«, sagte der Glatzkopf, überholte sie und lief rückwärts vor ihnen her, die Kamera vor der Brust. Die anderen beiden flankierten sie, und Graham starrte den Typen vor ihm böse an.

»Nur ein Bild«, sagte der. »Ein gutes Bild, und wir lassen euch in Ruhe.«

»Verpisst euch«, zischte Graham durch die Zähne. Der Fotograf ließ die Kamera sinken, und einen Augenblick dachte Graham, jetzt sei Schluss. Doch dann sprang er auf Ellie zu und versuchte das Handtuch wegzureißen. Sie schrie überrascht auf, als das Blitzlicht aufleuchtete, und ohne nachzudenken, stürzte Graham sich auf ihn und schlug ihm die Kamera aus der Hand. Sie schlug splitternd aufs Pflaster, hüpfte metallisch klappernd noch ein Stück weiter, und mit leisen Flüchen sammelte der Fotograf die Teile wieder zusammen.

Die anderen beiden zögerten eine Sekunde lang. Doch Ellies Handtuch war zu Boden gefallen, und einer von ihnen witterte seine Chance und trat vor sie. Doch noch ehe er die Kamera heben konnte, stand Graham direkt vor ihm.

»Nimm sie runter«, knurrte er.

Der Mann zögerte, sah an Graham vorbei zum dritten Fotografen, der die Kamera auf Ellie richtete, während die sich nach dem Handtuch bückte.

Ein, zwei Augenblicke standen sie alle reglos da, die Kameras halb erhoben wie Waffen beim Duell. Doch als Ellie sich wieder aufrichtete, durchschnitt ein Blitz die Dunkelheit – so hell, dass alle blinzeln mussten –, und als wäre das der Auslöser, ballte Grahams Hand sich zur Faust, er holte aus und schlug dem Typen ins Gesicht.

Von:	EONeill22@hotmail.com
Gesendet:	Mittwoch, 3. Juli 2013 22:24
An:	GDL824@yahoo.com
Betreff:	**(kein Betreff)**

Du hattest Recht. Wir hätten einfach für immer am Strand bleiben sollen.

siebzehn

Lichtgeschwindigkeit war nichts dagegen. Oder herabstürzendes Wasser. Oder ein Schnellzug. Nichts, dachte Ellie, hätte dieses gepixelte Foto und den dazugehörigen Text geschlagen, die sich noch am selben Abend durch die Untiefen des Netzes verbreiteten.

Als sie am nächsten Morgen mit dem Notebook auf dem Schoß auf dem Bett saß, starrte sie stumpf die Artikel an, die sich auf ihrem Bildschirm öffneten. Im Kopf hatte sie jedoch nicht die Medienversion der Geschichte, die mit dem wirklichen Geschehen kaum etwas zu tun hatte. Sie dachte an den Augenblick selbst, als der Fotograf nach dem Treffer wie eine Marionette zur Seite getaumelt war.

Das Geräusch, mit dem sein Kopf aufs Pflaster schlug, schien viel zu laut für einen stürzenden Menschen, und Ellie war ein paar Sekunden wie gelähmt vor Schreck, bis er blinzelte und sich wieder hochstemmte. Graham rührte sich zuerst, schüttelte schon entschuldigend den Kopf und streckte die Hand aus, um ihm aufzuhelfen. Doch ein Blitzlicht stoppte ihn, und er wandte sich mit drohendem Gesichtsausdruck an den anderen Fotografen.

»Du Arschloch«, hatte der Glatzkopf gesagt, Grahams ausgestreckte Hand ignoriert und sich allein hochgerappelt. Sein

Auge war schon zu einem schmalen Schlitz zugeschwollen, darunter ein rosa Halbmond, der zweifellos bald in fiesem Lila leuchten würde. Er drückte zwei Finger darauf, zuckte zusammen, betastete dann seinen Hinterkopf, wo er auf den Asphalt geknallt war. Als er den Blick wieder auf Graham richtete, lag etwas so Unerwartetes darin – Zufriedenheit vielleicht oder gar Schadenfreude –, dass Ellie unwillkürlich zurückwich. »Pass bloß auf«, sagte der Mann zu Graham, »ich mach dich so was von fertig.«

Aber Graham hatte schon Ellie am Arm genommen und umgedreht, führte sie von den schwarz gekleideten Männern weg. Sie eilte neben ihm her, hinter ihnen klickten die Kameras weiter; doch erleichtert merkte sie, dass ihnen keine Schritte folgten, und nach kurzer Zeit erloschen auch die Blitze.

»Alles in Ordnung?«, fragte er, als sie in sicherer Entfernung waren.

Ellie nickte, obwohl ihr noch das Handgelenk schmerzte, nachdem ihr das Handtuch so heftig entrissen worden war. Plötzlich fiel ihr auf, dass sie es liegengelassen hatte. Trotz allem, was eben passiert war, verursachte erst dieser Gedanke – an das Seepferdchenhandtuch, das sie schon seit ihrer Kindheit hatte und das jetzt zerknüllt auf der leeren Straße lag – ihr einen Kloß im Hals.

Inzwischen war es fast ganz dunkel, und sie gingen rasch, mit gesenktem Kopf und hochgezogenen Schultern, von Wut und Furcht getrieben. Ellie klapperten die Zähne, obwohl sie nicht fror. In ihrem Kopf schwirrten große und kleine Fragen, aber sie sprach sie nicht aus. Nie hatte sie sich so nackt gefühlt wie eben, als diese Männer mit ihren ständig sirrenden Kameras sie umkreisten wie Hyänen. Auch jetzt konnte sie das Gefühl, verfolgt zu werden, nicht abschütteln, und fuhr ständig herum, ob nicht doch jemand da war.

In der Nähe ihres Hauses ging Graham langsamer und sah sie an. Auch im Dunkeln sah sie, wie sorgenvoll sein Blick war. Er öffnete den Mund, als wollte er etwas sagen, schloss ihn dann wieder, verzog schmerzlich das Gesicht.

Ellie ging bereits im Kopf durch, was morgen geschehen würde, und sie wusste, er tat das Gleiche: zählte die Telefonate mit Anwälten und Presseleuten, wappnete sich für das Gespräch mit seinem Manager, versuchte den unabwendbaren Schaden einzuschätzen. Nichts fand die Welt interessanter als selbstzerstörerische Prominenz, nichts aufregender als einen öffentlichen Ausraster. Niemanden würde interessieren, dass die Fotografen ihnen aufgelauert hatten, dass sie maßlos aggressiv gewesen waren. Das einzig Wichtige war, dass Graham einen von ihnen geschlagen hatte.

Ellie schaute zu ihrem Haus hinüber. Durch die Bäume am Ende der Auffahrt sah sie, dass in der Küche Licht brannte. Es schien Tage her zu sein, dass sie mit ihrer Mutter auf den Wellen geschaukelt war, und die fragte sich wahrscheinlich schon, wo sie blieb. Beim Gedanken, dass sie Mom die Ereignisse erklären musste, wurde ihr etwas übel.

Sie wandte sich wieder Graham zu, der sie immer noch ansah. »Es tut mir leid«, sagte er schließlich; sie schaute auf seine Lippen und musste an ihren Kuss am Strand denken. Eigentlich wollten sie ja picknicken, fiel ihr ein, doch der Plan lag jetzt in so weiter Ferne, als hätten ihn zwei ganz andere Menschen erdacht.

Ellie schüttelte den Kopf. »Das ist nicht deine Schuld.«

»Aber ich habe es schlimmer gemacht.« Grahams Stimme klang ausdruckslos. »Jetzt wird die Geschichte sicher doppelt so groß.«

»Ist schon in Ordnung«, sagte sie, obwohl sie wusste, dass das nicht stimmte. Sie hatte beschlossen, ihm aus dem Weg zu gehen, um genau so eine Situation zu vermeiden, doch dann hatte sie ihn wiedergesehen und wollte sich einfach nicht mehr von ihm trennen. Sie fand dieses Hin und Her höchst ungerecht.

Ihre Herzen waren einfach nicht gemacht für so etwas.

»Ich sollte besser reingehen.« Sie waren beide angespannt, und Graham zwang sich zu einem Lächeln – ein Schauspielerlächeln, schwach und angestrengt, das erlosch, als sie seine Hand nahm.

»Hey.« Er hielt sie kurz fest, das Gesicht grimmig entschlossen. »Ich tue, was ich kann, um das wieder hinzubiegen, okay?«

Sie nickte und versuchte, überzeugt zu wirken; dann drehte sie sich um und ging die Auffahrt hinauf. Auf der Veranda ließ sie sich gegen die Tür fallen und holte ein paar Mal tief Luft, ehe sie den Knauf drehte. Drinnen hörte sie ihre Mutter in der Küche, doch sie wusste, wenn sie jetzt mit ihr redete, würde sie zusammenbrechen und heulen, und dazu war sie noch nicht bereit – zu den Erklärungen und Geständnissen, den schwerwiegenden Folgen des Abends –, also rief sie nur mit belegter Stimme *Hallo* und rannte die Treppe hinauf.

In ihrem Zimmer schnappte sie sich den Computer, setzte sich im Schneidersitz aufs Bett und gab Grahams Namen in die Suchmaschine ein. Die jüngsten Einträge waren ein Foto von ihm und Olivia vor dem Sandwichladen heute Mittag und ein paar Artikel, die über seine mögliche Beteiligung an einem neuen Film spekulierten, aber noch nichts über einen Fotografen mit blauem Auge oder ein mysteriöses rothaariges Mädchen, dessen abwesender Vater womöglich eines Tages für das Weiße Haus kandidieren könnte.

So verbrachte sie den Rest der Nacht, teilte ihrer Mutter durch die geschlossene Tür mit, sie habe keinen Hunger, und lud die Suche so oft neu, dass ihr die Buchstaben vor den Augen verschwammen, zusammenhanglos wurden.

Sie hatte keine Ahnung, wann sie eingeschlafen war, doch als sie aufwachte, war es immer noch dunkel draußen. Sie tastete nach ihrem Telefon, es war kurz nach fünf. Die Erinnerung an den vorigen Abend schwappte über sie, und schwindelig vor Sorge griff sie nach ihrem Laptop.

Diesmal fand sie etwas. Alles. Das Herz wurde ihr schwer, als sie die Schlagzeilen durchging: *Grahams Hammer*; *Larkins Haken*; *Graham geht in die Luft*. Einen Artikel nach dem anderen scrollte sie durch und fragte sich, ob Graham sie wohl gelesen hatte. Die ersten waren schon gestern Abend um elf gepostet worden, wahrscheinlich kurz nachdem sie eingeschlafen war, und einige waren mit einem Foto von Graham illustriert, kurz bevor er zuschlug, den Ellbogen zurückgezogen wie ein Bogenschütze, die Miene finster. Im Hintergrund entdeckte Ellie ihr Handtuch auf dem Boden und dahinter wiederum ein Stückchen ihrer selbst: ein blasser Arm, ein paar Strähnen rötlichen Haars.

Sie hatten offenbar noch nichts Berichtenswertes über sie herausgefunden, auch wenn jeder Artikel eine »unbekannte Begleiterin« erwähnte. Das schien für den Augenblick alles, aber Ellie wusste, das war kein Grund zur Erleichterung. Sie begriff auf einmal, welches Ausmaß das annehmen konnte, und Sorge um Graham durchfuhr sie. Einige Artikel sprachen von möglichen Gerichtsprozessen, andere stellten ihn bloß noch als unbeherrschten Schläger dar, wie ein bisher schlafendes Ungeheuer, das endlich geweckt worden war. Selbst wenn er nicht verklagt wurde, konnte das seinem Image, seiner Karriere, seinem neuen Film ungeheuren Schaden zufügen, und sie wünschte, sie könnte ihn irgendwie verteidigen – erklären, was geschehen war und dass jeder in seiner Lage wohl das Gleiche getan hätte.

Doch sie wusste, das konnte sie nicht. Und es würde auch nicht mehr lange dauern, bis irgendjemand die richtigen Verbindungen zog und sie identifizierte; ein Tourist, der sie zusammen gesehen hatte, ein Einheimischer, der ein paar Dollar verdienen wollte, ein Reporter, der die richtigen Fragen stellte. Es war nur eine Frage der Zeit, wann der Rest der Geschichte ans Licht käme.

Sie überlegte, ob sie ihr Postfach öffnen und schauen sollte, ob Graham geschrieben hatte, entschied sich aber dagegen. Sie wusste nicht, ob sie seine Worte würde ertragen können oder, noch schlimmer, ob er vielleicht gar nicht geschrieben hatte. Stattdessen nahm sie die Hände von der Tastatur und schaute aus dem Fenster, wo am Horizont ein Lichtstreif erschienen war, durchschnitten von dunklen Ästen.

Heute war der vierte Juli, fiel ihr ein, der Tag, an dem sie ihren Vater treffen wollte. Jetzt hielt sie es nicht mehr für eine so gute Idee. Wenn sie nun in der Zwischenzeit ihren Namen herausfinden würden, diese anonymen Blogger und Journalisten? Wenn sie dann vor seiner Tür stand und entdeckte, dass er die Neuigkeiten schon gehört hatte? Dass er wütend auf sie war, weil sie eine Geschichte aufwärmte, die längst eingeschlafen war, die von seiner politischen Botschaft ablenkte, die seinem Wahlkampf schadete?

Seufzend startete sie eine neue Suche, und sechs neue Meldungen über Graham Larkin erschienen auf der Liste. Sie schluckte und sah wieder aus dem Fenster – der Himmel wurde an den Rändern heller. In der Ferne schrien ein paar Möwen, und am Ende des Flurs ächzte der Boiler, als Mom die Dusche aufdrehte.

Es wäre der völlige Wahnsinn: Sie müsste sich irgendwie das Auto nehmen, ohne es ihrer Mutter zu erzählen. Sie müsste dafür sorgen, dass niemand sie beim Stadtfest vermisste. Sie musste herausfinden, wo genau ihr Vater wohnte, und den Mut aufbringen, ihn um Geld zu bitten. Sie musste hoffen, dass die Graham-Story nicht schneller war als sie und dass alles mitspielen würde, wenn sie vor ihm stand – ihre Beine, die Stimme und die Nerven.

Und wenn sie das wirklich durchziehen wollte – diese völlig verrückte Unternehmung, diesen verzweifelten Versuch, alles zu richten –, dann musste sie es jetzt tun.

Von: GDL824@yahoo.com
Gesendet: Mittwoch, 3. Juli 2013 23:01
An: EONeill22@hotmail.com
Betreff: Re: (kein Betreff)

Es ist noch nicht zu spät. Du bringst die Kräcker mit. Ich meinen falschen Schnurrbart.

achtzehn

Es hätte Graham nicht überraschen dürfen. Doch als er seine Hotelzimmertür öffnete und Harry im Sessel am Fenster sitzen sah, zuckte seine Hand an die Brust, als müsse sie ein heftig klopfendes Herz beruhigen.

»Herrje«, sagte er und stieß dabei Luft aus. Harry hob einen Finger zum Zeichen, dass er gerade telefonierte, und warf ihm einen finsteren Blick zu. Graham ließ sich aufs Bett sinken und rieb sich mit den Handballen die Augen.

Aus Harrys Gesprächsbeiträgen war nicht viel zu entnehmen, und als er das Telefon endlich sinken ließ, schwiegen sie beide. Grahams Blick wanderte über das Meer schmutziger Socken und verstreuter Kleider, Pizzakartons und Hoteltabletts zu seinem Manager. Dessen dünnes Haar war zerwühlt, und er trug eine Brille statt der üblichen Kontaktlinsen. Auf dem Tisch neben ihm stand ein Laptop, und Graham wusste, ohne auf den Bildschirm zu schauen, wonach er gesucht hatte, auch wenn er sich kaum vorstellen konnte, wie die Information so schnell zu ihm gelangt war.

Doch Harry wusste ganz offensichtlich Bescheid über das, was vor nicht mal einer Stunde geschehen war. Und wenn er es schon wusste, dachte Graham, dann wusste es womöglich auch der Rest der Welt.

»Wie bist du überhaupt hier reingekommen?«

Harry kniff sich in die Nasenwurzel. »Ich habe am Empfang gesagt, du wärst wahrscheinlich besoffen und bewusstlos.«

Graham runzelte die Stirn. »Wieso erzählst du so was?«

»Weil ich mir nicht anders erklären kann, wieso du sonst Fotografen k.o. schlägst.« Das war zwar eindeutig ein Witz, doch in seinem Blick lag auch Ärger über das, was unweigerlich kommen musste: ein ausgewachsener Medien-Tsunami.

»Wie du siehst, bin ich nicht besoffen.« Graham deutete mit dem Kopf auf den Computer. »Ist es schon im Netz?«

»Noch nicht«, antwortete Harry.

»Und woher weißt du –?«

»Mitchell hat mich angerufen.«

Graham sah ihn verständnislos an.

»Der Produktionsassistent, der immer mit den Fotografen rumhängt«, erklärte er. »Das wird schnell rumgehen.«

Das Telefon in Harrys Hand klingelte, er schaute auf die Nummer und legte es dann weg. Im Korridor hörte man die Familie aus dem Nebenzimmer treten. Sie waren vor ein paar Tagen angekommen, und als Graham ihnen zum ersten Mal im Gang begegnete, blieben alle unwillkürlich stehen. Der Vater kam als Erster wieder zu sich und schob seine Familie weiter, während eine seiner jungen Töchter die Hand vor den Mund schlug und ungläubig »Oh mein Gott, oh mein Gott, oh mein Gott« murmelte. Selbst als sie in den Aufzug gestiegen waren, hörte Graham noch das helle Quietschen der beiden Mädchen und musste die ganze Zeit lächeln.

Jetzt versuchte er, nicht daran zu denken, was sie wohl davon hielten, wenn sie sein Gesicht auf der Titelseite einer der Lokalzeitungen sahen, die immer im Foyer verstreut lagen. Wenn es morgen noch nicht passierte, dann mit Sicherheit übermorgen, das Foto wäre dunkel und körnig, darunter eine albern dramatische Titelzeile wie *Larkin knipst das Licht aus*.

»Hat es nicht gereicht, seine Kamera zu zerstören?«, fragte Harry, und Graham legte stöhnend den Kopf nach hinten. »Musstest du ihm auch noch eine reinhauen?«

»Ist ja gut«, sagte Graham. »Aber er ist mir praktisch ins Gesicht gesprungen. Sie alle. Sie haben uns richtig bedrängt.«

Beim letzten Satz blickte Harry auf. »Uns?« Er zog eine Augenbraue hoch. »Lass mich raten ...«

»Brauchst du nicht.« Graham erwiderte seinen Blick.

Harry verzog grimmig das Gesicht und kratzte sich am Hinterkopf. Graham konnte beinahe sehen, wie er die Worte hinunterschluckte, die er eigentlich loswerden wollte: *Ich hab's dir doch gesagt*. Sie standen jedoch auch in seinen Augen geschrieben, und Graham wusste, er hatte Recht. Er hätte die Finger von Ellie lassen sollen. Aber ihm tat es aus anderen Gründen leid als Harry. Schlechte Publicity war ihm egal. Nicht mal, was Mick dazu sagen würde, konnte ihn bekümmern. Er dachte nur an Ellie. Er wollte nur, dass es für sie gut ausging.

»Also, was machen wir jetzt?« Er beugte sich vor. »Können wir das irgendwie unter der Decke halten? Oder zu unserem Vorteil drehen?«

»Versuche ich schon«, sagte Harry. »Wenn es nur die Fotos wären ...«

»Du meinst, wenn ich ihn nicht geschlagen hätte?«, fragte Graham.

Wieder klingelte Harrys Telefon, und diesmal hob er es ans Ohr. »Ja«, sagte er und lauschte dann schweigend. Graham stand auf und ging ins Bad, drehte den Hahn auf und spritzte sich kaltes Wasser ins Gesicht, um die Ereignisse des Abends wegzuspülen.

Er stützte sich mit beiden Händen aufs Waschbecken, wütend auf sich selbst, weil er überhaupt zum Strand gegangen war. Doch als er seine gerahmte Zeichnung zwischen den Gedichten im Schaufenster ihres Ladens entdeckt hatte, hatte es ihn direkt hinunter in die kleine Bucht getragen. Und was dort geschehen war, konnte er nicht eine Sekunde lang bereuen, denn er spürte immer noch den Abdruck auf der Brust, wo Ellie sich an ihn geschmiegt hatte.

Im Badezimmerlicht untersuchte er seine Fingerknöchel, mit denen er das Jochbein des Fotografen getroffen hatte, und lauschte dabei Harrys immer ärgerlicher klingender Stimme.

Einen Moment später stand er in der Badezimmertür. »Es ist schon raus. Alle bringen es groß.«

Graham ließ kaltes Wasser über die schmerzende Hand laufen. »Was ist mit ihr?« Er versuchte, ruhig zu sprechen. »Haben sie ihr Gesicht gekriegt? Ihren Namen?«

»Unbekannte Begleiterin«, sagte Harry, »jedenfalls im Augenblick noch.«

Graham ließ erleichtert Luft ab. »Können wir dafür sorgen, dass es so bleibt?«

»Ich werde tun, was ich kann.«

»Das weiß ich«, sagte Graham, drehte das Wasser ab und griff nach dem Handtuch. »Und ich weiß auch, ich hätte das nicht tun sollen. Es ist absolut meine Schuld.«

»Stimmt«, sagte Harry, doch sein Blick war ungewöhnlich weich. Er hätte vor Wut toben müssen. Graham hatte ihn schon bei weit geringeren Anlässen die Fassung verlieren sehen: ein Strafzettel, eine wenig hilfreiche Pressefrau, ein gieriger Produzent und einmal sogar wegen eines Kinderstars, der gern Streiche spielte.

Bis heute Abend hatte Graham noch nie einen Skandal verursacht, und Harry hatte alles Recht, jetzt wütend zu sein. Er würde schließlich mit den Anwälten verhandeln und den Fotografen anflehen müssen, Graham nicht zu verklagen. Die nächsten Tage würde er vor allem Pressesprecher koordinieren und Journalisten um den Bart gehen. Mick davon überzeugen, dass Graham sich immer noch auf den Film konzentrierte. Und Ellies Geheimnisse geheim halten. Er würde versuchen, alle Informationen im Griff zu behalten, obwohl sie einem wie Wasser durch die Finger liefen.

Etwas von diesem dicht unter der Oberfläche brodelnden Zorn war auch zu sehen, in seinem angespannten Unterkiefer und dem Zucken des Augenlids. Doch Graham spürte auch eine ungewohnte Zurückhaltung, und er war dankbar dafür.

»Sag mir einfach, was ich tun soll.« Zum ersten Mal hatte er das Gefühl, das hier war nicht bloß Business; sie waren ein Team.

»Pack dir Eis drauf.« Harry deutete auf Grahams leicht geschwollene Finger. »Und lass mich meine Arbeit machen.«

Das Telefon in seiner Hand fing schon wieder an zu klingeln, und er zwinkerte Graham zu, ehe er es ans Ohr hielt und angespannt lauschte, als er ins Hotelzimmer zurückging. Da Graham sonst nichts zu tun hatte, schnappte er sich den leeren Eiskübel vom Tisch neben dem Wandschrank und ging nach draußen, wo er sich einen Moment an seine Zimmertür lehnte.

Es gab Schauspieler, die machten so etwas dauernd, und die kämen gar nicht darauf, ein schlechtes Gewissen zu haben wegen des Schlamassels, das ihr Manager aufräumen musste, oder gar wegen des Typen, dem sie eine verpasst hatten. Er war sich sicher, dass die Situation gestern gar nicht anders hätte enden können, aber Graham hatte noch nie jemanden mit der Faust geschlagen, und das Geräusch – das hörbare Knirschen von Knochen auf Knochen – klang ihm immer noch in den Ohren.

Er hielt den Eiskübel unter dem Arm wie einen Football und trabte den Korridor entlang. Bei den Eismaschinen sah er zu, wie die Eiswürfel geräuschvoll hineinpurzelten, dann steckte er die ganze Faust dazwischen und zuckte vor Kälte zusammen.

Als er wieder in sein Zimmer kam, beugte Harry sich über den Computer. Das Telefon neben ihm war auf Lautsprecher gestellt, und Graham hörte die vertraute Stimme seiner Pressefrau Rachel, die ein paar neue Fundstellen herunterratterte.

»Die bringen es alle?«, fragte Harry mit gepresster Stimme.

»Innerhalb der nächsten Stunde«, sagte Rachel. »Die kaputte Kamera war auch nicht gerade hilfreich.«

»Tut mir leid«, sagte Graham und ließ sich auf eins der Betten fallen. Er hörte fast, wie sich ihre ganze Haltung änderte.

»Hallo, Schätzchen«, sagte sie. »Wusste nicht, dass du auch da bist.«

»Doch«, sagte Graham. »Ich bin hier.«

»Was war denn los?«, fragte sie mit erzwungener Leichtigkeit. »Du bist doch eigentlich mein leichtester Klient.«

Graham sah wohl nicht so aus, als könne er darauf antworten, darum sagte Harry schnell: »Wir rufen dich zurück, Rachel, okay? Halt uns auf dem Laufenden.«

»Okay«, sagte sie und ehe sie auflegte: »Versuch dich aus allem Ärger rauszuhalten.«

Danach schaute Harry Graham an. »Du siehst furchtbar aus. Vielleicht solltest du mal duschen. Die Nacht wird lang.«

Hinterher zog Graham wieder die sandigen Shorts vom Strand und dasselbe gestreifte Polohemd an, das noch nach Salz und Meer roch. Als er aus dem Bad kam, telefonierte Harry schon wieder, und Graham ließ sich rücklings aufs Bett fallen. Mit schweren Lidern lauschte er der einen Hälfte des Dialogs. Trotz des Geräuschpegels – Harrys lauter und wieder leiser werdender Stimme, des unablässigen Surrens des Computers – fiel er bald in einen traumlosen Schlaf.

Als er aufwachte, war es immer noch dunkel draußen, Harry hatte den Laptop auf den Knien, der Bildschirm erhellte sein Gesicht. Graham wollte überhaupt nicht sehen, was er dort anschaute, was im Lauf der Nacht ans Licht gezerrt worden war. Es war ihm egal, was sie über ihn sagten; er sorgte sich nur um Ellie.

»Gibt's was?« Er richtete sich auf, rieb sich die Augen; Harry zuckte zusammen und sah ihn mit trübem Blick an.

»Über dich?«, fragte er zurück. »Jede Menge. Willst du's sehen?«

Graham schüttelte den Kopf. »Und über sie?«

»Immer noch nichts.« Harry lächelte müde.

Erleichterung durchströmte Graham. »Du bist unglaublich.«

»Dafür zahlst du mir ja die dicke Kohle.«

»Ganz genau«, sagte Graham, schlüpfte ins Bad und stellte sich ans Waschbecken. Seine Augen im Spiegel waren trübe und rot gerändert, mit dem Bartschatten ums Kinn sah er tatsächlich leicht bedrohlich aus, wie ein Kerl, der Fotografen bewusstlos schlug. Plötzlich musste er dringend an die Luft.

»Was dagegen, wenn ich kurz spazieren gehe?«, fragte er, als er ins Zimmer zurückging und sich sein Kapuzenshirt griff. Harry schüttelte den Kopf, ohne aufzusehen.

»Nein, nein«, sagte er. »Im Augenblick habe ich die Sache unter Kontrolle.«

»Toll«, sagte Graham. »Ich bleibe nicht lange weg.«

Er zog mit leisem Klick die Tür hinter sich zu, eilte den Korridor entlang zum Aufzug, rannte blind durchs Foyer und hinaus in die erwachende Welt unter einem orange gestreiften Himmel, in die Kühle des Morgens, wo er auf dem Bürgersteig stehen blieb und einen tiefen Atemzug nahm, um sein pochendes Herz zu beruhigen.

Das Hotel lag am hinteren Ende des Grüns und blickte von

einer kleinen Erhebung über Geschäfte und Hafen. Zu Grahams Überraschung war die Stadt schon erwacht. Er wusste zwar, dass die Festivitäten früh anfingen – vom Frühstück bis in die Abendstunden, mit dem Feuerwerk als großem Höhepunkt –, doch um diese Zeit hatte er höchstens mit ein paar Fischern und ein, zwei Joggern gerechnet. Aber überall waren Leute: Manche stellten in der Nähe des Laubengangs Tische auf, andere luden Kisten aus ihren Autos. Ein paar Kinder mit müden Augen trippelten übers Gras, und ein Hund, an einen Laternenmast gebunden, heulte laut. Es dauerte einen Moment, bis Graham Bagel erkannte.

Von plötzlicher Panik ergriffen sah er sich nach Ellie um. Hätte er vorhin die Nachrichten gelesen, würde er sich vielleicht nicht so nackt und bloß fühlen. Aber jetzt meinte er, die ganze Welt müsse etwas wissen, was er nicht wusste – all die Einzelheiten, die jetzt in Blogs und Zeitungen ausgebreitet wurden.

Auf der anderen Seite des Grüns kämpfte eine Frau mit einem wehenden Tischtuch, und als er die Farben – leuchtendes Rot, Weiß und Blau – sah, fiel es ihm wieder ein.

Heute war Nationalfeiertag.

Eine Gruppe Frauen mit Tabletts voller Kekse und Cupcakes eilte vorüber, zu beschäftigt, ihn und seine lähmende Unentschlossenheit zu bemerken. Er wusste, eigentlich sollte er raufgehen in sein Zimmer und gemeinsam mit Harry herausfinden, wie tief er wirklich im Schlamassel steckte. Er sollte sich die Fotos ansehen, seine Eltern anrufen, damit sie nicht allzu überrascht waren – der Gedanke erfüllte ihn mit unbestimmter

Furcht –, und mit seiner Pressefrau den Schlachtplan durchgehen. Er sollte Mick erklären, was passiert war, sich beim Fotografen entschuldigen, Verantwortung für sein Handeln übernehmen.

Aber eigentlich wollte er nur in die entgegengesetzte Richtung rennen.

Als er Mrs O'Neill sah – sie stand auf einem Stuhl und wollte ein Transparent am Laubengang befestigen –, fiel ihm plötzlich ein, was Ellie heute vorhatte, und ohne weiter nachzudenken, ging er die Straße hinunter. Er zog sich die Kapuze über, um sein Gesicht zu verbergen, schob die Hände in die Hosentaschen und hastete an den Leuten vorbei, die alles fürs Fest aufbauten. Er bog in die Straße am Hafen ein, vorbei an den Booten, die sanft im ruhigen Wasser schaukelten. Sämtliche Hummer fürs heutige Fest waren schon gefangen, und am sonst um diese Zeit so belebten Dock war alles still. Später würden sicher Leute hinausfahren, um das Feuerwerk vom Wasser aus zu sehen, aber um diese Uhrzeit schwankte auch die *Go Fish* träge, denn sie hatte wie Graham drehfrei.

Als er bei Ellie ankam, war die Kühle des Morgens vergangen. Er hatte geglaubt, sie würde noch schlafen oder vielleicht im Haus beschäftigt sein, darum war er überrascht, sie vor dem offenen Garagentor zu sehen, als er in die Einfahrt bog. Sie hatte einen kleinen Rucksack dabei und eine Hand schon an der Autotür – ein von der Seeluft rostiger Familienkombi, der sicher einige Jahre auf dem Buckel hatte.

»Hi«, rief er, und sie fuhr mit vor Schreck geweiteten Augen und schuldbewusst erröteten Wangen herum. Doch als sie sah, dass es bloß er war, entspannte sie sich und lachte etwas zittrig.

»Ich dachte, du wärst meine Mutter«, sagte sie, öffnete die Autotür und warf den Rucksack hinein. Sie trug Jeans, ein lila Tanktop und eine Sonnenbrille in den Haaren und hatte ungefähr tausend neue Sommersprossen im Gesicht, nach dem Tag am Strand gestern.

»Passiert mir dauernd.« Graham ging zu ihr, lehnte sich an die Kofferraumklappe. »Auf eine Rolle festgelegt.«

Sie lächelte, aber nur kurz. »Hast du es gesehen?«

Er musste nicht fragen, was sie meinte. »Nein.« Er schüttelte den Kopf. »Ich habe es noch nicht über mich gebracht. Aber Harry hat gesagt, deinen Namen haben sie nicht.«

Ellie sah zu Boden. »Jedenfalls noch nicht.«

Beide schwiegen einen Augenblick, dann räusperte sie sich.

»Ich muss los«, sagte sie.

Graham nickte. »Ich komme mit.«

Sie sah ihn streng an. »Nein, kommst du nicht.«

»Wann wollen wir aufbrechen?« Er tat, als hätte er sie nicht gehört, doch sie schaute ihn nur ärgerlich an.

»Ich verstehe dich ja«, sagte sie. »Dass du heute hier wegwillst. Aber gestern Abend hat alles verändert. Das hier ist wichtig, und du bist viel zu auffällig.«

»Ich habe doch gesagt«, er versuchte wieder zu lächeln, »dass ich mich verkleide.«

Ellie schüttelte den Kopf. »Tut mir leid.«

Sie wandte sich zum Haus, und Graham folgte ihr unaufgefordert. »Was glaubst du denn, was passieren könnte?«

Sie fuhr herum und musterte ihn mit ihren grünen Augen. »Da gibt es eine Million Möglichkeiten. Es könnte dich jemand erkennen, wenn wir tanken müssen. Irgendeine Zwölfjährige im Auto neben uns könnte rüberschauen und all ihren Freundinnen SMS schicken. Könnte sein, dass uns Fotografen auf Motorrädern verfolgen.« Sie schüttelte den Kopf und verbesserte sich. »*Dich*. Dass dich Fotografen auf Motorrädern verfolgen. Das wird alles schwierig genug, auch ohne Graham Larkin als Komplizen.«

Es schmerzte ihn, wie sie seinen Namen sagte, so als würde sie ihn gar nicht kennen, aber er gab nicht nach. Sie waren inzwischen in der Küche, Ellie öffnete den Kühlschrank und starrte hinein, als hätte sie vergessen, was sie eigentlich wollte. Er trat neben sie, spürte die gekühlte Luft an den nackten Beinen.

»Ich muss das allein machen«, sagte sie leise.

Er sah die Sommersprossen, über ihre blasse Schulter gestreut, und roch ihr Shampoo, leicht süß wie Lavendel. Er schluckte heftig, sagte aber nichts.

Ellie schüttelte den Kopf. »Du bist zu auffällig«, sagte sie noch einmal, doch ihre Stimme schwankte, und Graham trat näher.

»Dann fahren wir eben nicht mit dem Auto.« In seinem Kopf keimte eine Idee.

Sie drehte sich ein Stück zu ihm, war zwischen ihm und der Kühlschranktür eingezwängt. »Sondern?«, fragte sie, und er lächelte.

»Mit dem Boot.«

Von: EONeill22@hotmail.com
Gesendet: Donnerstag, 4. Juli 2013 7:18
An: GDL824@yahoo.com
Betreff:

Ich bin ein bisschen spät dran, aber ich sehe dich gleich am Hafen. Ich nehme mal an, du bist der mit dem Schnurrbart.

neunzehn

Sie wollten sich eine Stunde später am Hafen treffen.

Graham wollte im Ort noch ein paar Sachen besorgen, darunter auch aus dem Requisitenwagen den Schlüssel für die *Go Fish*, während Ellie im Netz den besten Kurs von Henley nach Kennebunkport ausfindig machen sollte. Wenn sie zügig vorankamen, konnten sie in gut zwei Stunden dort sein. Es war nicht mal sieben Uhr, selbst wenn die Nachricht also früh bekannt wurde, konnten sie ihr immer noch zuvorkommen.

Draußen versprach der Himmel bereits einen perfekten Sommertag, das Wasser dehnte sich weit und glatt wie ein blauer Teppich. Auf dem Weg in den Ort, den schweren Rucksack auf dem Rücken, zählte Ellie sich die Vorzüge des neuen Plans auf, so wie man die Vorteile einer zweiten Eiswaffel (Kalzium!) herausstreicht oder die, ein bisschen länger schlafen zu können (Energie!). Ihr fielen eine Menge Rechtfertigungen für die Wahl des Bootes ein, aber vor allem gingen sie damit dem größten Hindernis in Ellies ursprünglichem Plan aus dem Weg: sich irgendwie Moms Auto auszuborgen. Sie hatte immer noch gerätselt, ob sie das wirklich tun sollte, als Graham voller Überzeugung seine Alternative angeboten hatte und sie sich mitreißen ließ.

In Wahrheit spielte es keine Rolle, wie sie dorthin kamen,

ob mit dem Auto, dem Boot oder dem Heißluftballon. Am Ende wartete immer dasselbe auf sie: Sie musste ihrem Vater gegenübertreten. Vor ihm zu stehen, während er zu begreifen versuchte, wer sie eigentlich war – sein verwirrter oder, schlimmer noch, vielleicht verärgerter oder gar ablehnender Blick: Es tat schon weh, sich das überhaupt vorzustellen.

Ihr Beweggrund war einfach: Sie wollte ihn um Geld bitten. Doch sie wusste auch, dass es viel komplizierter war.

Die Straße wand sich aus dem Schatten der Bäume zum Wasser hinunter, und wo normalerweise Bootslärm zu hören wäre – klingende Glocken und quäkende Sirenen –, klangen jetzt nur die Misstöne der Kapelle herüber, die sich auf dem Grün einspielte. Aus der Ferne sah Ellie verschwommenes Rot, Weiß und Blau, das übliche Durcheinander aus Essen, Musik und Spielen, das dieses Fest ausmachte, und sie verließ sich darauf, dass es Mom später ablenken würde, wenn ihr irgendwann einfallen musste, dass sie ihre Tochter den ganzen Tag noch nicht gesehen hatte.

Am Anfang des Stegs, beim verrammelten Anglerladen, reckte sie den Hals, um zu sehen, ob Graham schon auf dem Boot war. Man hatte dem Filmteam für die Dauer der Dreharbeiten einen zentralen Liegeplatz überlassen, und Ellie wusste, der schwierigste Teil würde das unbemerkte Verlassen des Hafens sein. Natürlich war das ganze Städtchen noch oben im Zentrum, aber schon bald würden die Ersten zum Hafen kommen, um ihre eigenen Boote zu beladen. Heute fuhren viele hinaus, segelten und schaukelten in der strahlenden Sonne, bis der Himmel sich verdunkelte und mit Feuerwerk bekritzelt wurde. Doch selbst wenn sie jemand sähe, beruhigte sie sich, würde niemand darauf kommen, was sie vorhatten; sie mussten sich nur vor ihrer Mutter in Acht nehmen.

Beim Tor zum eigentlichen Anleger entdeckte Ellie Quinn auf der Straße und erschrak. Sie fühlte sich völlig unvorbereitet, ihr ausgerechnet hier und jetzt zu begegnen. Sie waren noch weit genug voneinander entfernt, um so zu tun, als würden sie einander nicht bemerken. Doch als ihre Blicke sich trafen, merkte Ellie, dass Quinn ein klein wenig zögerte und ihren Schritt verlangsamte. Ellie lächelte sie an und blieb auf ihrer Höhe stehen; die beiden sahen sich über das gelbe Blumenbeet hinweg an, das die Straße vom parallel laufenden Steg trennte.

»Hi«, sagte Ellie, und Quinn lächelte höflich. Sie trug ein blaues T-Shirt von *Sprinkles*, und Ellie erkannte es ziemlich rasch.

»Du hast den Fleck rausgekriegt«, sagte sie grinsend, und in Quinns Augen, die in letzter Zeit immer absichtlich kühl geblickt hatten, erwachte etwas zum Leben.

»Sieht nicht so toll aus«, sagte sie und betrachtete den Saum. »Aber meine anderen waren alle schmutzig.« Sie sah nachdenklich wieder hoch. »Ich habe dir deins noch gar nicht zurückgegeben.«

»Behalt es«, sagte Ellie und lächelte breit. »Das ist das Mindeste, was ich als deine Stylistin tun kann.«

»Das war echt ein verrückter Tag«, sagte sie, und Ellie wusste, sie meinte nicht bloß den Milchshake, sondern alles, was seit der Ankunft des Filmteams passiert war.

»Quinn ...«, begann Ellie, doch weiter kam sie nicht.

»Du bist doch nachher auf dem Fest, oder?«, fragte Quinn in leichtem Ton. Seit sie klein waren, gingen sie zusammen hin, jedes Jahr waren sie mit Cupcakes in der einen und Wunderkerzen in der anderen Hand übers Grün gerannt. Mit zehn hatten sie eine ganze Kiste Feuerwerk geklaut, waren nach dem Fest runter an den Strand gerannt und hatten einen Knaller nach dem anderen angezündet; das war seitdem eine Art Tradition geworden. Nach allem, was diesen Sommer passiert war, hatte Ellie angenommen, sie würde dieses Jahr gebrochen. Aber als Quinn sie jetzt so anschaute, war sie nicht mehr sicher.

Sie schaute zu den Booten. »Weiß ich nicht«, sagte sie leise; ihre Kehle war wie zugeschnürt. Sie wünschte, sie könnte Quinn sagen, wo sie hinwollte. Sie waren immer gemeinsam durch dick und dünn gegangen – jedes Abenteuer, alles Neue hatten sie zusammen durchlebt –, doch jetzt lag diese schreckliche Distanz zwischen ihnen, und sie versuchte, nicht daran zu denken, was sie alles verpasst hatten, die ganzen kleinen und großen Schritte der letzten Wochen, von denen die andere nichts mitbekommen hatte.

Quinns Stirn legte sich in Falten. »Du weißt es nicht?«

»Ich muss noch was erledigen.« Näher traute sie sich nicht an die Wahrheit heran. »Aber ich hoffe, ich bin rechtzeitig wieder da.« Aus dem Augenwinkel sah sie Graham näher kommen und war erleichtert, als er hinter Quinn zum Bootssteg abbog. Sie sah Quinn wieder in die Augen. »Bist du denn da?«

Die nickte.

»Mit Devon?«

»Klar«, sagte sie etwas barsch, fing sich dann aber und zögerte eine Sekunde. »Und Graham?«

»Ich weiß es nicht«, sagte Ellie ehrlich.

Quinn sah nachdenklich aus, längst nicht so ablehnend, wie Ellie es in letzter Zeit von ihr gewohnt war. »Vielleicht sehen wir uns ja.«

»Das hoffe ich.« Ellie wollte sich ihre Freude nicht zu sehr anmerken lassen, doch der Wunsch, dass alles wie früher würde, war plötzlich überwältigend. Sie wollte am Strand stehen und die Raketen ins Dunkel sausen sehen. Sie wollte Quinn neben sich wissen. Nicht diese Quinn, sondern die alte. Sie wollte ihre beste Freundin wiederhaben.

»Ich komme zu spät«, sagte Quinn, und in Ellies Ohren klang es wie die schlimmste Ablehnung. »Ich muss los.«

»Klar«, sagte sie. »War echt schön, dich zu sehen.«

Quinns Gesichtsausdruck war undurchschaubar, und sie schwieg so lange, dass Ellie schon überzeugt war, sie würde gar nichts mehr sagen. »Deine Mail«, sagte sie schließlich. »Ich habe es noch nicht geschafft zu antworten …«

»Kein Problem«, sagte Ellie rasch, und wieder zögerte Quinn lange, ehe sie mit sanftem Blick nickte.

»Wird heiß heute«, sagte sie dann. »Vergiss nicht, dich einzucremen.«

Ellie lächelte. »Werde ich nicht«, versprach sie, doch in Gedanken sagte sie: *Danke.* Und: *Schön, dass du wieder da bist.*

Den Rest des Weges zum Boot fühlte sie sich eigenartig beschwingt und leicht. Das Möwenkreischen klang hell über dem dumpfen Wellenrauschen, und alles glitzerte in der Sonne. Der

Morgen kam ihr vor wie eine Rührschüssel, die auf die Zutaten wartete: Alles war möglich, es war mit einigem zu rechnen.

Graham wartete am Boot und sah erschreckend gut aus in seinen zerknitterten Klamotten von gestern. Sie suchte in seiner Miene nach Hinweisen, ob er in der Zwischenzeit bei Harry nachgefragt hatte, ob es irgendwas Neues gab, doch sie sah bloß sein übliches Lächeln, das nur für sie reserviert schien.

»Ahoi«, sagte er und hob die Hand. »Bereit zum Auslaufen?«

»War das in Ordnung, dass du es ausleihst?«, fragte sie, als er ihr ins Boot half. Sie sprang über die Lücke zwischen Anleger und Steuerbordwand und landete etwas unsicher auf den Deckplanken. Das Boot war viel größer, als es von weitem aussah, und auch älter – nicht bloß auf alt gemacht, wie sie vermutet hatte, sondern richtig alt. Sie hatte insgeheim so ein nachgebautes Filmrequisit erwartet und keinen funktionstüchtigen Hummerkutter, doch abgesehen von ein paar Metallösen an der Bordwand, um die Kameras festzuzurren, hatte das Filmteam keine Spuren hinterlassen.

»Vollkommen in Ordnung«, sagte Graham leichthin, als er ihr folgte.

Das Wasser wirkte ruhig, doch Ellie spürte das Deck schon unter ihren Füßen schwanken, und als sie ihren Rucksack auf eine Holzbank fallen ließ, hielt sie sich an Grahams Schulter fest. Vorn war eine kleine Steuerkabine mit gläserner Windschutzscheibe und einem altmodischen Steuerrad. Im Heck stießen mehrere leere Hummerfallen aneinander, und ein paar rote Bojen rollten mit dem leichten Seegang hin und her.

Ellie stieg über eins der Taue, die hier und dort ordentlich aufgerollt an Bord lagen. Vom Hügel oben wehten die Klänge der Kapelle herüber. Sie spielte den ganzen Tag, und wenn sie später am Nachmittag dort vorbeischaute, würde sie noch mit der gleichen Energie ihre kraftvollen patriotischen Stücke blasen – jetzt war es der perfekte Abschiedsgruß, um in See zu stechen.

»Abfahrbereit?«, fragte sie Graham, der die verschiedenen Anzeigen hinter dem Steuer betrachtete. An der Schlüsselkette in seiner Hand baumelte ein orangefarbener Schwimmer aus Schaumstoff, falls er über Bord fiel.

»Klar«, sagte er und hielt ihr den Schlüssel hin.

Ellie starrte nur darauf. »Ich dachte, du fährst.«

»Was?«

Sie deutete auf die Schlüsselkette, die zwischen ihnen baumelte. »Ich dachte, du fährst«, wiederholte sie. »Es war doch deine Idee.«

Graham schüttelte den Kopf. »Das ist ein Hummerkutter«, sagte er, und als sie nicht antwortete, sah er sie bedeutungsvoll an, als läge die Schlussfolgerung auf der Hand. »Du bist aus Maine.«

»Und deshalb nimmst du einfach mal an, dass ich einen Hummerkutter steuern kann?«

»Ja, schon«, sagte er. »Kannst du das etwa nicht?«

»Sehe ich aus wie ein Hummerfischer?«, fragte sie mit gerunzelter Stirn. »Ich dachte, *du* kannst das. Ich habe dich doch neulich erst das Ding fahren sehen.«

Er sah sie verständnislos an. »Wann?«

»Beim Drehen.«

»Das ist ein Film«, stöhnte er. »Ich spiele das nur.«

Ellie seufzte. »Und wieso leihen die dir ein Boot, wenn du es nicht fahren kannst?«

»Ich habe nie gesagt, dass sie es mir geliehen haben.«

Es dauerte einen Moment, bis sie das begriffen hatte. Dann boxte sie ihn gegen die Schulter. »Willst du mich auf den Arm nehmen? Du hast die Schlüssel geklaut?«

»Das wird ganz sicher in Ordnung sein.« Er rieb sich die Stelle, wo sie ihn getroffen hatte.

Ellie klappte den Mund auf und wieder zu. Sie drehte sich um, ging zum Heck, schaute zum Ort hinauf und überlegte, ob es wohl zu spät war, das Auto ihrer Mutter zu nehmen.

Graham tauchte neben ihr auf.

»Es wird schon gehen«, sagte er. »Ich verstehe genug davon.«

»Und woher das?« Sie sah ihn nicht an.

»Vor dem Drehen hab ich ein paar Stunden bekommen. Das reicht, um uns hin und wieder zurück zu bringen. Ich hatte bloß gedacht, du wärst eine richtige Expertin.«

Sie drehte sich zu ihm um. »Weil ich aus Maine bin.«

»Weil du aus Maine bist.«

»Na ja, ich bin jahrelang mit Quinns Wasserskiboot gefahren«, sagte sie. »Aber das hier sieht ziemlich anders aus.«

»Dann finden wir es eben heraus«, sagte er. »Wir beide zusammen.«

»Wir beide zusammen?«, sagte sie, und er lächelte verlegen.

»Vor allem du.«

Sie hielt die Hand auf, und er legte den Schlüssel hinein. »Dann hast du aber ziemlich gut gespielt neulich«, sagte sie. »Du hast nämlich ausgesehen wie ein richtiger Kapitän.«

»Dann brauchst du dir ja keine Sorgen zu machen.« Er führte sie zurück zum Bug. »Wenn du meine anderen Filme gesehen hättest, dann wüsstest du, dass ich außerdem Zauberer bin.«

– Oje.
– Was?
– Ich habe mein Telefon liegenlassen.
– Ja und?
– Und wie soll ich dir jetzt mailen?
– Dann müssen wir uns wohl so unterhalten.

zwanzig

Als sie den Hafen hinter sich hatten – das gefährliche Labyrinth von Bojen und Stegen –, entspannte sich Graham. Vor ihnen lag das offene Meer, blaugrüne Wellen mit weißen Kronen, wie eine tolle Süßspeise mit Puderzucker drauf, und weit hinten die schmale Linie, die den helleren Himmel vom dunkleren Wasser schied. Alles schimmerte in der Sonne, und Graham schloss die Augen vor dem Wind und der Gischt, die zu beiden Seiten des Bootes aufspritzte.

Ellie stand neben ihm, eine Hand am Steuer, das sie gelegentlich etwas hin oder her drehte, kleine Korrekturen, die kaum spürbar waren, während das Boot voranschoss, weißes Kielwasser hinter sich lassend. Zuerst sagten sie nichts; der Fahrtwind rauschte ihnen zu laut in den Ohren. Doch auch ohne Worte fühlten sie sich wie Komplizen: Gemeinsam war ihnen die Flucht gelungen.

»Siehst du?« Graham übertönte den Wind. »Du bist ein Profi.«

Sie zuckte die Achseln. »Ist doch nicht so anders als das Wasserskiboot.«

Als er das letzte Mal hier draußen gewesen war, hatte Olivia neben ihm gestanden, und zwischen den Aufnahmen hatte sie sich die Wassertropfen vom Gesicht gewischt und mürrisch geschaut. Sie hatten bloß noch zwei Drehtage, und er wusste, sie wollte nur noch zurück nach L.A., denn für sie war das hier nicht mehr als ein Zwischenspiel, eine unerfreuliche Störung ihres üblichen Lebens, das vor allem aus Fototerminen, Schickeria-Partys, Maniküren und Meetings bestand.

Graham jedoch fürchtete den letzten Drehtag hier, jetzt, da Ellie wieder bei ihm war. Er würde es vermissen, morgens die Fischerboote auslaufen zu sehen, den Sonnenaufgang über dem Grün, das Rauschen der Wellen, das überall im Ort zu hören war. Und natürlich würde er Ellie vermissen. Er war noch nicht bereit für den Abschied und musste den Gedanken daran erschreckend oft aus seinem Kopf vertreiben.

»Kann ich es mal versuchen?«, fragte er, und Ellie trat zur Seite, ließ aber zwei Finger auf dem Steuer liegen, bis sie sah, dass er es im Griff hatte. Durch die Scheibe sah er den Bug auf und ab schwanken wie einen Schaukelstuhl.

»Du bist ein Naturtalent.« Zu seiner Überraschung lehnte sie sich an ihn, und er legte ihr den freien Arm um die Schultern. Es war ihm fast peinlich, wie erwachsen er sich dabei fühlte, wie gut.

»Ich glaube, ich habe meine neue Berufung gefunden«, sagte er. Sie lachte und entglitt ihm so flink wie ein Fisch. Sie holte eine Wasserflasche aus dem Rucksack, nahm einen Schluck und bot sie ihm dann an, doch er schüttelte den Kopf. »Ich komme mir vor wie Ahab«, sagte er. »Schon wieder auf der Suche.«

»Diesmal hoffentlich erfolgreicher.«

»Ganz bestimmt«, versprach er.

»Und wenn nicht, hast du immerhin eine Alternative zu diesem Filmkram gefunden«, neckte sie. »Du kannst die sieben Weltmeere befahren.«

»Gar keine so schlechte Idee. Auf jeden Fall besser als Los Angeles.«

Sie setzte sich auf die Bank, die an beiden Bordwänden entlanglief und unter der Tauwerk, Netze und Bojen verstaut waren. »Ich weiß nicht«, sagte sie. »Die Leute vom Zirkus finden die Städte, in denen sie auftreten, wahrscheinlich auch gar nicht so langweilig.«

»Willst du damit sagen, ich bin vom Zirkus?«

Sie grinste. »Jedenfalls ein Clown.«

»Vielen Dank«, sagte er lachend und schaute zur felsigen Küste, an der riesige Häuser lagen. Sie überholten ein Segelboot, und das Pärchen an Bord winkte. Graham hob die Hand zum Gruß.

»Das macht die Sache noch schlimmer, oder?«, fragte Ellie, und er sah sie fragend an. »Dass wir das Boot genommen haben.«

»Vielleicht.« Er zuckte die Achseln. »Aber wir schmuggeln ja keine Drogen oder so.«

»Zählt Schokolade dazu?«

»Nein, die geht in Ordnung. Bin ich ziemlich sicher.«

»Gut.« Sie zog eine Tüte Konfekt aus dem Rucksack und warf sie ihm hin. Er fing sie mit einer Hand, hielt das Steuer mit dem Unterarm fest und riss sie auf. Die Schokolade war weich von der Sonne und schmolz auf der Zunge. Ein warmes Gefühl breitete sich in seiner Brust aus, und er wünschte, er könnte den ganzen Tag hier draußen bleiben. Aber er wusste ja, sie hatten eine Mission: Ellie sah man die grimmige Entschlossenheit bei jeder Bewegung an.

»Und, bist du nervös?« Er gab ihr die Tüte zurück. »Weil du deinen Vater treffen wirst?«

Sie nickte mit zusammengepressten Lippen.

»Hast du einen Plan?«

Darauf antwortete sie nicht, und Graham fragte sich, ob der Wind seine Worte verweht hatte; sie hatte ihn anscheinend nicht gehört. Doch dann schob sie die Sonnenbrille ins Haar, und ihre grünen Augen blickten ihn so durchdringend an, dass sein Herz hüpfte wie der Bug in den Wellen.

»Erinnerst du dich an das Lyrikseminar?« Sie erwartete keine Antwort. »Es ist echt schwer, da reinzukommen. Und ich will unbedingt hin.«

Er runzelte die Stirn. »Aber du bist doch dabei, dachte ich.«

»Bin ich auch«, sagte sie etwas zu heftig. »Aber mir fehlt noch Geld. Und Stipendien gibt es keine.«

Graham holte tief Luft und wartete, dass sie weiterredete, schluckte seine Frage herunter, von der er wusste, dass sie jetzt ganz und gar unpassend war. Er wollte um keinen Preis etwas Falsches sagen, also hielt er den Mund.

»Ich werde ihn um den Rest bitten.« Ihre Worte sprudelten jetzt rasch hervor. »Meine Mutter kann ich nicht um so viel bitten, und er hat ja wohl genug.«

»Wie viel –?« Er konnte einfach nicht an sich halten, aber sie schnitt ihm das Wort ab, als hätte sie ihn gar nicht gehört.

»Ich finde, das zumindest schuldet er mir.« Sie ritzte mit

dem Fingernagel ins Holz. »So viele Jahre ist nichts von ihm gekommen. Und ich will das Geld ja nicht für irgendeinen Blödsinn wie ein Auto oder eine Tätowierung.«

»Stimmt.«

»Es ist für die Uni«, sagte sie. »Für Harvard.«

Wider besseres Wissen räusperte er sich. »Wie viel brauchst du denn noch?«

Sie schaute ihm in die Augen. »Tausend Dollar«, sagte sie so leise, dass der Wind die Worte fast davontrug, und beugte sich dann wieder übers Holz.

Tausend Dollar, dachte Graham und schämte sich, weil es ihm so wenig vorkam. Er musste an das Geld denken, mit dem seine Eltern ihn auf die Privatschule geschickt hatten, wie ungeheuer viel ihm das damals erschienen war, auf wie viel sie dafür verzichten mussten. Jetzt war alles anders. *Tausend Dollar.* Letzten Monat erst hatte er einem Handwerker fast das Doppelte dafür bezahlt, hinten in der Waschküche einen Innenzwinger für Wilbur zu bauen. Er hatte schon Kollegen gesehen, die so viel Geld für ein Essen ausgaben, und er war sicher, die vielen in Olivias Wohnwagen verstreuten Handtaschen enthielten zusammen mindestens so viel, wenn nicht mehr.

Er sah Ellies hängende Schultern – für sie waren tausend Dollar offensichtlich eine so unüberwindliche Hürde, dass sie sich in ihrer Verzweiflung mit einem gestohlenen Boot auf die Suche nach ihrem unbekannten Vater machte. Wie leicht wäre es, ihr einen Scheck auszustellen, ihr einen Stapel Banknoten in die Hand zu drücken, das Geld für den Kurs ohne ein Wort an Harvard zu überweisen. Aber das hier war kein Film, und er kannte sie inzwischen gut genug, um zu wissen, dass er damit nicht zu ihrem Helden würde, dass sie ihm nicht dankbar um den Hals fallen würde. Ihr spröder Stolz machte ein solches Geschenk unannehmbar. Sie musste das selbst regeln.

»Und wenn ...« Graham sah weiter gerade nach vorn. »Und wenn er Nein sagt?«

Ellie ließ eine Hand aus dem Boot hängen und von der Gischt bespritzen. »Dann kann ich eben nicht teilnehmen«, sagte sie tonlos. »Aber er kann doch nicht Nein sagen.«

Graham wusste genau wie sie, dass er wahrscheinlich Nein sagen würde, wenn ihn die kleine Episode von gestern wieder in die Klatschspalten brachte, wo er gerade anfing, Wahlkampfspenden zu sammeln. Jetzt wurde Graham klar, warum sie es so eilig hatte: Sie wollte den Nachrichten zuvorkommen.

Sie stand auf und schob sich um ihn herum, griff nach dem Steuer. Er wich zurück und ließ sie fahren, und sie schaltete einen Gang höher, worauf sie schneller wurden und der Bug sich weiter aus dem Wasser hob.

Graham schaute aufs Wasser und sah unter der Oberfläche die dunklen Schatten der Fische. Wäre alles anders gelaufen, säße er jetzt vielleicht mit *seinem* Vater hier draußen, die Angeln ausgeworfen, entspanntes Schweigen zwischen ihnen, während sie aufs Anbeißen warteten.

Hier war die Küste etwas rauer, statt der großen Anwesen sah man kleinere Fischerhütten, und er dachte an all die Väter und Söhne, die gerade um diese Zeit ihr Angelzeug zusammenpackten, um den Feiertag in stiller Gemeinschaft zu verbringen. Sie wirkten so friedlich und heiter, diese Häuser an der Küste. Wie schön es wäre, hier oben ein Haus zu haben; nichts Großartiges, bloß eine kleine Hütte, ein Stückchen weg vom Wasser, wo er hinfahren konnte, wenn er von der Plastiklandschaft in Los Angeles genug hatte. So könnte er diesen Teil der Welt bei sich behalten, auch wenn er wieder wegmusste.

»Hey«, er drehte sich zu ihr um und zeigte zum Festland, »weißt du, wie dieser Ort heißt?«

Ellie sah hin und schüttelte den Kopf. »Wieso?«

»Sieht bloß nett aus, weiter nichts.«

»Guck doch nach«, schlug sie vor, und er tastete in der Hosentasche nach seinem Handy, ehe ihm wieder einfiel, dass er es im Hotel liegenlassen hatte. Das war keine Absicht gewesen, er hatte es erst gemerkt, als sie aus dem Hafen glitten, aber heute war kein schlechter Tag, die Verbindung zur Welt zu kappen. Im Augenblick wollte er sowieso von niemandem hören, weder von Harry noch von Rachel oder Mick oder sonst wem. Er hatte gedacht, ohne Telefon würde er nervös, aber in Wirklichkeit fühlte er sich frei.

»Ich habe meins nicht dabei, schon vergessen?«, sagte er. »Kann ich mal deins leihen?«

Das lag vor ihr auf dem Armaturenbrett, und sie schob es in seine Richtung. Er rief die Kartenseite auf und wartete, dass sie sich aufbaute – ein langsamer Pixeltanz auf dem Display. Der Wind wehte ihm die Haare aus der Stirn, er blinzelte zum Kirchturm, der aus den Bäumen ragte, und die Vorstellung eines eigenen Häuschens hier verfestigte sich.

Gerade wollte er Ellie davon erzählen, als sie das Kielwasser eines anderen Bootes kreuzten und die *Go Fish* wie ein flach geworfener Stein hüpfte – das Telefon flog ihm in Zeitlupe aus der Hand, wirbelte durch die Luft und landete lautlos im Wasser. Die aufgewühlte Oberfläche verschluckte es ungerührt, sekundenschnell hatten sie es hinter sich gelassen, und der kleine Metallblock war sicher schon halb auf den sandigen Grund gesunken.

»Oh«, sagte er, noch mit dem Rücken zu Ellie.

»Was?«, fragte sie.

»Dein Telefon ...«

»Sag bloß nicht ...«

»Ich fürchte, es ist bei den Fischen.« Er schaute ausreichend schuldbewusst, hoffte er. »Tut mir ehrlich leid. Ist mir eben aus der Hand gerutscht.«

Sie stöhnte auf.

»Ich kaufe dir ein neues.«

»Das hilft uns im Augenblick auch nicht weiter«, sagte sie. »Ich habe damit navigiert.«

Über den Bug sah er in der Ferne ein paar Segelboote und ein Motorboot, das einen Wasserskifahrer zog; weiter links, Richtung Küste, waren die Häfen mit Bojen gesprenkelt, auf jeder saß eine Möwe. Das Städtchen, in das er eben noch unbedingt ziehen wollte, war schon hinter ihnen verschwunden, verloren gegangen.

»Aber wir werden es doch von hier aus sehen können, oder?«

Ellie zuckte die Achseln. »Ist ja nicht wie ein Bahnhof«, sagte sie. »Die Städte sind nicht beschriftet. Ich weiß nicht, wie wir es erkennen sollen.«

»Es wird sicher ein paar große Villen geben.«

»Glaube ich auch«, stimmte sie zu, aber sie kniff die Lippen zusammen, und Sorge lag in ihrem Blick.

»Wir können schließlich auch fragen.«

»Und wie?«, fragte sie. »Mit Rauchzeichen?«

»Wir winken jemanden ran.«

Seufzend schaute sie auf die Uhr. »Es ist erst elf. Wird sowieso noch eine Weile dauern.«

»Okay«, sagte er. »Dann halten wir einfach die Augen offen.«

»Okay«, echote sie, und über ihren Köpfen schrie lange eine Möwe. Graham legte den Kopf in den Nacken und fragte sich, wie die Boote wohl von oben aussahen – Dutzende von ihnen, aufgefächert auf den Wellen, ein Spiegelbild der Vogelschar am Himmel. Und mittendrin die *Go Fish*, die sich beharrlich an einer Reihe fast identischer Orte vorbei die Küste hinaufschob, hinter sich eine Spur aus schäumendem Kielwasser, wie die Brotkrumen, die sie wieder nach Hause führen sollten.

– Kennst du gute Seefahrerwitze?

– Bloß einen über Möwen.

– Okay.

– Wieso fliegen Möwen übers Meer?

– Na, wieso?

– Wenn sie übers *Land* flögen, wären sie *Löwen*.

einundzwanzig

Die Sonne folgte ihnen wie ein Scheinwerfer und ließ alles glänzen. Ellie spürte die Wärme auf den Schultern und im Nacken, auf der Nasenspitze und der blassen Scheitellinie, die durch ihr rotes Haar schimmerte. Sie waren jetzt zwei Stunden unterwegs und immer noch nicht am Ziel.

Graham kratzte sich an der Stirn, die allmählich brannte. Er hatte vergessen, Sonnencreme mitzunehmen, und ihr Wasser war inzwischen auch alle. Hin und wieder schalteten sie einen Gang runter und drosselten das Tempo so weit, dass sie ein anderes Boot heranwinken und ihre Frage übers Blau rufen konnten. Manchmal wurde eine Antwort zurückgeworfen – *Höchstens noch eine halbe Stunde, wahrscheinlich* oder *Noch vier Orte, auf keinen Fall mehr* –, aber manchmal kamen auch nur ratlose Blicke oder Schulterzucken.

Ellie versuchte die periodisch aufsteigende Anspannung zu dämpfen. Wie gern wäre sie wieder in Henley und tränke rosa Limonade aus Sternenbanner-Plastikbechern. Aber wenn sie das hier hinter sich bringen wollte – und das musste sie, nicht nur des Geldes wegen, sondern auch wegen all des jahrelang Ungesagten –, dann jetzt.

Hinter sich hörte sie ein Klopfen: Graham hatte nur eine Hand am Steuer und schaute verstört auf die kleinen Anzeigen im Armaturenbrett; jetzt tippte er auf eine davon mit dem Finger. Unter ihren Füßen, tief im Bootsinneren, hörte Ellie irgendetwas widerstrebend ächzen, während ihre Fahrt langsamer wurde.

»Was ist denn los?«, fragte sie und ging zu ihm. Sie schob den Gashebel nach vorn, doch es gab nicht den erwarteten Beschleunigungsruck, sondern ein leises Stottern, ein alarmierendes Rattern, und dann setzte der Motor ganz aus, und die Nadel, die Graham so angestrengt beobachtet hatte – die Tankanzeige, wie Ellie erst jetzt erkannte –, fiel mit steifer Endgültigkeit aufs rote *E*.

Graham war ebenso überrascht wie sie, und einen kurzen Augenblick lang saß Ellie ein Kloß im Hals. Ihre Augen brannten vom Salzwasser, und ihre Haut war vom einsetzenden Sonnenbrand so heiß, dass sie erschauerte. Da trieben sie also vor der Küste, in einem gestohlenen Boot, ohne einen Tropfen Benzin. Hinter ihnen warteten Reporter, Fotografen und Konsequenzen auf sie; Ellies Mutter, Grahams Manager und die grässliche Erinnerung an gestern Abend. Was vor ihnen lag, war kaum besser, und jetzt steckten sie irgendwo dazwischen fest, und Tränen der Hilflosigkeit stiegen ihr in die Augen.

Graham hielt sich ganz still neben ihr, wie ein Hirsch im Fadenkreuz, als wolle er erst ihre Reaktion abwarten. Als sie sich genug gefasst hatte, um ihm wieder in die Augen zu schauen, musste sie erstaunt feststellen, dass er sich das Lachen verbiss.

»Das ist nicht witzig«, sagte sie. Er versuchte, eine neutrale Miene aufzusetzen, doch unwillkürlich entfuhr ihm ein Lachen. Jetzt sah er wirklich aus wie ein Filmstar, mit seinen Augen, so blau wie das Meer um sie herum, und der Sonne hinter seinem Kopf, die ihn so verschwommen wirken ließ wie die ganze Szenerie. Plötzlich hatte sie den Impuls, sich auf Zehenspitzen zu stellen und ihn zu küssen, und ihre Panik löste sich unter seinem Blick auf. Gab es einen besseren Vorwand, schien er zu sagen, um stundenlang hier draußen zu bleiben, nur sie beide, ein Spielball der Gezeiten?

»Ein bisschen witzig vielleicht«, gab sie zu, doch als er gerade den Kopf neigte, kurz bevor sie ihn küssen konnte, durchschnitt eine nahe Sirene die Stille, und als sie sich umdrehten, sahen sie ein Boot der Küstenwache auf sich zurasen.

Graham ließ ihre Hände los, und Ellie taumelte an die Bordwand. Mit großen Augen sah sie das Boot näher kommen, der Bug hoch über den Wellen, erschreckend schnell, das Kielwasser wild aufschäumend.

»Wie stehen die Chancen«, fragte Graham, »dass sie gemerkt haben, uns ist der Sprit ausgegangen, und uns bloß helfen wollen?«

»Schlecht.« Ellies Herz pochte heftig. Sie hatte noch nie geklaut, nicht mal eine Packung Kaugummi, nie heimlich geraucht oder abgeschrieben, und jetzt würde sie gleich mit einem gestohlenen Boot geschnappt werden. Es spielte keine Rolle, dass nicht sie persönlich es gestohlen hatte; sie hatte mitgemacht. Graham hatte es *für sie* gestohlen, und während sich die Distanz zwischen den Booten verringerte, stand ihr das schlechte Gewissen ins Gesicht geschrieben. Das Küstenwachenboot war eher ein Schiff: groß und weiß und kantig, oben an der Brücke blinkende rote Lichter. Als es nah genug gekommen war, hob ein Mann mit dunkler Sonnenbrille und leuchtend oranger Windjacke ein Megafon.

»Bleiben Sie bitte, wo Sie sind«, knarzte es. »Bewegen Sie Ihr Fahrzeug nicht weiter.«

»Können wir sowieso nicht«, murmelte Graham.

»Das ist richtig schlimm jetzt«, flüsterte Ellie. »Oder?«

»Gut ist es nicht«, gab er zu, doch als er ihre Miene sah, zwang er sich zur Fröhlichkeit. »Aber alles wird gut. Ist bloß ein Missverständnis. Wir werden das regeln.«

Die Küstenwache ging längsseits, und der Mann ließ das Megafon sinken. »Dieses Boot ist als vermisst gemeldet worden«, rief er. »Können Sie dazu was sagen?«

Graham hielt die Hände an den Mund und rief zurück: »Das ist meine Schuld, Sir. Ich habe es nur ausgeliehen.«

Der Polizist nahm die Sonnenbrille ab und blinzelte ihn an. »Sie sind doch dieser Typ«, sagte er verdattert. »Aus den Filmen.«

»Genau.« Graham nickte bestätigend. »Ich drehe hier gerade einen, und wir haben dieses Boot bei den Dreharbeiten benutzt – es hat bestimmt jemand von der Produktion angerufen, oder? Ich habe einfach vergessen, Bescheid zu sagen.«

Ellie staunte darüber, wie locker ihm diese Erklärung über die Lippen ging, wie lässig er die Sache als Missverständnis darstellte, und über die Reaktion des Polizisten, der alles nachdenklich schluckte. Ellie hätte unweigerlich gestottert, sich verhaspelt, wäre nervös geworden. Selbst wenn sie die Wahrheit sagte, würde sie es schaffen, irgendwie schuldig zu wirken.

»Nur eine Minute.« Der Polizist hob den Zeigefinger. »Ich muss das überprüfen.«

Er verschwand in der Kabine, und Ellie wandte sich an Graham. Doch bevor sie etwas sagen konnte, drückte er beruhigend ihre Schulter. »Es wird alles gut. Manchmal ist es auch ganz praktisch, wenn man erkannt wird.«

Trotzdem warteten sie in angespanntem Schweigen. Ein paar Jetskis rauschten vorbei, die gelben Rettungswesten ein krasser Kontrast zum Wasser, ein Flugzeug zog tief über sie hinweg. Ellie hatte keine Armbanduhr, und ihr Telefon lag auf dem Meeresgrund, sie hatte also keine Ahnung, wie spät es war, aber die Sonne hatte den Zenit schon überschritten, es musste also inzwischen deutlich nach zwölf Uhr sein.

Als der Mann von der Küstenwache zurückkehrte, nahm er die Sonnenbrille ab und rieb sich den Nacken. »Ich habe mit dem Typen gesprochen, der es gemeldet hat. Er wusste nicht, dass Sie es genommen haben. Er sagt, es ist überhaupt kein Problem, solange Sie es heil zurückbringen.«

Graham lächelte und hob dankend die Hand. »Vielen Dank, Sir. Tut mir leid, wenn ich Unannehmlichkeiten gemacht habe.«

Der Polizist nickte und wollte sich gerade wieder umdrehen, als Ellie ihm rasch zurief: »Uns ist übrigens das Benzin ausgegangen.« Er zog die Augenbrauen hoch und reagierte mit müdem Blick auf die Aussicht weiterer Probleme durch den Filmstar mit seinem geliehenen Boot. Er machte keine Vorschläge, sondern wartete bloß ab, also räusperte sie sich und fragte: »Was sollen wir tun?«

Eine Dreiviertelstunde später hatte die Küstenwache sie zu einer Schiffstankstelle in der Kleinstadt Hamilton geschleppt. Die beiden Polizisten waren ganz freundlich gewesen – auch wenn Ellie vermutete, dass sie hinter der professionell höflichen Fassade dachten: Was müssen das für Idioten sein, denen das Benzin ausgeht? –, und am Ende hatte Graham ihnen noch ein Autogramm für eine ihrer Töchter gegeben.

Sie brachten Ellie und Graham zu einem schnauzbärtigen Mann, der ihnen den Tank befüllte, und verabschiedeten sich mit zackigem Tippen an ihre Uniformmützen. Ellie sah sie hinausfahren und war froh, wieder an Land zu sein, denn ihr Magen wand sich hin und her wie ein gestrandeter Fisch.

»Wie weit ist es bis Kennebunkport?«, fragte Graham, als der wettergegerbte Tankwart zum Steuer kam und die Tankanzeige aus nächster Nähe betrachtete.

»Mit dem Bus zehn Minuten«, sagte er, ohne aufzublicken.

»Und wieso sollten wir den Bus nehmen?«

»Weil die Tankanzeige hin ist.« Der Mann richtete sich auf. »Ich hab den Tank grad vollgemacht: zeigt immer noch leer. Muss die Anzeige reparieren. Sollte nicht mehr als eine Stunde dauern.«

Graham reichte ihm seine Kreditkarte, und sie vereinbarten, das Boot später abzuholen. Ein Überlandbus verkehrte alle halbe Stunde und hielt in jedem Ort an der Küste, und der Tankwart zeigte mit gekrümmtem Finger in die grobe Richtung der Bushaltestelle, direkt vor der örtlichen Touristeninformation.

Nach so vielen Stunden auf dem Wasser hatten sie beide

weiche Knie und gingen leicht schwankend über die Straße. Erleichtert sah Ellie, dass es nicht weit war – ein schmaler Holzbau, der mehr nach Baumhaus als nach Büro aussah –, und die Bushaltestelle lag direkt davor, nichts weiter als eine rote Plastikbank und ein unleserlicher Fahrplan, der an der Rückseite eines Stoppschilds hing.

Graham kniff die Augen zusammen: »Zwölf Minuten«, verkündete er und sah dann zur Touristeninformation. »Lass uns mal reingehen.«

Drinnen kauerte eine ältere Dame mit einem Kranz dünner weißer Haare hinter dem Tresen und las ein dickes Buch. Ellie ging an den Wänden des kleinen Raumes entlang, wo Broschüren zu allem Möglichen auslagen, von Segeltouren über Whalewatching bis zum Blaubeerenpflücken. Graham steuerte direkt den Schreibtisch an.

»Schönen Feiertag«, sagte er fröhlich, die Frau blickte auf und erkannte ihn offensichtlich nicht. Falls man von ihr gastfreundliches Verhalten erwartete, so versagte sie gründlich. Sie fragte nicht, ob sie Hilfe brauchten, sondern schaute sie nur mit gespitzten Lippen über den Brillenrand hinweg an.

Graham deutete auf den Computer auf ihrer Empfangstheke. »Wir hatten einen sehr aufreibenden Vormittag«, sagte er zuckersüß, »und ich wollte Sie fragen, ob wir wohl einen kleinen Augenblick mal Ihren Computer benutzen dürften, um etwas nachzuprüfen. Nur eine Minute.«

Ellie stand vor einer Auslage mit Broschüren zu verschiedenen Hummer-Aktivitäten und grinste. Sie hatte keine Ahnung, was er am Computer wollte, doch die Frau – die ihn verdattert anstarrte – hatte augenscheinlich keine Ahnung, wer er war, und nicht mal Ellie glaubte, dass er sie mit seinem Charme allein überzeugen würde.

Doch er schenkte ihr ein strahlendes Lächeln, sagte etwas verschämt »Ach bitte«, und ohne ein weiteres Wort rückte sie zur Seite, klemmte sich ihr Buch unter den Arm und ließ Graham am Rand des Tresens Platz nehmen, als betreue er nun alle Touristeninformationen des Städtchens Hamilton.

Als sie hinterher zur Bushaltestelle gingen, verdrehte sie die Augen.

»Was?«, fragte er. »Hast du gedacht, ich kriege sie nicht rum?«

Sie schüttelte amüsiert den Kopf. »Was wolltest du überhaupt nachschauen?«

»Ich wollte nur sichergehen, dass nichts Neues aufgetaucht ist«, sagte er. »Ehe wir deinen Vater besuchen.«

Ellie war beeindruckt, dass er daran gedacht hatte. »Und?«

»Nur das Altbekannte: Graham Larkin ist brutal, Graham Larkin ist ein Schläger. Nichts, was du nicht schon wüsstest.« Das sagte er scherzhaft, aber seine Stimme klang auch gepresst, und ihr fiel ein, dass er vor ihrer Abfahrt noch gar keine Nachrichten gelesen hatte. Dass er es jetzt für sie getan hatte – damit sie ihrem Vater nicht unvorbereitet gegenübertreten musste –, rührte sie zutiefst, und als der Bus quietschend um die Ecke bog, legte sie ihm die Hand auf den Arm.

»Danke«, sagte sie, und er nickte. Sie stiegen ein, Graham reichte dem Fahrer ein paar Scheine, und sie fanden vorn eine freie Sitzbank, weit genug entfernt von den übrigen Fahrgästen, die weiter hinten aus den Fenstern sahen.

»Wenn die Frau also das nächste Mal ins Netz geht«, sagte Ellie, »dann steht ganz oben in ihrer Chronik ›Graham Larkin schlägt Fotografen‹.«

Er lachte. »Ich glaube, der genaue Wortlaut war: ›Graham Larkin verpasst Flegelfotografen Prügel‹.«

Je näher sie Kennebunkport kamen, desto größer und imposanter wurden die Anwesen vor den Fenstern – riesige Strandvillen mit Veranden, die bis übers Wasser ragten, alle mit Sternenbannern beflaggt, die vor dem wolkenlosen Himmel flatterten.

Vor dem Aufbruch heute Morgen hatte Ellie noch die Anschrift der Sommerresidenz ihres Vaters ermittelt, was gar nicht so schwer war. Das Anwesen wurde schon seit langer Zeit regelmäßig von wichtigen Politikern genutzt, und die Journalisten, die gewöhnlich um das Anwesen herumlungerten, hatten reichlich Material abgeliefert. Sie hatte sich so viele Bilder angesehen, dass sie sich noch jetzt, Stunden später, die grau verwitterten Holzschindeln und die umlaufende Veranda klar vor Augen rufen konnte. Nicht vorstellen konnte sie sich allerdings, die Steinplatten zum Eingang hinaufzugehen, an die rote Flügeltür zu klopfen und Paul Whitman von Angesicht zu Angesicht gegenüberzustehen.

Sie wandte sich an Graham, der gerade mit der Hand ein Gähnen verbarg. »Also«, sagte sie ganz geschäftsmäßig. »Ich brauche einen Angriffsplan.«

»Ziehst du jetzt in eine Schlacht?«

»Ich kann ja nicht einfach zu seiner Haustür spazieren, ohne zu wissen, wie das laufen soll.« Sie drehte sich ganz zu ihm um. »Wenn nun seine Frau da ist? Und seine Söhne?«

»Deine Halbbrüder«, stellte Graham klar, und Ellie zuckte die Achseln.

»Schon klar.«

»Hast du dir denn überlegt, was du zu ihm sagen willst?«

»Mehr oder weniger«, sagte sie, doch das stimmte nicht ganz. Sie hatte keinen Schimmer, was sie sagen wollte. Wie auch, wenn sie nicht mal wusste, wie sie sich fühlte? Jahrelang hatte sie Fotos von ihm betrachtet und Interviews mit ihm gelesen, hatte sein Leben aus der Ferne beobachtet und sich überlegt, wie es wohl wäre dazuzugehören. Aber da sie ihm jetzt so nahe war, wollte sie nicht daran denken, dass er sich womöglich gar nicht freuen würde, sie zu sehen – das war zu niederschmetternd.

Er hatte seine Vaterschaft nie geleugnet – jedenfalls nicht öffentlich –, sie allerdings auch nie anerkannt. In den Augen der Welt war sie also weiterhin ohne Vater und er ohne Tochter. Man konnte schlicht nicht wissen, wie er reagieren würde, wenn sie vor seiner Tür stand. Würde er sie womöglich erkennen? Würde sie ihn erkennen? Nicht bloß wie auf einem Zeitungsfoto, sondern im tieferen Sinn; würden sie einen Funken Vertrautheit spüren, Zusammengehörigkeit, irgendein Anzeichen, dass sie nicht bloß zwei Fremde waren, die sich im Türrahmen gegenüberstanden? Sondern Blutsverwandte?

Ellie war sich nicht sicher. Immerhin konnte sie sicher sein und war dankbar dafür, dass er noch nicht wusste, was gestern vorgefallen war, dass sie wenigstens seinen Namen noch nicht in die Nachrichten gebracht hatte. Aber so vieles war ungewiss.

»Willst du mit mir üben?«, fragte Graham, setzte sich gerade hin und streckte die Brust vor. Er zog eine Augenbraue nach unten und schürzte übertrieben ernst die Lippen. »Hallo, junge Dame«, sagte er, und seine Imitation ihres Vaters war so gelungen, dass sie ihn bremste.

»Hör auf«, sagte sie. »Das geht so nicht.«

Graham entspannte sich wieder. »Also gut, was dann?«

»Ich schätze, ich klopfe einfach an und warte, was passiert.«

»Immerhin hast du den Überraschungseffekt auf deiner Seite.« Er verschränkte die Arme vor der Brust. »Er wird völlig unvorbereitet sein, und je nachdem, wie er reagiert, entscheidest du, wie du weiter vorgehst.«

»Vielleicht.« Sie schaute wieder aus dem Fenster.

Am Ortsrand hing der Duft von Fisch und Meeresfrüchten schwer in der Luft, wehte durch die offenen Busfenster. Vor ihnen waren die Straßen voller Menschen, und Ellie bereute es plötzlich, die Feiern in Henley zu verpassen. Flaggen waren über den langen Gartentischen aufgereiht, und über den Geschäften kringelten sich ein paar Rauchfahnen in den Himmel.

Graham sog den Duft ein. »Muss ein Muschelessen sein«, sagte er, als der Bus vor der viel prachtvolleren Touristeninformation hielt, in der man wahrscheinlich viel freundlicher willkommen geheißen wurde. Ellie war nicht wohl bei dem Gedanken, sich mit Graham durch Menschenmassen schieben zu müssen, denn er würde sicher unnötige Aufmerksamkeit erregen, und als sie ausstiegen, reichte sie ihm seine Sonnebrille, die er auf dem Sitz liegengelassen hatte.

»Nicht so gut wie der Schnurrbart«, sagte er beim Aufsetzen, »aber muss reichen.«

An der Bushaltestelle hing ein Stadtplan, und Ellie sah, dass es nicht weit war bis zu dem Haus, das auf einer kleinen Halbinsel direkt nördlich der Einkaufsstraße lag. Sie müssten zwar von hier quer durch die Stadt gehen, aber wenn sie die belebten Straßen erst hinter sich hatten, war es nicht mehr weit. Sie folgte Graham in Richtung Festplatz und hielt sich die rote Eingangstür vor Augen, wie ein Quarterback beim Pass die Touchdown-Zone, versuchte sich trotz des Lärms, der Musik, des Essensduftes darauf zu konzentrieren.

»Ich könnte erst mal ein Hummerbrötchen gebrauchen«, sagte Graham, als sie bei den Essenstischen ankamen, in einem Meer roter, weißer und blauer Hemden. Dutzende Klapptische waren aneinandergestellt und erstreckten sich über die gesamte Länge der Hauptstraße, doch die Feier bezog auch Bürgersteige und Geschäfte mit ein. Überall rannten Kinder herum, auf Wagen oder Fahrrädern, mit Wasserballons oder Keksen in der Hand, die meisten unbeaufsichtigt, weil ihre Eltern sich dem Essen oder Biertrinken widmeten.

Ellie versuchte sich zu erinnern, wann sie zuletzt etwas gegessen hatten, und als ihr klar wurde, dass es das geschmolzene Schokoladenkonfekt auf dem Boot gewesen war, fing auch ihr Magen an zu knurren.

Als sie den ersten Tisch erreichten, blieb Graham stehen.

»Eine Fata Morgana«, scherzte er. »Wie lange genau waren wir schiffbrüchig?«

Die blau karierte Tischdecke verschwand fast unter all dem Essen: Miesmuscheln, Austern, Garnelen, aber auch Hotdogs, Hamburger und Pommes frites, Kartoffelsalat und Maiskolben und Schoko-Muffins. Graham ging geradewegs auf ein Riesentablett voller Hummerbrötchen zu, und der Mann hinter dem Tisch – der eine Hummerschürze trug, wie sie auch in ihrem Laden verkauft wurde – hob eine Greifzange und sah Graham fragend an.

»Wollen Sie eins?«, fragte er, und Graham sah Ellie bittend an.

»Na los«, sagte sie. »Aber zum Mitnehmen.«

»Keine Sorge, ich kann gleichzeitig essen und laufen«, sagte er. »Ich bin sehr begabt.«

»Das glaube ich sofort«, sagte sie, doch lauter werdendes Gemurmel zu ihrer Linken lenkte sie ab. Sie stellte sich auf Zehenspitzen, um zu sehen, was dort die Menge teilte, und als sie es sah, fing ihr Herz an zu hämmern. Hektisch sah sie sich nach Graham um, aber der sprach noch mit dem Mann in der Hummerschürze, der gerade zwei Pappteller auseinanderpulte.

Ellie fuhr wieder herum, ihr Mund war ausgetrocknet. Keine drei Meter entfernt schüttelte ihr Vater lächelnd Hände. Er sah im blauen Polohemd und Khakihose legerer aus als üblich, die Brise zerzauste sein grau meliertes Haar. Er war groß und schlank, überragte die Menge, die er durchschritt, und ihm folgte ein Fotograf, der gelegentlich ein Bild schoss, wenn ihr Vater ein Baby betrachtete oder mit aufrichtigem Lächeln kraftvoll eine Hand schüttelte. Doch ansonsten war er allein: keine Berater, keine Reporter, keine Ehefrau, keine Kinder.

Ellies Knie wurden weich, als er immer näher kam. Es war eindeutig bloß ein entspannter öffentlicher Auftritt, er tauschte auf dem Weg durch die Menge mit jedem nur kurz Nettigkeiten aus. Ihre Gedanken rasten, versuchten Halt zu finden. Doch sie konnte sich an nichts erinnern: wieso sie gekommen war, was sie sagen wollte, wie sie sich verhalten sollte.

Jetzt war er nur noch ein, zwei Schritte entfernt, und diese Nähe war erschreckend; bis jetzt war er ihr fast wie ein Produkt ihrer Fantasie erschienen, vielleicht weil sie sich so oft genau diese Szene vorgestellt hatte. Doch in den Tagträumen war sie immer geradewegs auf ihn zugegangen, und dann hatten sich zwei identische grüne Augenpaare angesehen, und er hatte genau gewusst, wer sie war.

Ihr wurde klar: Darum war sie gekommen.

Nicht des Geldes wegen. Nicht mal, um ihn zu sehen.

Sondern damit *er sie* sah.

Nur noch ein Mann stand zwischen ihnen; er trug eine Red-Sox-Cap und wirkte leicht verwirrt, als der gut aussehende Senator ihm auf die Schulter klopfte. »Was für ein herrlicher Tag, hm?«, sagte er mit echter Begeisterung, und der Mann hob seine Hühnerkeule zu einem unbeholfenen Gruß, weil er den Mund zu voll zum Sprechen hatte.

Der Senator lachte, und sein Blick fiel auf Ellie. Sie wappnete sich – wofür? Sie wusste es nicht. Diese identischen Augen, grün wie Meerglas, trafen sie mit gütigem Interesse, und sie sah die kleinen Krähenfüße zu beiden Seiten, so fein, dass man sie auf Fotos nicht bemerkte.

»Schönen Feiertag«, sagte er und streckte die Hand aus, die Ellie nur anstarrte. Sie zögerte etwas zu lange, ehe sie einschlug und halb mit einer Art Stromschlag rechnete. Doch es kam nichts, sie spürte nur die Wärme seiner leicht verschwitzten Hand.

Die Worte platzten wie Blasen in ihrem Inneren, eins nach dem anderen, alles, was sie hatte sagen wollen. Einen Moment lang vergaß sie ihre Mutter, vergaß sie Harvard; vergaß auch seine schöne Frau und die beiden Söhne, mit denen er jagen und angeln ging; vergaß die Politik, seinen Beruf, die eigentlichen Gründe für den Graben zwischen ihnen.

Sie dachte nur noch: *Siehst du es nicht?*

Doch auf seinem Gesicht lag nur ein höfliches Lächeln, absolut professionell und nichts sagend. Als er seine Hand wieder wegzog, sackte Ellie der Magen in die Kniekehlen, und als sie nach unten blickte, merkte sie überrascht, dass sie noch auf festem Boden stand. Wie aus dem Nichts stand plötzlich Graham neben ihr, in einer Hand einen Pappteller. Das Hummerbrötchen schaukelte wie ein kleines Boot, als er dem Senator die Hand reichte.

»Auch Ihnen einen schönen Feiertag«, sagte der, und Graham lächelte unsicher, warf Ellie einen Blick zu. Doch sie betrachtete immer noch ihren Vater. Man konnte nicht sagen, dass er Graham erkannte – er betrachtete ihn eher wie einen alten Klassenkameraden, den man jahrelang nicht gesehen hatte und nicht recht einordnen konnte –, aber immerhin etwas.

Mehr, als in seinem Blick auf Ellie gelegen hatte.

Sie kniff die Augen zu und fühlte sich benommen, doch er zeigte nur ein allzu strahlendes Lächeln und sah an ihnen vorbei zu den Nächsten in seiner endlosen Reihe von Handschlägen. »Genießen Sie den Tag«, sagte er schon im Weitergehen. Sein Fotograf hob von hinten die Kamera, um ein Bild zu machen – nicht bloß von Ellie und Graham, sondern auch von dem Mann mit der Red-Sox-Cap, dem Koch in der Hummerschürze und einigen weiteren Umstehenden –, doch Graham verkrampfte sofort und hob die Hand vors Gesicht. Der Fotograf zuckte die Achseln – verwirrt, aber nicht verärgert, und trottete dem Senator hinterher ins Meer potenzieller Wähler.

»Tut mir leid«, sagte Graham zu Ellie. »Nach gestern Abend bin ich immer noch ein bisschen kamerascheu.«

Doch sie antwortete nicht. Sie starrte nur ihrem Vater hinterher, der von einer bewundernden Menge verschluckt wurde. Sie schaute ihre leere Hand an, in der noch die Erinnerung an seine Handfläche kribbelte, und als sie wieder aufblickte, war er weg.

– Würde es helfen, wenn ich noch einen Witz erzähle?

– Wahrscheinlich nicht.

– Okay.

– Aber … danke.

zweiundzwanzig

Sie beschlossen, das Boot dazulassen.

Es war inzwischen sicher repariert worden, aber sie fühlten sich beide nicht recht in der Lage, es bis nach Henley zurückzufahren, und Graham hatte zwar schon seit einiger Zeit nicht mehr so lange im Bus gesessen, aber es erschien ihm doch als die angenehmere Variante. Nicht, dass er seekrank war – wenn man das an Land überhaupt sein konnte –, aber er spürte immer noch das Meer, so ein wiegendes Gefühl, das ihn leicht aus dem Gleichgewicht brachte. Selbst auf dem Rückweg zur Bushaltestelle, als der Lärm der Essmeile hinter ihnen nachließ, kam ihm das Pflaster unter den Füßen unzuverlässig vor.

»Ist kein Problem«, sagte er zu Ellie, die stur geradeaus blickte. »Irgendwer von der Produktion kann es bestimmt morgen abholen, und außerdem haben sie gesagt, sie wollten es heil zurück, und da stehen die Chancen wahrscheinlich viel besser, wenn nicht wir drin sitzen.«

Sie nickte genauso abwesend wie immer in den letzten zehn Minuten, mit starrem, glasigem Blick, der seinem auswich.

Weil er nicht wusste, was er sonst tun sollte, plapperte er unaufhörlich weiter, obwohl es sogar für ihn selbst nervös und angespannt klang. »Und ich weiß sowieso nicht, wie der Hummer auf dem Brötchen das finden würde, wieder auf See zu sein.« Er klopfte sich auf den Bauch. »Ich meine, gut geschmeckt hat er, keine Frage. Aber bei dem Wellengang kann man nie wissen –«

»Graham«, sagte sie, und er sah sie an.

»Ja?«

»Können wir bitte *nicht* über Hummerbrötchen reden?« Sie klang allerdings nicht unfreundlich.

Er lachte. »Klar.«

An der Bushaltestelle setzten sie sich auf die Holzbank gegenüber derjenigen, wo sie vorhin ausgestiegen waren. Es schien Stunden her zu sein, doch Graham wusste, es konnte höchstens eine gewesen sein, wahrscheinlich viel weniger. Sie waren immer noch müde und sonnenverbrannt, aber während sie auf dem Hinweg grimmige Entschlossenheit vorangetrieben hatte, waren sie jetzt nur auf dem Rückweg nach Henley, wo nichts Gutes auf sie warten konnte.

Graham graute davor, Harry unter die Augen zu treten, der gestern Abend so geduldig mit ihm gewesen war, aber inzwischen sicher von der Sache mit dem Boot erfahren hatte. Er wusste, er hätte heute in Henley bleiben sollen. Er hätte sich den Folgen seines Handelns stellen und dabei helfen sollen, die Situation zu klären. Doch stattdessen hatte er getan, was er immer tat: Er war weggelaufen.

Eigentlich war allerdings eher Verstecken seine Spezialität. Es war ihm zur unschönen Gewohnheit geworden; er ging allem aus dem Weg – Partys, Pressekonferenzen, Menschen im Allgemeinen – und zog sich zurück, nur mit einem Schwein als Gesellschaft. Als sein Leben sich geändert hatte, stürmte die ganze Welt auf ihn ein, und er reagierte auf die einzige Art, die er kannte: indem er einen Puffer zwischen sich und allen anderen Menschen legte, einen Sicherheitsabstand, der sogar für seine Eltern galt.

Es war leicht, ihnen die Schuld zu geben, aber es lag auch an Graham. Er redete sich ein, dass sie sein neues Leben nicht verstanden, und anstatt sie hineinzulassen, schloss er sie aus. Er hatte Unabhängigkeit mit Einsamkeit verwechselt und sich so gründlich von der Welt abgewandt, dass eine E-Mail von Ellie ihn daran erinnern musste, wie sich ein richtiges Gespräch anfühlte.

Sie war viel mutiger gewesen als er, da sie in eine unbekannte Stadt fuhr, um einem Vater entgegenzutreten, an den sie sich nicht erinnerte und der sich offensichtlich auch nicht an sie erinnerte. Grahams Eltern wohnten nur ein kleines Stück von ihm weg, aber er musste erst auf der anderen Seite des Landes sein, um endlich eine Annäherung zu versuchen, und anscheinend war es zu spät gewesen. Geografie spielte dabei keine Rolle; egal, wo sie waren, es war immer zu viel Distanz zwischen ihnen.

Ellie heute Nachmittag mit ihrem Vater zu sehen, hatte etwas in ihm zum Klingen gebracht, was er vorher gar nicht gespürt hatte. In ihr Gesicht hatte sich eine so unverhüllte Hoffnung gemalt, dass er sie unwillkürlich beschützen wollte vor dem, was dann geschah. Einen Elternteil anzusehen, der den Blick mit völliger Verständnislosigkeit erwidert – das konnte Graham sich nicht einmal vorstellen. Er wusste, der Senator konnte nichts dafür – wie sollte er darauf kommen, dass dieses

Mädchen in der Menge ausgerechnet seine Tochter war? –, trotzdem wallte plötzliche Wut in ihm auf. Egal, wie lange es her war, wie fern man sich war, wie unbekannt: Es gab zwei Menschen auf der Welt, deren Aufgabe es war, einen zu sehen, zu finden und nach Hause zu holen. Ganz egal, was geschah.

Jetzt rückte er auf der Haltestellenbank näher an sie heran. Das sonst so erfüllte Schweigen zwischen ihnen war leer und spröde geworden, und er wusste nicht, was er dagegen tun konnte. Der Bus kam in Sicht und hielt mit einem langen Zischen vor ihnen. Ellie und Graham warteten als Einzige und stiegen nun langsam die Stufen hinauf, müde Pilger am Ende einer langen Reise.

»Vielleicht ist es besser so«, sagte er, als sie auf ihren Plätzen saßen und der Bus wieder losgeruckelt war. Auf dem Weg nach Süden lag das Meer nun links von ihnen, und Ellie legte die Stirn ans Fenster. Graham wünschte, er säße am Fenster und sie würde sich an seine Schulter lehnen, doch er wusste auch, sie brauchte jetzt Raum. Das verstand er besser als jeder andere.

»Bestimmt hast du Recht«, sagte sie ohne Überzeugung. »Aber es ist irgendwie seltsam: Seit ich klein war, habe ich mir ausgemalt, wie es wohl wäre, die Tochter eines Senators zu sein. Aber ich habe wohl nie wirklich darüber nachgedacht, wie es wäre, *seine* Tochter zu sein.« Sie hielt inne und schüttelte den Kopf. »Das klingt wahrscheinlich ziemlich bescheuert.«

»Machst du Witze?«, widersprach Graham. »Weißt du, wie viele Mädchen von mir träumen?« Ellie verdrehte die Augen. »Das meine ich ganz ernst«, sagte er mit halbem Lächeln. »Die

Sache ist: Die träumen überhaupt nicht von mir, verstehst du? Die träumen nur von einer Vorstellung. Darum ist die Realität dann immer eine Riesenenttäuschung.«

»Im Fall meines Vaters ja«, sagte sie. »In deinem Fall …«

»Nur ein bisschen?« Er grinste hoffnungsvoll, und sie lächelte zurück.

»Nur ein bisschen«, stimmte sie zu. »Aber vielleicht hast du wirklich Recht. Es ist am besten so. Und außerdem, wenn meine Mutter je rausbekommen hätte, dass ich ihn um Geld gebeten habe, ohne zuerst zu ihr zu kommen …«

»Du weißt ja«, sagte Graham, »ich würde liebend gern –«

»Nein«, sagte sie ein bisschen zu harsch, was sie auch gleich merkte. »Aber vielen Dank«, fügte sie sanfter hinzu und lächelte entschuldigend. »Eigentlich ging es sowieso nicht ums Geld.«

»Sondern darum, ihn zu sehen.«

Sie nickte. »Diesen Augenblick habe ich mir mein ganzes Leben lang vorgestellt. Aber so ist es dabei eigentlich nie abgelaufen.«

»Echt nicht?«, fragte Graham. »Du hast dir nie vorgestellt, du würdest ihm beim Büfett am vierten Juli die Hand schütteln?«

Ellie lachte, und Graham hielt es nicht länger aus: Er legte den Arm um sie und zog sie an sich, so dass ihr Kopf an seiner Schulter lag und sie beide aus dem Fenster schauten, wo das Meer vorbeizog, ein blaues Wellenband vor dem helleren Himmel.

»Meinst du, ich hätte ihn trotzdem fragen sollen?«, fragte

sie, und als Graham den Kopf schüttelte, streifte sein Kinn ihre Haare. »Oder ihm zumindest sagen, wer ich bin?«

»Es war einfach nicht der richtige Moment«, sagte er. »Du hast getan, was jeder Mensch tun würde.«

»Nämlich gar nichts.«

»Du bist überhaupt erst mal hingefahren. Das ist doch was.«

»Fühlt sich aber nicht so an.« Sie lachte heiser. »Und diesmal habe ich tatsächlich dran geglaubt.«

»Woran?«

»An die Suche«, sagte sie. »An meinen Vater.«

Graham sah aus dem Fenster, wo die Sonne durch die Bäume blinkte. Er rief sich in Erinnerung, wie ihr Vater sie angesehen hatte, der wohlmeinende Gruß und das abwesende Lächeln, und stellte sich dann seinen eigenen Vater vor, der in irgendeinem Garten in Kalifornien am Grill Burger umdrehte. Wäre es anders, wenn Graham sich jetzt an Universitäten bewerben und um seine Abschlussnoten sorgen würde, anstatt Dialogzeilen auswendig zu lernen? Oder passierte so was einfach, wenn man älter wurde? Vielleicht hieß »erwachsen werden« einfach »rauswachsen«: aus dem alten Leben, dem alten Ich, aus allem, was einen an die Vergangenheit band.

»Es tut mir leid«, sagte er und merkte, dass Ellie an seiner Schulter erstarrte.

»Was?«

»Das alles«, sagte er. »Und die Sache mit Harvard.«

»Ist schon okay«, sagte sie mit erzwungener Leichtigkeit. »Ich wollte sowieso nicht unbedingt hin.«

»Ich bin sicher, deine Mutter würde dir helfen.«

»Das glaube ich auch«, sagte Ellie, »aber ich kann sie nicht fragen.«

Draußen wurden die Bäume weniger, und sie sahen nur Wasser, immer noch mit Booten gesprenkelt. »Du hast echt Glück«, sagte er. »Du hast eine tolle Mutter.«

»Du bestimmt auch.«

»Woher willst du das wissen?«

»Weil sie so einen tollen Sohn hat«, sagte sie, und Graham lächelte. »Abgesehen davon, dass er gelegentlich Fotografen verprügelt. Ganz zu schweigen von der Sache mit dem gestohlenen Boot.«

»Weißt du was? Als ich noch zur Schule ging, haben meine Freunde immer Witze gemacht, ich würde im Jahrbuch bestimmt als ›Wird wahrscheinlich nie verhaftet‹ eingestuft, und jetzt hätte ich es fast zwei Mal innerhalb von vierundzwanzig Stunden geschafft.«

»Ehrlich?«, scherzte Ellie. »Ich hätte eher ›Beliebtester Schüler‹ oder ›Schönstes Lächeln‹ oder so was Schleimiges vermutet.«

Er lachte. »Und was wärst du wohl? ›Wird wahrscheinlich gegen das System rebellieren, indem sie ein Boot klaut‹?«

Sie überlegte einen Moment. »›Wird sich wahrscheinlich nie in einen Filmstar verlieben‹.«

»Junge, Junge.« Graham zog sie enger an sich. »Da hätten sie aber ganz schön danebengelegen.«

Sie schwiegen eine Weile, während der Bus gelegentlich hielt, um Fahrgäste aussteigen zu lassen. Die Reifen vibrierten unter ihren Füßen, und das sanfte Schwanken des Busses – das Graham ans Boot erinnerte – ließ ihm die Lider schwer werden. Er war schon halb eingeschlafen, als Ellies Stimme in sein Bewusstsein drang.

»Und was jetzt?«, fragte sie, und er war nicht sicher, was sie meinte. Die Frage konnte alles Mögliche bedeuten: *Was tun wir, wenn wir wieder in Henley sind?* oder *Soll ich es mit meinem Vater noch mal versuchen?* oder *Was passiert, wenn du in zwei Tagen abreist?* oder *Was wird aus der ganzen Sache werden?* oder auch: *Da sitzen wir zusammengequetscht in einem Überlandbus irgendwo in Maine, und selbst nach dem schlimmsten Tag überhaupt, der direkt auf die schlimmste Nacht überhaupt folgte, wollen wir auf keinen Fall irgendwo anders sein, können wir also bitte für immer hierbleiben?*

»Wie meinst du das?«, fragte er heiser, und sie richtete sich auf und sah ihn ernst an. Ihre grünen Augen waren weit geöffnet, ihre roten Haare vom Wind zerzaust, und sie sah wunderschön aus, schön auf eine Art, die das Herz weit und leicht macht wie einen Luftballon, so leicht, dass man fürchtet davonzufliegen.

»Mit uns«, sagte sie. Graham spürte jedes Wort wie einen Stich, denn er wusste es nicht; er wusste nicht, was passieren würde, und noch schlimmer, er wusste nicht, was er ihr bieten konnte. In zwei Tagen würde er Henley verlassen. In zwei Wochen waren die Dreharbeiten für diesen Film beendet. Und in drei Wochen kam der letzte Teil der Trilogie in die Kinos. Graham würde rund um die Welt gekarrt, ein aufgeklebtes Lächeln im Gesicht, und müsste in tausend verschiedene

Mikrofone sagen, was ihm der Film bedeutete, von Los Angeles nach Tokio, von Sydney nach London und wieder zurück. Lange Nächte und viele Leute, endlose Talkshows und Pressetermine.

Keine Fischerboote mehr, keine Spaziergänge an steinigen Stränden.

Keine Ellie.

»Ich weiß es nicht«, sagte er wahrheitsgemäß. Die Frage schien zu groß für eine Antwort. Jetzt, wo er so dicht neben ihr saß, konnte er sich nicht vorstellen, ohne sie zu sein. Aber sie in sein anderes Leben zu integrieren, kam ihm auch unmöglich vor. Es kam ihm so vor, als gäbe es zwei Graham Larkins, und auch wenn der eine echter, gehaltvoller war – und auch *glücklicher* –, so nahm der andere doch viel mehr Raum ein, und das würde sich nicht ändern.

Er schaute sie hilflos an. »Ich weiß es nicht«, wiederholte er und mochte ihr nicht in die Augen sehen. Als er sich schließlich doch traute, nickte sie. Sie wirkte gar nicht verletzt oder gekränkt oder auch nur überrascht. Sie sah ihn nachdenklich, vielleicht gar erwartungsvoll an, und in seinem Bauch meldeten sich Zweifel. Wieder nickte sie.

»Na, ein paar Tage haben wir ja noch«, sagte sie schließlich, und jetzt nickte Graham. »Was fangen wir also damit an?«

Er lächelte. »Wir stecken unsere Zehen ins Wasser.«

»Das mache ich total gern.«

»Ich weiß.«

»Was noch?«

»An einem heißen Tag Eis essen«, sagte er leise und schloss

die Augen. »Den Wellen lauschen. Abends spazieren gehen. Schwimmen gehen. Gedichte lesen. Mit Bagel abhängen.«

Ellie sah ihn verwundert an. »Das ist aus meiner E-Mail.« Sie schüttelte ungläubig den Kopf. »Wie hast du das alles behalten?«

»Ging gar nicht anders.«

Jetzt lächelte sie, und ihre Augen strahlten. »Aber das sind viel zu viele Sachen. Dazu reicht die Zeit niemals.«

»Wir werden es schon hinkriegen«, versprach er und glaubte selbst fest daran.

Doch als sie sich Henley näherten, überkam ihn tiefe Traurigkeit. Jedes Mal, wenn jemand aus dem Bus stieg, wurde er angespannter, weil es ein Vorgeschmack auf seine eigene Abreise war. Ihre Sitze rochen muffig, auf den Fenstern hatte sich Salz in Streifen abgelagert, die Sonne brannte gnadenlos durchs Glas, und wenn man ihn gefragt hätte, was er gern am vierten Juli machen würde, hätte so eine Busfahrt sicher ganz unten auf der Liste gestanden. Trotzdem konnte er den Gedanken kaum ertragen, aus dem Bus aussteigen und in die richtige Welt zurückkehren zu müssen.

Als der Fahrer von der Bundesstraße abbog, die sie an der Küste entlanggeführt hatte, und der Motor unter ihren Füßen langsamer drehte, stand Ellie auf und streckte sich.

»Ein bisschen Zeit ist noch bis zum Feuerwerk«, sagte sie. »Ich habe Quinn gesagt, wir würden uns bei der Party treffen.« Graham merkte, dass sie über etwas nachdachte, als sie auf der Lippe kaute. Sie sah ihn lange an und traf eine Entscheidung. »Willst du ...?«

»Was?«

»Willst du mitkommen?«

»Danke, dass du mich fragst.« Er wusste, was es bedeutete und was es sie kostete. Sie wussten beide, es war mehr als bloß eine Einladung. Sie hatte eine Wahl getroffen und sich für ihn entschieden.

Er beugte sich vor und küsste sie auf die Stirn. »Aber das ist wahrscheinlich keine so gute Idee.«

Sie lächelte traurig. »Fotografen?«

»Unter anderem. Jetzt haben wir es so weit geschafft. Hat doch keinen Sinn, jetzt noch alles zu ruinieren.«

Sie nickte. »Ich bleibe also das ›unbekannte Mädchen‹.«

»Wenn wir Glück haben.« Er lächelte. »Klingt doch ganz cool, findest du nicht?«

Der Bus bog in die Straße am Hafen ein, und sie sahen die Menschenmenge auf dem Grün, die sich bis auf die Straßen und vor die Geschäfte verteilte. Graham konnte kaum glauben, wie viele Menschen es waren; überall schlenderten sie herum, mit Hotdogs, Hamburgern und Hummerbrötchen, Bier trinkend, tanzend, Knaller zündend, die sich vom Boden hoben und zischend verlöschten. Es war kaum anders als das Fest eine Stunde weiter nördlich, nur dass sich in dieser Menge statt Ellies Vater Ellies Mutter verbarg. Und wahrscheinlich auch Harry.

»Ich wünschte, du könntest mitkommen«, sagte Ellie, als der Bus kurz vor dem Hafen anhielt, neben einer grünen Bank und einem kleinen Fahrplanschild.

»Ich muss mich sowieso erst mal um die Sache mit dem Boot

kümmern, und dann sollte ich mal schauen, was mit dem Fotografen los ist«, sagte er. »Aber vielleicht sehen wir uns später?«

Ellie grinste. »Im Schutze der Dunkelheit.«

Sie stiegen aus, und der breite Bus schirmte sie vor den Blicken der Menge ab, doch in wenigen Sekunden würde er wegfahren und sie bloßstellen.

»Wir sehen uns später«, sagte Ellie und küsste ihn auf die Wange. Dann ging sie die Straße hinauf zum Fest und suchte mit gerecktem Hals nach ihrer Mutter oder Quinn.

Graham wusste, er sollte auch los, durch die Seitenstraßen zum Hotel, um den Massen auszuweichen, doch er brauchte ein wenig, um sich aufzuraffen. Er war vollauf damit beschäftigt, ihr hinterherzuschauen, und erst als die Bustür geräuschvoll zuklappte, blinzelte er, sah sich um und ging los.

Der Hoteleingang war mit Luftballons geschmückt, große Trauben aus Rot, Weiß und Blau, die wie Feuerwerk aus der Fassade blühten. Nicht weit entfernt wurde gefeiert, und Graham zog sich seine Kapuze über und schlich ungesehen ins leere Foyer.

Er ging schnurstracks an den leeren Sesseln und den Aquarellen vorbei auf den Fahrstuhl zu. Der Portier rief hinter ihm her, doch er tat so, als hätte er nichts gehört, zupfte seine Kapuze tiefer und schlug ungeduldig auf den Fahrstuhlknopf. Er wollte jetzt nichts hören, keine Nachrichten von Harry oder seinem Anwalt oder sonst wem. Doch die Stimme rief beharrlich weiter.

»Mr Larkin?«

Schließlich fuhr Graham herum und warf ihm einen unverhohlen genervten Blick zu. Ein Junge ungefähr in seinem Alter, mager und nervös, lehnte sich über den Empfangstresen und wedelte mit einem Zettel. Seufzend nahm Graham die Sonnenbrille ab und zog fragend die Augenbrauen hoch.

»Tut mir leid, Sir«, sagte der junge Mann. »Ich habe hier ein paar Nachrichten für Sie.« Er schaute auf den Zettel und räusperte sich. »Dreiundvierzig, um genau zu sein.«

Graham stöhnte. »Alle von Harry?«

»Siebenundzwanzig, Mr Larkin.«

»Einfach Graham, bitte.« Er ging zum Tresen. »Und die anderen?«

»Eine Frau namens Rachel, ihren Nachnamen wollte sie nicht sagen ...«

»Meine PR-Frau.«

»Ein Anwalt namens –«

»Brian Ascher.«

»Ja, Sir.«

»Graham.«

Der Junge nickte und hielt ihm den Zettel hin, darauf eine Namensliste mit Zählstrichen daneben. Graham ließ den Blick darüber schweifen und schaute stirnrunzelnd hoch.

»Kein Anruf von meinen Eltern?«, fragte er, und der Junge schüttelte den Kopf.

»Tut mir leid, Sir.«

»Schon gut«, sagte Graham und klopfte mit der Faust auf den Tresen. »Wahrscheinlich haben sie es mobil versucht. Sie wissen, glaube ich, gar nicht, wo ich wohne.«

»Ich kann es kaum erwarten, dass meine Eltern nicht mehr

wissen, wo ich bin«, sagte der Junge mit traurigem Lächeln. »Klingt echt super.« Er hustete und wurde rot. »Sir«, schob er nach.

»Klar.« Graham steckte die Anrufliste in die Tasche und ging wieder zum Fahrstuhl. »Ist auch echt super.«

Von: GDL824@yahoo.com
Gesendet: Donnerstag, 4. Juli 2013 19:38
An: EONeill22@hotmail.com
Betreff: (kein Betreff)

Ich bin endlich wieder mit meinem Telefon vereint. Entschuldige noch mal, dass ich deins im Meer versenkt habe. Gleich morgen bekommst du ein neues. Oder du nimmst einfach meins, ich lasse dich liebend gern Harrys Anrufe entgegennehmen, was anscheinend zu einem Ganztagsjob ausartet …

dreiundzwanzig

Die Quinn, die Ellie am Rand des Grüns erwartete, war eine andere als die, mit der sie heute Morgen am Hafen gesprochen hatte. Und eine ganz andere als die, um die sie in den letzten Wochen herumgeschlichen war. Schon aus der Ferne konnte Ellie in ihrer Haltung eine Mischung aus Anspannung und Sorge erkennen; sie stand etwas abseits, schaute auf ihr Handy, und ihr ganzer Körper vibrierte vor Ungeduld.

Die Sonne senkte sich auf die Baumspitzen am anderen Ende des Städtchens, und die Kapelle machte gerade Pause, das Schmettern der Blechbläser wich dem unregelmäßigen Murmeln der Menge. Ellie hatte nach ihrer Mutter gesucht; ihre Gedanken kreisten immer noch wie Räder im Leerlauf um die Ereignisse des Tages, und sie wollte eigentlich nur zwei Pappteller mit Essen beladen, sich mit Mom auf eine Picknickdecke fallen lassen und den Rest des Abends über alles Mögliche reden, nur nicht über ihren Vater oder Graham, bloß essen und lachen, bis es dunkel wurde und das Feuerwerk die Sterne verdrängte.

Aber da lief Quinn – diese beunruhigende Version von Quinn – am Rand des Festes auf und ab, und als ihr Blick Ellies traf, stand sie still.

Augenblicklich wusste Ellie Bescheid.

»Willst du ein Stück gehen?«, fragte Quinn, und sie nickte, ließ sich von den Menschen wegführen, die um den Laubengang herumstanden, weg von den Läden und der Musik. Sie fühlte sich seltsam betäubt, ihre Gedanken tasteten sich langsam voran, während sie zu verarbeiten suchte, was sie sofort erkannt hatte. Quinn musste es gar nicht sagen; es stand ihr ins Gesicht geschrieben, in den zusammengepressten Lippen, den besorgten Augen.

Überraschend standen sie auf einmal vor *Sprinkles*, nach einem Umweg über die Gassen hinter den Läden am Grün. Quinn zog den Schlüssel aus der Tasche, und wortlos schlüpften sie hinein. Die Eisdiele war heute offiziell geschlossen, allerdings hatte man riesige Eisbehälter fürs Fest gespendet, die jetzt neben den anderen Leckereien gekühlt draußen auf den Klapptischen standen. Drinnen war es kühl und still, die Sonne fiel schräg durch die Fenster und stanzte rechteckige Felder auf die Bodenfliesen. Ellie folgte Quinn nach hinten; im Lager stand ein kleiner Tisch mit ein paar Klappstühlen darum, umgeben von aufgestapelten Pappkartons – wie ein angefangenes Iglu – voller Streusel und Soßen und verschiedener Süßigkeiten.

Sie setzten sich, und Ellie stützte sich vor Erschöpfung schwer auf den Tisch. »Sie haben meinen Namen herausgefunden?«, fragte sie.

»Ja.« Quinn nickte sachlich, und Ellie war ungeheuer erleichtert, weil sie es von ihrer Freundin erfuhr. Quinn war immer gnadenlos ehrlich gewesen; das schätzte Ellie besonders an ihr. Selbst jetzt, nachdem sie wochenlang nicht miteinander geredet hatten, und obwohl Quinn sicher gern tausend Fragen gestellt und Sachen gesagt hätte, wusste sie instinktiv, welche Informationen Ellie am meisten interessieren würden, und ihre Einschätzung der Lage war beinahe geschäftsmäßig.

»Dein Vater wird auch erwähnt.« In ihrem Blick lag großes Verständnis, obwohl sie es unmöglich wirklich verstehen konnte. Als Kind hatte Ellie Quinn erzählt, ihre Eltern seien geschieden, weil das irgendwie besser klang als die Wahrheit, selbst wenn sie die hätte preisgeben dürfen. »Der ist aus dem Spiel«, hatte sie die Worte nachgeplappert, die ihre Mutter zu einer Frau aus dem Ort im Café gesagt hatte. Und so einfach war er dann auch zwischen Ellie und Quinn aus dem Spiel gewesen.

Ellie erfuhr nie, ob Quinns Mutter ihre rasend neugierige Tochter ermahnt hatte, nicht zu viele Fragen zu stellen, oder ob Quinn schon als kleines Kind jedes Mal ein Warnsignal in Ellies Augen sah, wenn sie auf dieses Thema zu sprechen kamen. Jedenfalls hatten sie Ellies Vater die letzten zwölf Jahre umschifft, und jetzt, da Quinn mit Recht wütend oder zumindest verstört wegen dieses in ihrer Freundschaft klaffenden Abgrunds sein könnte, strahlte sie stattdessen einfach nur Ruhe aus. Sie hatten sich schon aus viel nichtigeren Anlässen gestritten, und Ellie hätte verstanden, wenn Quinn sich über das Schweigen maßlos geärgert hätte. Aber das war das Tolle an besten Freundinnen: Die ganzen kleinen Streitereien und Vorwürfe waren vergessen, sobald etwas Wichtiges geschah, und dafür war Ellie dankbar.

»Es ist gar nicht so schlimm, wie du wahrscheinlich denkst«, sagte Quinn jetzt. »Echt nicht.«

Doch Ellie war bei der Erwähnung ihres Vaters das Herz in die Hose gerutscht. Sie holte tief Luft und versuchte, die zitternden Hände ruhig zu halten. Sie hatte gewusst, das würde irgendwann passieren, seit sie heute Morgen den ersten Artikel gelesen hatte, seit sie gestern Abend gesehen hatte, wie Grahams Faust den Fotografen traf, vielleicht sogar, seit er am ersten Abend ihre Verandastufen hinaufgestiegen war. Aber sie war immer noch nicht richtig darauf vorbereitet.

Sie dachte an ihren Vater mit seinem perfekten Polohemd und mit seinem strahlenden Lächeln, wie sich seine Hand angefühlt hatte, als er ihre schüttelte, und plötzlich war sie froh, dass ihre Nerven sie im Stich gelassen hatten. Es war besser so. Immerhin konnte er nicht wütend auf sie sein, wenn er sie gar nicht kannte. Wäre heute Morgen alles nach Plan verlaufen – hätte sie an seine Tür geklopft und er sie hereingelassen, wäre sie nicht bloß mit einem Scheck, sondern auch mit einer Telefonnummer, einer Erinnerung, vielleicht sogar einem Versprechen auf mehr wieder gegangen –, dann hätte sich jetzt alles wieder in Luft aufgelöst wie eine zarte Seifenblase. Mehr hätte es dafür nicht gebraucht: den Augenblick, wo aus dem unbekannten Mädchen ganz plötzlich ein bekanntes wird.

Vielleicht würde er später – heute oder morgen oder übermorgen – eins der Fotos ansehen, mit denen die Artikel zweifellos bebildert waren, und in seinem Kopf würde es klick machen, ein schwaches Wiedererkennen. Er würde über dem Gesicht grübeln, dem Gesicht der Tochter, nach der er nie gesucht hatte, würde sich fragen, ob es ihm bekannt vorkam, weil sie sein Fleisch und Blut war, oder aus einem anderen

Grund. Er würde versuchen, die vielen lächelnden Gesichter aufzurufen, die er gesehen, und die Hände, die er geschüttelt hatte, und darunter das Mädchen mit den roten Haaren und den Sommersprossen suchen, das ihn auf dem Fest mit so wortloser Dringlichkeit angestarrt hatte, damit er begriff, die Verbindung herstellte, die Augen aufmachte. Aber selbst dann würde es ihm wahrscheinlich nicht gelingen.

»Ich habe den ganzen Tag versucht, dich anzurufen«, sagte Quinn und riss eine der Kisten auf, die um sie herumstanden. Sie rümpfte die Nase über den Inhalt und machte die nächste auf, aus der sie eine Tüte Toffee zog. »Als ich die Nachrichten sah, wollte ich sichergehen, dass du es auch weißt. Wo warst du überhaupt?«

»Mein Telefon ist ... kaputt«, murmelte Ellie und nahm ein Stück Toffee von ihr, das sie dann zwischen den Fingern drehte. »Meine Mutter. Ist sie ...?« Sie wollte *wütend* sagen, oder *ärgerlich* oder *aufgebracht*, aber sie war überzeugt, das alles war ihre Mutter ohnehin, und sie brachte den Satz nicht zu Ende. Ihr Magen sackte in die Kniekehlen, wenn sie sich vorstellte, wie ihre Mutter eine Zeitung aufschlug, ihr Mailprogramm öffnete oder einfach mit jemandem auf der Straße ins Gespräch kam. Vielleicht fragten die Leute nach ihrer Tochter oder nach dem Mann, mit dem sie eine Affäre gehabt hatte, oder vielleicht auch nur nach Graham und den Fotografen, nach dem wahrscheinlich größten Skandal, den dieses verschlafene Nest je erlebt hatte. Es gab so viele Gründe für ihre Mutter, wütend zu sein, dass man sich kaum auf einen konzentrieren konnte.

»Ich glaube, sie macht sich vor allem Sorgen um dich«, sagte Quinn. »Habe ich auch.«

Ellie hatte die Augen geschlossen, aber jetzt sah sie wieder hoch. »Danke«, sagte sie und biss sich auf die Lippen. Ihr Nacken entspannte sich ein wenig. Bei den vielen Dingen, die sie mit sich herumschleppte – die Nachrichten und was sie für ihre Mutter bedeuteten; der höfliche Handschlag mit einem Vater, den sie nie kennenlernen würde; die Enttäuschung über den verpassten Harvard-Kurs; der drohende, unvermeidliche Abschied von Graham (allein der Gedanke daran schnürte ihr die Luft ab und presste ihr das Herz zusammen) –, war es erleichternd, wenn wenigstens eine Last von ihren Schultern fiel. Was diesen Sommer zwischen Quinn und ihr gestanden hatte – verletzte Gefühle, Eifersucht, Missverständnisse –, schien jetzt alles vergessen. Ihre Freundschaft war ein bisschen wie dieses Toffee: Man konnte sie dehnen und verdrehen und total zerknautschen, aber zerbrechen ließ sie sich nicht so leicht.

»Es tut mir leid, dass ich dir nie von meinem Vater erzählt habe«, sagte Ellie. »Ich wollte ja. Du glaubst gar nicht, wie sehr. Aber Mom hat immer befürchtet, dass genau das hier passiert.«

Quinn legte den Kopf schräg. »Was denn?«

»Dass es öffentlich wird und alle die Wahrheit erfahren«, erklärte sie. »Wer wir sind. Wer er ist. Woher wir kommen.«

»Ach komm, Ellie.« Quinn lächelte schwach. »Das interessiert hier doch keinen Menschen. Wie lange lebst du jetzt hier? Meinst du, wer dich kennt, gibt irgendwas auf einen Skandal von vor hundert Jahren?«

»Jetzt bestimmt«, beharrte Ellie. »Du hast doch gesagt, es ist alles raus. Diese ganzen Artikel …«

Quinn lachte. »Das ist doch praktisch eine Fußnote«, sagte sie. »Echt. Alle interessieren sich nur für Graham.«

Ellie starrte sie an. »Was?«

»Meinst du, die Leute wollen lieber was über Paul Whitmans Tochter als über Graham Larkins Freundin lesen?«

»Ich bin nicht seine –«

»Oh doch, bist du.« Quinn warf sich ein Stück Toffee in den Mund. »Glaub's mir.«

Ellie lehnte sich zurück und schüttelte verwundert den Kopf. Ihr Vater hatte immer eine so große Rolle in ihrem Leben gespielt: Obwohl er abwesend war, war er doch ständig präsent. Die Vorstellung, dass Graham – den sie gerade erst kennengelernt hatte – ihn komplett in den Schatten stellte, war geradezu unfassbar. Sie hatte die ganze Zeit gedacht, es wäre gerade Grahams Ruhm, der ihr Leben aus dem Gleichgewicht bringen würde. Dabei hatte er die ganze Situation dadurch gerettet, dass er war, wer er war. Den meisten Menschen auf der Welt war er viel wichtiger als Ellies Vater. Und sie brauchte nur einen Augenblick, um leicht schockiert festzustellen, dass er ihr auch wichtiger war.

Quinn schoss ihr ein weiteres Stück Toffee über den Tisch, und Ellie hielt es mit der Hand auf. »Meine Mutter bringt mich trotzdem um.«

»Kann schon sein«, sagte Quinn fröhlich, schon wieder ganz die Alte. »Aber wenn sie damit fertig ist, wollen wir uns dann nicht ein paar Wunderkerzen schnappen und zum Strand runtergehen? Du kannst sogar deinen Freund mitbringen, wo doch jetzt alle Bescheid wissen.«

»Nur wenn du deinen auch mitbringst«, sagte Ellie, und Quinns Lächeln wurde breiter.

Den Rest Toffee schoben sie in den Karton zurück, dann standen sie auf und gingen zusammen zur Ladentür. Der Himmel färbte sich an den Rändern golden, und das Abendlicht ließ die Blasinstrumente glitzern. Ellie sah Meg aus dem Sandwichladen gleich daneben Wassereisbecher füllen, ein bisschen weiter stand Joe vom *Lobster Pot* neben einem Riesengrill, in einer Hand die Grillzange, schräg auf dem Kopf eine übergroße Kochmütze.

Heute Abend war anscheinend die ganze Stadt auf den Beinen. Auf der Tanzfläche drehten sich bereits die ersten mutigen Paare; der Rest würde sich nach Sonnenuntergang dazugesellen. Dahinter glitzerte dunkel das Meer, und Ellie dachte an die *Go Fish*, die noch in Hamilton lag, und an die wenigen ruhigen Momente mit Graham am Bug neben ihr, ehe alles schiefgegangen war.

Als sie wieder zu den Festivitäten sah, erkannte sie ihre Mutter, die sich an einer Kinderschlange vor dem Eisstand vorbeischlängelte. Bei ihrem Anblick wurde Ellie flau im Magen, und sie wandte sich an Quinn, die ungewöhnlich still geworden war.

»Ich muss mit ihr reden«, sagte sie. »Aber wir treffen uns später.«

Quinn nickte. »Wie immer.«

Ellie eilte über die Straße, ehe der Mut sie verließ. Beim Gehen wappnete sie sich gegen die Blicke, die sie sicher treffen würden. Sie hatte gesehen, welch weite Kreise die Geschichte von Graham und dem Fotografen in kurzer Zeit gezogen hatte, und wenn ihr Name jetzt öffentlich war – ganz zu schweigen vom Namen ihres Vaters –, dann dürften es eigentlich alle in der Stadt inzwischen wissen.

Und sie wussten es auch, das sah man an ihren Augen, die ihr über den Rasen folgten. Doch die Blicke hatten etwas Eigenartiges: so als sähe man sie nicht *an*, sondern *um sie herum*, als hoffte man, neben ihr etwas zu entdecken. Sie suchten jemand anderen, merkte sie. Sie suchten Graham.

Fast musste sie lachen. Quinn hatte Recht. Kein Mensch interessierte sich für ihren Vater oder wieso sie hierhergezogen waren. Ihnen war nur wichtig, dass der Filmstar ein Mädchen aus Henley auserwählt hatte. Und das wollten sie jetzt mit eigenen Augen sehen.

Mom stand mit dem Rücken zu Ellie an einem der Tische und schenkte sich Limonade nach. Als sie sich umdrehte, zitterte der Krug in ihrer Hand ein wenig; obwohl Ellie erwartet hatte, dass sie wütend wäre – und mit Recht –, sah sie nur Erleichterung in ihren Zügen.

»Wo bist du denn gewesen?« Sie stellte den Krug ab. »Ich habe überall nach dir gesucht.« In ihren Augen stand noch eine weitere Frage, die sie aber nicht stellte. Stattdessen pulte sie einen blau-weiß-roten Teller vom Stapel auf dem Tisch und reichte ihn Ellie. »Hol dir was zu essen. Wir haben uns einiges zu erzählen.«

Ihr Magen knurrte, als sie sich bergeweise Kartoffelsalat und Makkaroni auf den Teller häufte, zum Schluss noch einen

Hotdog und einen Cupcake als Nachtisch. Dann klemmte sie das Limonadeglas unter den Arm und folgte ihrer Mutter übers Grün, wo sie dieselbe Karodecke wie jedes Jahr ausgebreitet hatte.

»Wo ist Bagel?« Ellie saß im Schneidersitz, das Essen vor sich.

»Ich habe ihn nach Hause gebracht, nachdem er den zweiten Burger stibitzt hatte.«

Ellie lachte und griff nach ihrem Cupcake, dessen weißer Zuckerguss mit einer winzigen Flagge verziert war. »Warst du den ganzen Tag hier?«

Mom antwortete nicht. Sie setzte sich Ellie gegenüber und hielt ihren blauen Limonadebecher mit beiden Händen fest. »Hast du nicht mal einen Blick auf dein Telefon geworfen?«, fragte sie mit ernster Miene.

Ellie schüttelte den Kopf. »Das habe ich verloren.« Sie wusste, was jetzt kam, und sie wusste auch, was sie sagen sollte, aber irgendwie war *Tut mir leid* nicht annähernd genug. Sie hatte das Geheimnis enthüllt, das ihr ganzes Leben wie ein roter Faden durchzogen hatte. Und jetzt hatte sich das ganze Gewebe aufgelöst, genau wie Mom vorhergesagt hatte, und nichts war mehr zu retten. Vielleicht war es hilfreich, dass alle sich auf Graham konzentrierten, vielleicht auch nicht. Aber sie wusste, darauf kam es gar nicht an, und sie schluckte und wartete mit dem Cupcake in der Hand, dass Mom weiterredete.

»Was gestern Abend geschehen ist«, sie wählte ihre Worte vorsichtig, »mit Graham und den Fotografen – du weißt, dass darüber berichtet wurde, nicht wahr?«

Ellie konnte sie nicht ansehen, aber sie nickte und schaute weiter auf ihr Gebäck, auf die verschmierte Ecke der kleinen Flagge. Sie wusste nicht recht, was sie antworten sollte, aber eine Flut von Worten stieg in ihr hoch, und es war zu anstrengend, sie zurückzuhalten.

»Es tut mir leid, Mom«, flüsterte sie, und dann hatte sie einen Kloß im Hals, und der Rest klang gepresst und erstickt. »Es ist alles meine Schuld. Du hast ja gesagt, genau das würde passieren, aber ich konnte – ich konnte nicht anders. Ich habe ihn gar nicht die ganze Zeit heimlich weiter getroffen. Aber ihn nicht zu sehen, war so schrecklich. Mir war hundeelend. Und dann haben wir uns doch wiedergesehen. Aber für die Sache mit den Fotografen konnte er eigentlich gar nichts. Er hat bloß versucht, sie von mir fernzuhalten, und sie waren widerlich. Genau wie du gesagt hast.«

Jetzt weinte sie fast, vor Erschöpfung und weil sie so ein schlechtes Gewissen hatte. Mom saß ihr gegenüber, hörte ihren Wortschwall und betrachtete sie mit angespannter Miene – ob es Zorn oder Sorge oder etwas ganz anderes war, konnte Ellie nicht sagen. Sie holte zittrig Luft und redete weiter. »Es war schrecklich. Er hatte keine Wahl. Und heute Morgen hatten sie noch nicht rausgefunden, dass ich das Mädchen bei ihm war, und ich dachte, es geht gut, ist es aber offensichtlich nicht, und das tut mir so leid. Ich weiß, es ist alles ein Riesenschlamassel, und wahrscheinlich habe ich alles kaputt gemacht, aber das wollte ich nicht, und es tut mir so, so leid.«

Einen Augenblick kam überhaupt keine Reaktion. Mom starrte Ellie einfach nur über die nicht angerührten Teller hinweg an. Dann schüttelte sie den Kopf, wobei sich einige Strähnen aus ihrem Pferdeschwanz lösten, und beugte sich vor. »Du hast überhaupt nichts kaputt gemacht«, sagte sie leise, und Ellie wollte sofort protestieren, aber Mom schüttelte erneut den Kopf. »Natürlich wäre es mir lieber, die Sache wäre nicht ans Licht gekommen. Das ist ein Kapitel meines Lebens, auf das ich nicht besonders stolz bin. Als ich Washington verließ – als ich deinen Vater verließ –, hatte ich das Gefühl wegzulaufen, und das ist nie gut.«

Sie schwieg nachdenklich. Der Himmel war ein paar Nuancen dunkler geworden, und die gelben Straßenlampen am Rand des Grüns gingen hinter ihr an.

»Aber was ist dabei herausgekommen?«, sagte Mom und schwenkte den Arm. »Wir sind hier gelandet. Und was noch viel wichtiger ist: *Du* bist dabei herausgekommen. Wie kann es mir da leidtun?«

Ellie biss sich auf die Lippe. Den halben Tag hatte sie ihren Vater gesucht, wie Ahab den weißen Wal. Doch jetzt wurde ihr klar, das war die falsche Suche gewesen – sie war doch eher Dorothy. Sie hatte einfach nur das hier gesucht: ihr Zuhause.

Sie schlug die Augen nieder und überlegte, ob sie zugeben sollte, wo sie heute gewesen war; sie konnte leicht so tun, als wäre es nie geschehen, die Erinnerung an ihren Vater völlig ausblenden. Auch jetzt tat es noch weh, daran zurückzudenken, und darüber reden – es genauer zu betrachten, zu analysieren, darüber vielleicht sogar zu streiten – war das Letzte, was sie wollte.

Aber es hatte schon genug Lügen gegeben – Graham, Harvard, das Boot –, und das hier war zu groß, um es zu verstecken, viel zu bedeutsam, um darüber zu schweigen. Sie betrachtete das unbeachtete Essen.

»Ich habe ihn heute gesehen«, sagte sie leise. Sie wollte erklären, wen sie mit *ihn* meinte, aber Moms Miene zeigte deutlich, das war nicht nötig. Sie saß Ellie im Schneidersitz gegenüber, einen Teller mit einem Maiskolben auf dem Schoß, und der rollte jetzt auf die Decke, als ihr ganzer Körper starr wurde. Sie machte keine Anstalten, ihn aufzuheben, also tat Ellie es, wischte die Fussel der Decke von den gelben Körnern und legte ihn mit entschuldigendem Achselzucken wieder auf den Teller.

»Du hast ihn gesehen?«, wiederholte Mom mit starrem Blick.

»Ich bin heute nämlich da gewesen.«

»In Kennebunkport?«

Verblüfft fuhr Ellie zurück. Nie wäre sie darauf gekommen, dass Mom womöglich genau wie sie verfolgte, wo er sich aufhielt. Sie hatte immer angenommen, sie sprachen nicht über ihn, weil Mom es nicht wollte. Zum ersten Mal ging ihr auf, dass sie sich womöglich irrte. Vielleicht *wollte* sie eigentlich über ihn reden; vielleicht sollte das Schweigen nur die Erinnerungen stoppen, so wie ein Verband das Blut.

Vielleicht hatte sie ihn vor vielen Jahren nicht verlassen, weil sie ihn hasste, sondern weil sie ihn liebte.

Nach einer Weile nickte Ellie. »Graham hat mich begleitet.« Die Sache mit dem Boot ließ sie erst mal weg. »Ich weiß auch nicht, was ich mir dabei gedacht habe. Ich wollte ihn einfach sehen.«

Moms Gesicht war immer noch seltsam ausdruckslos. »Und hast du?«

Wieder nickte Ellie. »Er war im Ort und hat für den Wahlkampf Hände geschüttelt.« Dann brach zu ihrer eigenen Überraschung ihre Stimme. »Er hatte keine Ahnung, wer ich bin. Er hat mich nicht erkannt.«

»Oh, El!« Ihre Mutter rückte näher, setzte sich neben sie. »Das wusste ich nicht. Ich hatte keine Ahnung, dass du ihn treffen willst.«

»Ich auch nicht«, sagte Ellie, der plötzlich hundeelend war. »Nicht so richtig. Es war auch albern, anzunehmen, er könnte mich erkennen.«

Auf der anderen Seite des Rasens beendete das Blasorchester sein Stück mit schmetterndem Crescendo, dann wurde es still. In gespannter Erwartung gingen die Leute zu ihren Picknickdecken. Fast alle hier kamen schon so lange zu diesem Fest, dass sie genau wussten, wenn der Himmel dunkelblau wurde und die Kapelle ihr letztes Stück beendete, dann ging bald das Feuerwerk los.

»Weißt du, wie ich damals mit deinem Vater ins Gespräch kam?«, fragte Mom, und Ellie nickte.

»Du warst seine Kellnerin.«

»Genau, ich nahm seine Bestellung auf, und das war's. Aber in dieser einen Woche hatte es wirklich jeden Tag geregnet, er kam jeden Morgen mit tropfendem Regenmantel und klatschnassem Haar herein und zwängte sich in die Sitzbank, die für seine langen Beine immer viel zu eng aussah. Und dann hörte es eines Morgens ganz plötzlich einfach auf.«

»Zu regnen?«

Mom nickte. »Als ich seine Bestellung aufnahm, habe ich aus dem Fenster geschaut und so was gesagt wie, das sei ja ein Wunder. Und weißt du, was er darauf gesagt hat?«

Ellie schüttelte den Kopf.

»Er hat gesagt: ›Hier wird es keine Wunder geben.‹ Ich weiß noch, wir haben uns beide umgeschaut, und ich habe gedacht, er hat Recht. Es war eben bloß so ein Diner und ein ziemlich schäbiger noch dazu. Zu lange gekochte Eier und Wasserflecken und aufgerissene Plastikpolster und Kuchen von vorgestern. Aber dann habe ich ihn gefragt, wie er das meinte, und er hat mir die Geschichte einer französischen Stadt im 17. Jahrhundert erzählt, wo angeblich Wunder geschahen. Als zu viele Leute hinpilgerten, stellten die Behörden ein Schild auf: *Hier wird es keine Wunder geben.*«

Über ihren Köpfen sauste die erste Rakete am Hoteldach vorbei in den Nachthimmel – ein winziger Lichtpunkt, der kleiner wurde, je höher er stieg, und den Ellie irgendwann ganz aus dem Blick verlor. Doch einen Moment später explodierte er zischend, und golden leuchtende Halbkreise trudelten wieder dem Boden entgegen.

»Aber das Tolle ist ja«, sagte Mom leise, »es *würde* sehr wohl ein Wunder geben. Wir wussten es da bloß noch nicht.« Sie lächelte. »Das Wunder warst du.«

»Mom«, sagte Ellie, doch Mom schnitt ihr kopfschüttelnd das Wort ab.

»Er hat dich vielleicht heute nicht erkannt, aber er liebt dich. Das habe ich in seinen Augen gesehen, als du noch klein warst. Er wollte immer eine Tochter.« Sie drückte Ellies Hand. »Sich aus unserem Leben herauszuhalten, ist ihm auch nicht leichtgefallen, musst du wissen. Es war meine Entscheidung – ich habe den Kontakt abgebrochen. Er war bereit, mit der Sache an die Öffentlichkeit zu gehen, obwohl es ihn womöglich die Karriere gekostet hätte. Aber ich habe es nicht zugelassen.«

»Wieso nicht?«

»Weil ich für uns etwas anderes wollte«, sagte sie. »Er hätte mit Frau und Kindern in Delaware gesessen und uns Schecks geschickt, und wir hätten in Washington die Presse am Hals gehabt. Ich wollte, dass du ein normales, richtiges Leben hast. So was wie hier.« Sie deutete wieder mit dem Arm in Richtung all ihrer Freunde und Nachbarn, und Ellie ging das Herz auf angesichts des Städtchens, das sie so liebte und das sie nie gegen irgendetwas anderes eintauschen würde, schon gar nicht gegen das Leben einer Senatorentochter.

Dauernd hatte sie gegrübelt, ob nicht alles besser wäre, wenn sie zu seiner Familie gehörte, doch in Wirklichkeit war es umgekehrt, das begriff sie jetzt. Nicht sie hatte etwas verpasst. Vielleicht hatte ihnen das Geld fürs Ferienlager oder für Europareisen oder für ein neues Auto gefehlt. Aber er hatte nie den Sonnenuntergang in der Bucht bei ihrem Haus angeschaut. Er hatte keinen einzigen Wintermorgen im *Happy Thoughts* verbracht und sich die Socken an der Heizung gewärmt. Er hatte nie im *Lobster Pot* gegessen oder das Orangensorbet bei *Sprinkles* probiert. Er hatte sie nie beim Fußball oder beim Buchstabierwettbewerb gewinnen sehen, und er hatte nie Bagel kennengelernt. Er hatte nie *Chez O'Neill* zu Abend gegessen.

»Er hat uns nicht sitzenlassen«, sagte Mom. »Er hat uns etwas geschenkt.«

»Er hat uns gehen lassen«, sagte Ellie.

Mom nickte. »Und es ist uns gut ergangen. Aber eins kannst du mir glauben: Er liebt dich immer noch. Um das zu wissen, muss ich nicht mit ihm reden.«

Man konnte immer weniger erkennen, und die Leute, die noch nach Sitzplätzen suchten, hoben sich als Schattenrisse vor den Straßenlampen ab. Ein paar Kinder mit Neonbändern rannten lachend vorbei, und Ellie kniff die Augen zusammen, um die einsame Gestalt besser zu sehen, die sich nicht weit von ihrer Decke im Gras niederließ. Als sie ihn erkannte, machte ihr Herz einen kleinen Sprung.

Es war Graham.

Er saß allein im Gras, die Beine untergeschlagen, und schaute zum Himmel; dann erst merkte sie, dass er telefonierte. Sie hoffte, dass es weder sein Manager noch sein Anwalt oder seine Pressefrau war. Seine Haltung und seine entspannte Miene deuteten jedoch auf jemand anderen hin. Wie üblich war er allein; selbst in einer Menschenmenge blieb er meist für sich, das war heute Abend nicht anders.

Als eine Rakete nach der anderen aufstieg, explodierte und verging, schloss sie jedes Mal die Augen, um den Anblick in leuchtenden Spuren auf ihren Lidern zu bewahren, und dachte an den zurückliegenden Tag, die Erinnerung an die Hand ihres Vaters in ihrer, die tröstliche Nähe ihrer Mutter und vor allem – vor allem – an den Jungen, der keine drei Meter entfernt saß und genau denselben Himmel betrachtete.

Sie dachte an die Worte, die ihr Vater vor so vielen Jahren gesagt hatte: Hier wird es keine Wunder geben.

Er hat sich geirrt, dachte sie überraschend heftig. Selbst damals in dem schäbigen Schnellrestaurant hätte er doch die Möglichkeit von Wundern spüren müssen. Man musste nur wissen, wo man suchen sollte. Selbst ein schmutziges Fenster oder ein alter Apfelkuchen konnte ein Wunder sein.

»Und was kommt jetzt?«, fragte Ellie. »Wenn es in allen Nachrichten läuft, muss er doch wissen, dass wir hier sind. Meinst du, er versucht uns zu finden?«

»Möchtest du das?«

»Weiß ich nicht«, war ihre ehrliche Antwort. »Vielleicht irgendwann. Vielleicht auch nicht. Ich weiß es nicht.«

»Das ist in Ordnung«, sagte Mom. »Wir haben genug Zeit, uns darüber klar zu werden.«

»Es tut mir wirklich leid«, sagte Ellie wieder, allerdings wusste sie gar nicht, wofür sie sich diesmal entschuldigte; es gab so vieles.

»Hey«, sagte Mom sanft und legte ihr die Hand unters Kinn. »Es wird alles gut.«

»Aber wie?«, sagte Ellie ganz leise.

»Wir haben Glück. Anscheinend interessieren sich alle viel mehr für den anderen Teil der Geschichte. Graham Larkin ist offenbar viel spannender als Paul Whitman.« Sie schüttelte lächelnd den Kopf. »Das habe ich mit Sicherheit nicht kommen sehen.«

Ellies Blick schweifte zu Graham. Er hatte aufgelegt, und sein Gesicht zeigte wieder zum Himmel.

»Aber es ist gut«, sagte sie. »Das lenkt die Blicke ab.«

»Nicht, solange er hier ist.« Mom lehnte sich zurück. »Aber in ein paar Tagen ist er ja weg, und das war's dann.«

Eine weitere Rakete zerplatzte über ihnen zu einem Ring aus Lila und Grün, doch Ellie sah nicht hin. Sie betrachtete Graham, und als er sich umdrehte, trafen sich ihre Blicke sofort. Sie schauten einander lange an, während die Funken vom Himmel regneten. Eine weitere Explosion färbte den Nachthimmel, und die spürte Ellie bis in die Zehenspitzen, die Hitze, die Flamme, wie eine Kerze, ein Fieber, eine Verbrennung.

Das war's dann, dachte sie, doch sie schaute Graham weiter an.

»Hi«, sagten seine Lippen stumm.

»Hi«, antwortete sie laut.

vierundzwanzig

Am nächsten Morgen sah es aus, als wäre das alles nicht passiert: die Kapelle und das Feuerwerk, das Essen und die Spiele. Als Graham unter einem noch orange getönten Himmel zum Set ging, sah das Grün aus wie immer, ein grüner Fingerabdruck in der Ortsmitte, still und leer und von Tau benetzt. Keine Pappbecher trieben im Wind, keine abgebrannten Raketen lagen auf den Gehwegen, selbst die platt gedrückten Rasenvierecke waren kaum noch zu sehen, wo die wie ein riesiger Quilt ausgebreiteten Decken gelegen hatten.

Graham nahm einen Schluck vom Kaffee, den er im Hotelfoyer bekommen hatte, und achtete darauf, nichts auf den Bürgersteig zu schütten, der von hier an zum Wasser abfiel. Vor ihm überquerte Mick die Straße, müde und unrasiert und mit einem Kaffeebecher bewaffnet, der mindestens doppelt so groß war wie Grahams.

»Ach, wenn das nicht unser Preisboxer ist.« Er blieb stehen und wartete auf Graham, der sich auf eine Wutpredigt gefasst machte; doch zu seiner Überraschung wirkte Mick gar nicht verärgert. Im Gegenteil, er verkniff sich das Lachen. »Die stillen Wasser, hm«, sagte er kopfschüttelnd. »Und nach allem, was ich gelesen habe, hast du mit einem Hieb den Bösewicht erledigt und das Mädchen gewonnen?«

»Tut mir ehrlich leid, Mick«, sagte Graham. »Ich wollte dich und den Film bestimmt nicht in die –«

Mick winkte ab und ging weiter. »Kein Problem. Ich habe heute Morgen mit Harry geredet. Der Mann kann zaubern. Hat sich alles in Luft aufgelöst.«

Graham starrte ihn an. »Wie das denn?«

»Wie gesagt«, Mick zuckte die Achseln, »Zauberei. Er hat die Sache auf den Kopf gestellt. Und das wahrscheinlich ganz ohne Anwälte.«

Zum ersten Mal seit zwei Tagen entspannten sich Grahams Kiefermuskeln, und er stieß einen langen, erleichterten Seufzer aus. »Aber die ganze schlechte Publicity? Die kann doch nicht gut für –«

»Für irgendwas ist sie immer gut«, sagte Mick. »Erste Regel des Filmgeschäfts – besser schlechte Presse als gar keine. Und es schadet auch nie, wenn der Hauptdarsteller ein bisschen härter rüberkommt.«

Graham sah auf seine Hand, die immer noch schmerzte. »Kann schon sein«, sagte er. »Aber es tut mir trotzdem leid. Echt.«

Mick stöhnte auf. »Zwei Minuten in deiner Gesellschaft, Larkin.«

»Hm?«

»Das reicht, um dein neues hartes Image wieder zu untergraben.«

»Tut mir leid«, sagte er schon wieder, und Mick verdrehte die Augen.

»Solange du heute am Set genauso viel Feuer zeigst, sind

wir alle zufrieden.« Er klopfte ihm auf die Schulter und ging zum Cateringwagen.

Am Set winkte eine Produktionsassistentin ihn sofort in die Maske. Heute herrschte eine hektische Betriebsamkeit, alle wollten jetzt im Terminplan bleiben, und Graham fühlte sich an den letzten Tag eines Ferienlagers erinnert. Am Montag würden sie sich alle in Los Angeles wiedersehen und noch zwei weitere Wochen drehen, aber trotzdem ging heute etwas zu Ende. Und wie bei jedem Ende mischten sich Überschwang und Kummer.

Graham saß schon auf seinem Klappstuhl, eine Frau mit Puderquaste beugte sich zu ihm herab und betrachtete missbilligend den Sonnenbrand auf seiner Nase, als er Harry über den Set laufen sah. Er telefonierte und gestikulierte mit der freien Hand, und die Erschöpfung lag ihm wie ein schwerer Mantel auf den hängenden Schultern. Doch als er zu Graham herüberschaute, verzog er das Gesicht zu einem Lächeln. Er blieb stehen, um ihm den hochgereckten Daumen zu zeigen, doch als Graham aufstehen wollte, winkte Harry ab und deutete aufs Telefon. Er blieb einen Augenblick stehen, grinste breit und hielt noch mal den Daumen hoch, dann ging er weiter.

Olivia hatte sich in den Stuhl neben Graham gesetzt, und er nieste, als die Maskenbildnerin ihm noch einmal den Puderquast durchs Gesicht wischte. Sie wich zurück, runzelte die Stirn und begann mit missbilligendem Kopfschütteln von vorn.

»Ich habe gehört, er hat dich rausgehauen.« Olivia winkte in Harrys Richtung, der gerade hinter einem Wohnwagen verschwand. »Ich muss schon sagen, beeindruckende Leistung. Er lässt dich wie einen Helden aussehen, der die Liebe seines Lebens vor den großen, bösen Paparazzi verteidigt. Nicht übel.«

»Dafür zahle ich ihm ja auch die dicke Kohle«, sagte Graham lächelnd.

»Meinst du, er hat in seinem Stall noch einen Platz frei?«

»Für dich hat niemand genug Platz«, scherzte Graham.

Sie verdrehte die Augen. »Jedenfalls hast du ordentlich Schlagzeilen abgesahnt«, sagte sie mit einem Anflug von Bewunderung. »Und deine Freundin auch. Ich habe das Gefühl, ich bin in einem Paralleluniversum gelandet, wo du der Interessantere bist.«

»Keine Sorge«, lachte Graham. »In ein paar Tagen bist du wieder in den Clubs, wo du hingehörst.«

»Und du zu Hause bei deinem Schwein.«

»Ja, und wenn du bis dahin ein paar Tipps in puncto Medienrummel brauchst …« Er hob die Hände. »Ich helfe dir gerne.«

»Deine Technik ist noch verbesserungsfähig«, sagte sie, war aber ehrlich amüsiert, und als die Maskenbildnerin zurücktrat, um ihre Arbeit zu prüfen, holte er tief Luft. Um sie herum bereitete sich das Filmteam auf die heutige Szene vor, und die Betriebsamkeit versprach einen erfolgreichen Tag. In diesen Momenten, weit weg von den Fans und bevor die Kameras auf ihn gerichtet waren, pulste eine seltsame Energie durch seine Adern, und er wusste mit unerschütterlicher Sicherheit, es würde ein guter Tag werden.

Auf dem Weg aus der Maske zum wartenden Mick schaute

Graham hoch zum Himmel, blass und mit Vögeln gesprenkelt, wie ein Negativbild des gestrigen Feuerwerks. Sein Blick schweifte nach unten zum Hotel, und er dachte an gestern Abend, als er dort gestanden und eine Horde Kinder beobachtet hatte, die Wunderkerzen wie Zauberstäbe schwangen und sich durch die Menge schlängelten.

Es war genau so, wie er sich den vierten Juli hier vorgestellt hatte, genau wie in seiner Kindheit, aber gleichzeitig hatte er auch einfach an allem vorbeilaufen wollen, einfach losgehen und schauen, wo er landete. Den ganzen Tag war er unterwegs gewesen, im Boot, im Bus, und irgendwie schien es ein passendes Ende seiner Zeit in Henley, einfach ziellos loszuziehen, nach Norden oder Süden, bis er sich so richtig verlaufen hatte.

Es war still geworden, als das Orchester die Instrumente sinken ließ, und man spürte die Vorfreude der Menge. Graham schaute nach oben und sah nichts weiter als die ersten blassen Sterne. Das Telefon klingelte in seiner Hand, und er schaute darauf. Er hatte es beim Rausgehen gegriffen, sich aber noch nicht aufgerafft, einen der entgangenen Anrufe zu beantworten. Er war nicht in der Stimmung, mit Anwälten, Agenten oder Presseleuten zu reden. Das gehörte alles zu L.A., und noch war er hier in Henley.

Aber als er das Handy gerade abschalten wollte, erkannte er die Nummer seiner Mutter.

»Hallo«, meldete er sich. Dann erst fiel ihm ein, dass sie ihn womöglich in den Nachrichten gesehen hatte und deshalb anrief. Das war ihm zuerst gar nicht in den Sinn gekommen; seine Mutter und seine Leinwandkarriere waren vollkommen gegensätzliche Aspekte seines Lebensspektrums, und sie zusammen zu denken, war so schwer, wie etwas sehr Verschwommenes scharf zu stellen.

»Hi«, sagte sie, dann hörte er Flüstern. »Moment«, sagte sie zu Graham, der in Richtung der vielen Decken ging, die ein Karomuster aufs Grün malten. Es war so dunkel, dass ihn kaum noch jemand erkannte, auch wenn manche seine Schritte mit zusammengekniffenen Augen verfolgten. Im Hörer erklangen Gelächter und ein Klopfen, dann wurde plötzlich alles verstärkt, weil sie ihn auf Lautsprecher gestellt hatte. »Dein Vater ist auch hier.«

Graham hielt sich das freie Ohr zu, um besser hören zu können, und ließ sich am Rand des Grüns ins kühle Gras sinken. »Ist alles in Ordnung?«, fragte er, obwohl er nicht sicher war, ob er die Antwort hören wollte. Doch zu seiner Überraschung lachte sein Mutter wieder.

»Gibt es Feuerwerk?« Sie schrie beinahe, weil es bei ihr im Hintergrund so laut war – die Grillparty bei den Nachbarn. Er sah sie vor sich, Dad im üblichen blauen Polohemd, Mom im rot-weiß gestreiften T-Shirt, wie sie sich beide übers Telefon beugten.

»Wo?«, fragte Graham verwirrt zurück. »Bei euch?«

»Nein«, sagte sein Vater. »Bei dir. Wir haben heute Morgen nachgeschaut, wann bei euch in Maine die Sonne untergeht. Gibt es schon Feuerwerk?«

»Noch nicht«, antwortete Graham, doch im selben Moment schoss die erste Rakete wie eine Sternschnuppe über den Himmel. »Oder doch. Gerade eben ist es losgegangen.«

»Hier dauert es noch ein paar Stunden«, sagte seine Mutter. »Aber wir wollten es mit dir anschauen.«

Graham lächelte und wusste nicht, was er sagen sollte. Dass sie die Zeit des Sonnenuntergangs herausgefunden und dann gewartet hatten, bis es hier sicher dunkel war, um ihn genau dann anzurufen – das kam so unerwartet, dass er gar nicht reagieren konnte.

»Weißt du noch, das Jahr, wo wir vom Park aus zugeschaut haben?«, fragte Dad. »Und du dir an einer Insektenkerze den Finger verbrannt hast?«

Graham lachte. »Und weißt du noch, als wir am Strand waren?«

»Und deinem Vater die Wassermelone vom Felsen gefallen ist?« Mom klang sehr amüsiert.

»Moment mal«, wehrte sich Dad, allerdings lachend. »Die Möwe hatte sich vollkommen hinterhältig angeschlichen.«

Über ihm knatterten zwei weitere Raketen los und sprühten unterschiedliche Farben. »Es wäre schön, wenn ihr beide hier wärt«, sagte Graham, aber schon das gedämpfte Geräusch ihres Atems war ein Trost. Er sah den Raketen zu, jede sah anders aus, aber jede war zugleich ein Echo all jener, die er früher gesehen hatte, zusammen mit seinen Eltern. Graham räusperte sich. »Die letzten Tage waren –«

»Wir wissen es schon«, sagte seine Mutter. »Wir haben es vorhin schon versucht, als wir die Zeitungen gesehen hatten.«

»Tut mir leid«, sagte Graham. »Ich wollte –«

»Diese Typen sind Geier.« In diesem Ton sprach Dad sonst

über Republikaner oder gegnerische Baseballteams. »Die haben es nicht anders verdient.«

»Danke«, sagte Graham. »Aber ich habe trotzdem ein ziemlich schlechtes Gewissen.«

»Du arbeitest zu viel«, sagte Mom. »Diese ganzen Außenaufnahmen, und wenn ihr zurückkommt, müsst ihr auch noch im Studio drehen, und dann kommt die Promotion-Tournee ...«

Graham lachte. »Woher weißt du denn das alles?«

»Wir haben *Variety* abonniert.« In ihrer Stimme schwang Stolz mit. »Und *Hollywood Reporter.*«

»Ehrlich?« Graham versuchte vergeblich, sich seine Mutter vorzustellen, wie sie den neusten Filmklatsch las.

»Natürlich«, sagte sie, als sei es das Selbstverständlichste auf der Welt. »Wir wollen doch wissen, was du so treibst.«

»Und es ist ohnehin interessant, was so im Reich des kolorierten Zelluloids passiert«, scherzte Dad, und Graham musste lachen.

»Wir nennen es eigentlich bloß Film.«

»Dann eben kolorierter Film«, sagte Dad. »Dein Name wird in letzter Zeit in Zusammenhang mit vielen interessanten Rollen erwähnt ...«

»Glaub kein Wort davon«, sagte Graham. »Ich habe noch nicht entschieden, was ich als Nächstes mache.«

»Ich glaube, du wärst in jedem Film gut«, sagte Mom. »Weißt du noch, wie toll er in *Guys and Dolls* war?« Die Frage war an seinen Vater gerichtet, der zustimmend grunzte. »Wir sind so stolz auf dich.«

Graham schluckte heftig. »Danke, Mom.«

»Wann genau kommst du zurück?«

»Übermorgen«, sagte er mit Blick zum Himmel. »Ist echt schnell vorbeigegangen.«

»War es denn sonst gut?«

Er nickte, obwohl er wusste, sie konnten ihn nicht sehen. Doch zu seiner Überraschung schnürte ihm der Gedanke an seine Abreise die Kehle zu, und er musste heftig blinzeln. »Ja«, sagte er. »Es war richtig gut.«

»Ich habe für heute Limettenkuchen gemacht«, sagte seine Mutter. »Ich hebe dir ein Stück auf, dann musst du vorbeikommen, wenn du wieder hier bist.«

»Okay«, sagte er. »Werde ich.«

»Hört sich an, als könntest du mal eine Pause gebrauchen«, sagte Dad. »Wir sollten am Wochenende was unternehmen. Musst du Sonntag arbeiten? Vielleicht bowlen oder ein paar Bälle schlagen …«

Eine Rakete explodierte sternförmig, und das Muster war noch lange nach dem Verlöschen zu sehen wie ein Abdruck auf dem Himmel.

»Oder angeln«, sagte Graham, und Dad lachte leise.

»Das ist aber schon eine ganze Weile her«, sagte er. »Letztes Mal hatten wir nicht viel Glück.«

»Hatten wir wohl«, sagte Graham und spürte ein Kribbeln im Nacken. Er drehte sich halb um, und als die schattenhaften Gestalten auf der nächsten Decke schärfer wurden, erkannte er erstaunt Ellie. »Wir haben jede Menge gefangen, weißt du nicht mehr?«

Neben Ellie redete ihre Mutter und gestikulierte ausladend. Grahams Vater redete an seinem Ohr weiter, erinnerte sich an ihren Angelausflug, während am Himmel Raketen explodierten und die Kapelle sie zu übertönen versuchte.

Graham aber beobachtete immer noch Ellie, und es kam ihm vor, als habe sich eine große Ruhe zwischen sie gesenkt, als sei nichts und niemand sonst mehr da.

»Wir wollten gerade aufgeben«, sagte sein Vater. »Wir haben nicht einen einzigen Fisch gefangen, bis zum letzten Tag.«

Graham lächelte. »Aber das«, sagte er, den Blick immer noch auf Ellie gerichtet, »ist der einzige, der zählt.«

Von: GDL824@yahoo.com
Gesendet: Freitag, 5. Juli 2013 8:18
An: EONeill22@hotmail.com
Betreff: Wiederholung

Versuchen wir es noch mal …

Möchtest du heute Abend mit mir im *Lobster Pot* essen?

fünfundzwanzig

Als sie eintraf, wartete er schon unter dem Holzschild. Der Abend war für Anfang Juli unerwartet kühl geworden, und er trug sein langärmliges Hemd und eine Cargohose; sein Haar war feucht vom Duschen. Er hatte sie noch nicht gesehen, darum ließ sich Ellie Zeit, ging langsam, versuchte sich ihn, so gut es ging, einzuprägen, als könnte ihn das allein festhalten.

Das Team nahm schon den Set des heutigen Drehs auseinander. Hinter ihnen kamen die Fischerboote herein, das Klappern der Hummerfallen mischte sich mit dem metallischen Kratzen beim Beladen der Wohnwagen. Ein Drehtag stand noch an, aber Graham war schon vormittags fertig, und Ellie wusste, er würde gleich danach nach Hause fliegen. Morgen um diese Zeit wären die Absperrungen verschwunden, die Lastwagen abgefahren, die Straße frei, und es würde aussehen, als sei das alles nie geschehen.

Heute tagsüber war Ellie zum Wasser hinuntergegangen, um beim Drehen am Anleger zuzuschauen. Es war weniger aufregend, als sie erwartet hatte, eine Serie von Unterbrechungen und Neuanfängen, immer wieder der gleiche Augenblick und jedes Mal scheinbar genauso wie vorher. Graham sagte etwas zu Olivia, die Handflächen nach oben, eine versöhnliche Geste, und sie neigte den Kopf, drehte sich um und ging weg, ließ ihn immer und immer wieder am Ende des Anlegers stehen.

Ellie war zu weit weg, um die Worte zu verstehen, doch selbst aus dieser Entfernung war Graham beeindruckend, so fokussiert und intensiv. Es erinnerte sie an den Tag am Strand, als sie aus den Bäumen getreten war und ihn mit ganz neuen Augen gesehen hatte, als der Filmstar Graham Larkin von ihm abfiel und der Junge mit seinem Lächeln übrig blieb, das anscheinend nur ihr galt.

So war es jetzt auch; er hatte einen Teil von sich abgeworfen und war jemand ganz anderes geworden, wenn auch nur einen Augenblick lang. Zum ersten Mal sah Ellie, was es hieß, Schauspieler zu sein, dass dazu mehr gehörte als rote Teppiche und Paparazzi, dass es eine Kunst war. Und dass er sie beherrschte.

Sie blieb lange dort stehen, konnte sich nicht losreißen. Ein Produktionsassistent erkannte sie aus der Zeitung und winkte sie heran, hinter die metallene Absperrung, aber Ellie lächelte nur und schüttelte den Kopf. Sie hatte nichts dagegen, ihn aus der Ferne zu beobachten, sie versuchte sogar, sich genau darauf vorzubereiten. Morgen war er weg, und ihr würde nichts anderes übrig bleiben, als ihn so zu sehen, wie alle ihn sahen: in Filmen und Magazinen, im Netz und in der Zeitung.

Als sie dort so zwischen seinen anderen Fans stand, merkte sie, dass sie bereits Abschied nahm. Es würde natürlich noch andere Gelegenheiten geben, beim Essen heute Abend, vielleicht auch morgen, bevor er abreiste, ein richtiges Lebwohl, bei dem sie das Übliche sagen würden: *Wir schreiben uns* und *Ich werde dich vermissen* und *Danke für alles*.

Aber das hier war Ellies eigene Version, und sie blieb lange stehen, weit über den Anfang ihrer Schicht bei *Sprinkles*, denn sie wusste, Quinn würde das schon machen. Gestern Nacht nach dem Feuerwerk waren sie zusammen hinunter an den Strand gegangen, hatten eine Tüte Heuler in den Sand geschüttet und sie nacheinander angezündet, hatten hinterhergeschaut, wie sie übers schwarze Wasser kreiselten.

Genauso wie jedes Jahr. Nur besser.

Doch als sie jetzt auf den *Lobster Pot* zuging und Graham sich umdrehte, schlug Ellies Herz schneller, und ihr wurde klar, sie war noch nicht bereit, Auf Wiedersehen zu sagen. Noch lange nicht. Sie musste an die Worte denken, die sie ihm bei ihrem ersten Mailwechsel geschrieben hatte: *Ich habe noch gar nicht aufgehört, Hallo zu sagen.* So fühlte sie sich jetzt auch wieder, mehr, als sie sich hatte vorstellen können.

»Du siehst gut aus«, sagte er, und sie schaute hinunter auf ihr grünes Sommerkleid.

»Das hatte ich auch an –«

»Ich weiß.« Er unterbrach sie mit einem Kuss auf die Wange. Er hatte sich gerade rasiert, und seine Haut war glatt und weich. »Diesmal sieht es noch besser aus.«

»Danke«, sagte sie und deutete auf sein Hemd. »Du siehst aber auch gut aus.«

Einen Augenblick betrachteten sie einander verlegen. Sie hatten zwar schon viele Stunden miteinander verbracht, aber das hier war zum ersten Mal so etwas wie ein Date, und plötzlich lag ihnen die Etikette im Weg, das, was man so sagt, wenn man mit jemandem essen geht und sich nicht vor Fotografen rettet oder Hummerkutter klaut oder am Strand spazieren geht.

Die Tür zum Restaurant wurde von drinnen geöffnet, und Joe tauchte im Türrahmen auf. »Alles bereit«, sagte er zu Graham, schaute dann über ihre Köpfe auf die Straße, wo Menschen in der Abenddämmerung spazieren gingen. »Niemand, den ich abwimmeln kann?«

Graham zuckte die Achseln. »Anscheinend nicht.«

»Du hast ihnen wohl allen Angst eingejagt«, sagte Joe mit kaum verhohlener Freude und bat sie dann mit ausladender Geste hinein.

Graham trat zuerst ein, Ellie folgte ihm, doch beide blieben neben der Garderobe stehen, die wie ein riesiger Angelhaken geformt war. Jedes Augenpaar im Restaurant richtete sich auf sie; Besteck sank auf Tischdecken, Hummer waren vergessen, alle starrten das Paar am Eingang an. Ellies erster Impuls war, sich hinters Stehpult der Empfangsdame zu ducken oder auf dem Absatz kehrtzumachen; nachdem sie so lange genau diese Situation gefürchtet hatte, war es seltsam, vor so vielen – bekannten und unbekannten – Gesichtern zu stehen und sich mit Graham zu zeigen. Aber es war kein Geheimnis mehr, und es gab keinen Grund, sich zu verstecken.

Joe deutete auf ihren Tisch in der hinteren Ecke, wo er die umliegenden Tische frei gelassen hatte, damit sie Raum zum Reden hatten. Doch erst als Graham ihre Hand nahm, konnte sie sich wieder rühren und folgte ihm mit gesenktem Blick nach hinten. Am Tisch schob Graham ihr den Stuhl hin und setzte sich ihr gegenüber; Joe holte Streichhölzer aus der Tasche und zündete die Kerzen an, zwinkerte Ellie zu und ließ sie allein.

»So«, sagte Graham und beugte sich vor, und Ellie musste lächeln.

»So.«

»Noch alles in Ordnung bei dir?«

Gestern Abend war Ellie nach dem Feuerwerk zu Graham gegangen. Um sie herum sammelten Familien ihre Decken und ihre müden Kinder ein. Sie ließ sich neben ihm im Gras nieder, und so blieben sie beide lange schweigend sitzen.

»Du hast es gehört, oder?«, fragte sie schließlich, und er nickte. »Dann ist es jetzt wohl öffentlich. Alle wissen Bescheid über uns.«

In Grahams Gesicht breitete sich ganz langsam ein Lächeln aus, und er zeigte mit dem Finger ins Dunkel. »Der Typ?« Er deutete wahllos auf einen Mann, der eine Kühlbox über den Rasen schleifte, und sah sich weiter um. »Und sie?« Er nickte in Richtung einer schwangeren Frau, um schließlich bei einem alten Mann mit Gehstock hängenzubleiben. »Und er?«

Ellie lachte. »Ja«, sagte sie mit gespielter Verzweiflung. »Er wahrscheinlich auch.«

Graham beugte sich zu ihr, bis nur noch Zentimeter zwischen ihren Gesichtern lagen. »Das heißt, wir können jetzt das hier tun?«, fragte er, und dann küsste er sie, und der Kuss schien ewig zu dauern.

Als sie sich endlich voneinander lösten, grinste sie. »Das nehme ich an.«

»Dann ist es ja nicht so schlimm.«

»Wenn man es so sieht, nein, eigentlich nicht.«

»Solange es dir damit gut geht«, fügte er hinzu, und sie nickte.

»Geht es«, sagte sie. »Und dir?«

»Bestens. Komisch, oder?«

Sie hatte gelächelt. »Kein bisschen.«

Jetzt beugte er sich über den Tisch, sein Kopf umrahmt von der Seekarte an der Rückwand, und schaute sie besorgt an.

»Mir geht's gut«, sagte sie. »Echt. Ich habe allerdings noch keinen von den Artikeln gelesen. Ich nehme einfach mal an, dass mich jeder weibliche Teenager im Land umbringen will. Aber es hätte auch schlimmer kommen können.«

»Wie das denn?«

»Dein skandalöses Verhalten hat zum Glück den ganzen Kram mit meinem Vater völlig an den Rand gedrängt.« Sie nahm ihre Speisekarte und lächelte ihn über den Rand hinweg an. »Stell dir vor.«

»Heißt das, deine Mutter kommt auch damit klar?«

»Wird sie«, sagte Ellie. »Werden wir beide.«

Graham nickte. »Da bin ich froh.«

»Sie hat es besser aufgenommen, als ich dachte. Gestern hätte ich noch getippt, dass ich heute Hausarrest habe.«

Er winkte ab. »Dann wäre ich gekommen, dich zu befreien. Ich habe zwar kein weißes Pferd, aber ein sehr beleibtes Schwein.«

»Wie romantisch«, sagte Ellie, und Graham strich seine Speisekarte glatt.

»Was ist denn hier zu empfehlen?«, fragte er. »Beim letzten Mal konnte ich leider nicht zum Essen bleiben. Ich musste unbedingt so ein Mädchen suchen …«

»Dann ist das hier also der zweite Versuch?«

»Nein.« Plötzlich war er ganz ernst. »Das hier ist definitiv das erste Mal.«

Ellie schaute in ihre Speisekarte, aber ihr Magen war ziemlich flau. Sie kannten einander erst seit ein paar Wochen, aber sie hatte das Gefühl, sie hatten sich schon so oft verabschiedet, dass sie ein weiteres Mal vielleicht nicht ertragen konnte.

Sie legte die Karte zur Seite. »Ich weiß, es ist schrecklich«, sagte sie, »aber eigentlich habe ich gar keinen Hunger.«

Zu ihrer Überraschung nickte Graham. »Ich habe sogar gehofft, dass du das sagst.«

»Ehrlich?«

Er nickte. »Ich finde, wir sollten gleich zum Nachtisch übergehen.« Sein ungeheuer breites Lächeln ging von den Augen aus und ließ sein ganzes Gesicht erstrahlen. »Ich glaube, ich nehme eine Whoopie Pie.«

Ellie verdrehte die Augen. »Sehr witzig.«

»Das meine ich ernst.«

»Ich gehe seit meiner Kindheit hier essen«, sagte sie und nahm wieder die Speisekarte. »Glaub mir, so was haben sie nicht.«

Graham lehnte sich zurück und sah sehr selbstzufrieden aus. »Du glaubst, du kennst den Laden besser als ich?«

»Das glaube ich nicht, das *weiß* ich.« Sie sah ihn misstrauisch an. »Außer …«

Sie hatte schon lange nicht mehr vor einer Bestellung in die Speisekarte geschaut, und die kleinen Buchstaben verschwammen vor ihren Augen. Sie zog sich eine Kerze heran, und das flüssige Wachs schwappte im gläsernen Windlicht.

»Außer was?«

»Außer du hast irgendwas gedeichselt«, sagte sie. »Das würde auch dein komisches Benehmen erklären.« Sie lehnte sich zurück und verschränkte die Arme. »Ich glaube, du hast irgendwas mit Joe ausgemacht …«

»Ich?«, fragte er ganz unschuldig. »Meinst du wirklich, außer einen Film zu drehen und mit dir quer durch Maine zu gondeln, schaffe ich es auch noch, irgendwo Whoopie Pies aufzutreiben und dafür zu sorgen, dass sie ausgerechnet heute Abend hier serviert werden, obwohl gar nicht damit zu rechnen war, dass du überhaupt noch mit mir redest, geschweige denn mit mir hier essen gehst?«

Ellie sah ihn ungerührt an. »Ja.«

»Willst du wetten?«

»Auf jeden Fall«, sagte sie. »Aber ich setze auf dich.«

Er zog die Augenbrauen hoch. »Und das heißt?«

»Ich glaube, du hast genau das alles getan«, sagte sie. »Und ich glaube, ich werde gleich meine allererste Whoopie Pie essen.«

»Obwohl sie gar nicht auf der Karte steht?«

Sie nickte, allerdings nicht mehr ganz so überzeugt. »Obwohl sie nicht auf der Karte steht.«

»Okay«, sagte er, stützte die Ellbogen auf den Tisch und sah sie lange an. »Dann wette ich tausend Dollar dagegen.«

Einen Augenblick rührte Ellie sich nicht, sondern starrte ihn nur mit großen Augen an.

»Abgemacht?«

»Nein«, krächzte sie. Sie legte die Speisekarte wieder hin und schüttelte den Kopf. »Graham ...«

Er lächelte immer noch. »Ist bloß eine Wette.«

»Ich kann nicht.«

»Doch, du kannst«, sagte er leise; Kerzenlicht flackerte auf seinen Zügen.

Sie wusste, was er vorhatte; natürlich. Und plötzlich begriff sie, dass alles schon passiert *war*: Er hatte irgendwo Whoopie Pies besorgt und sie zum *Lobster Pot* schicken lassen; er hatte alles im Voraus mit Joe besprochen und arrangiert, damit sie dagegen wettete, gegen *ihn* wettete. Und das alles hatte er für sie getan.

Das Herz pochte ihr laut in den Ohren, als sie ihn über den Tisch anschaute, und sie merkte erst, dass Joe wieder neben ihnen stand, als er sich räusperte.

»Und was darf es sein?«, fragte er, Stift und Bestellblock in der Hand. Doch keiner von beiden antwortete. Graham sah Ellie immer noch an.

»Abgemacht?«, fragte er wieder, und sie merkte, das Wort »nein« steckte in ihrer Kehle fest, so dass sie nur blinzeln konnte. Das nahm er als Einwilligung und wandte sich strahlend an Joe. »Ich glaube, wir werden gleich zum Dessert springen.«

»Natürlich«, sagte Joe, und sein Schnurrbart zuckte. »Irgendwas Bestimmtes?«

Graham konnte seine Begeisterung kaum unterdrücken. »Wir nehmen zwei Whoopie Pies«, sagte er ein wenig zu laut, und Ellie sah mit großen Augen, dass Joe nickte, den Block zuklappte und ihnen die Speisekarten wegnahm.

Als er weg war, wandte Graham sich wieder an Ellie. »Ist das zu glauben«, sagte er mit gespielter Verzweiflung. »Habe ich doch tatsächlich verloren.«

Sie schüttelte den Kopf. »Du bist ein grauenhafter Schauspieler.«

»Hey«, sagte er grinsend. »Ich versuche nur, ein guter Verlierer zu sein.«

»Graham«, sagte Ellie und starrte auf ihren Teller. »Ich kann das nicht.«

»Du kannst keine Whoopie Pie essen?«

»Du weißt genau, was ich meine.«

»Ehrlich gesagt, nein. Ich habe das Geld. Du brauchst das Geld. So einfach ist das.«

»Das kann ich nicht annehmen«, sagte sie kopfschüttelnd.

»Ich mache dir ein Angebot«, sagte er. »Du legst noch ein Gedicht drauf, dann sind wir quitt.«

Sie sah ihn verständnislos an.

»Wenn der Kurs zu Ende ist, möchte ich eins von deinen Gedichten haben.«

»Ich *schreibe* doch keine Gedichte«, sagte sie. »Ich lese nur gerne welche.«

»Okay«, sagte er fröhlich. »Dann eben ein eingerahmtes.«

»Graham«, sagte sie mit brechender Stimme. »Das ist echt nicht dein Problem.«

»Es hat mit dir zu tun«, sagte er mit leisem Lächeln, als sei das Grund genug und erkläre alles.

Da schwappte eine Welle der Dankbarkeit über sie, und langsam bröckelte ihr störrischer Widerstand. Sosehr sie auch an andere Dinge zu denken versuchte, immer wieder kamen ihr Bilder von Harvard in den Kopf, die roten Backsteingebäude, die grünschattigen Gehwege, die Seminarräume, wo sie von ihren Lieblingsdichtern lernen würde. Sie konnte sich nur allzu leicht vorstellen, dort zu sein, der Anziehungskraft nachzugeben.

»Und gewettet ist gewettet«, sagte Graham. »Das ist ganz fair.«

Wieder kam Joe an den Tisch, diesmal mit zwei Tellern. Auf jedem waren je drei Whoopie Pies kunstvoll aufgeschichtet, und Ellie richtete sich auf, um sie besser sehen zu können. Sie sahen aus wie übergroße Oreos: zwei riesige weiche Schokoladenkekse, zusammengehalten von einer dicken Schicht weißer Creme. Joe stellte die Teller hin, und Ellie überlegte, was Graham wohl alles in Bewegung gesetzt hatte, um sie hierherzubekommen. Er hatte ihr etwas versprochen, und er hatte sein Versprechen gehalten. Genau wie er gesagt hatte.

»Also«, sagte Joe. »Wer hat die Wette denn nun gewonnen?«

»Sie«, sagte Graham. Und Joe drückte kurz Ellies Schulter, ehe er wieder in der Küche verschwand. Als er weg war, schaute sie wieder hoch.

»Graham«, sagte sie, doch er schaute sie so durchdringend an, dass ihr der Atem stockte.

»Alles schon passiert«, sagte er. »Ich habe es heute Morgen geregelt.«

»Ehrlich?«

»Ehrlich. Du gehst nach Harvard.«

Sie lächelte. »Jedenfalls für drei Wochen.«

»Für den Anfang.«

»Danke«, sagte sie, auch wenn das Wort allein nicht groß genug war, um alles hineinzupacken, was sie sagen wollte. Doch sie hatte den Eindruck, dass er verstand, und das reichte.

»Und jetzt iss«, sagte er und griff nach einer Whoopie Pie. »Du gehörst gar nicht richtig hierher, wenn du noch nie die offizielle Süßigkeit probiert hast.«

Hinterher traten sie gemeinsam aus dem Restaurant auf die dunkle Straße. Es war noch nicht mal neun, aber die Gehwege waren größtenteils leer, wohl weil alle noch erschöpft waren von der gestrigen Feier. Trotzdem war es aufregend, so öffentlich zusammen zu sein, und als Graham die Hand ausstreckte, nahm Ellie sie, und sie gingen los.

»Du bist bestimmt froh, wieder nach Voll Was Los in Kalifornien zu kommen«, sagte sie, als sie über das Grün schlenderten, das von den vielen Decken immer noch ein wenig platt war.

»Ein bisschen vielleicht«, sagte er. »Aber ich werde Maine und Total Tote Hose vermissen.«

»Vielleicht kommst du ja eines Tages wieder.« Sie sah ihn von der Seite an. Sie rechnete halb mit einem Scherz, doch er schien einen Augenblick zu überlegen, ehe er mit ernster Miene nickte.

»Vielleicht«, sagte er. Sie kamen an der Stelle vorbei, wo sie gestern Abend gesessen und einander angeschaut hatten, als gäbe es sonst nichts auf der Welt, kein blendendes Feuerwerk und keine laute Kapelle. »Vielleicht sehen wir uns auch anderswo.«

»Führt dich deine Welttournee zufällig auch nach Boston?«

»Es würde wahrscheinlich helfen, in meinen Terminkalender zu schauen«, sagte er. »Aber möglich ist es.«

»Ich bin sicher, da könnten wir uns eine Menge Ärger einhandeln.«

Graham grinste. »Ich wollte schon immer mal so eine Schwanengondel klauen.«

»Und wir schreiben uns«, sagte Ellie, ohne ihn anzusehen.

»Wir schreiben uns«, stimmte er zu.

»Aber tipp meine Adresse nicht falsch.«

»So was passiert mir doch nicht.« Er lächelte immer noch.

Sie gingen weiter, an lauter vertrauten Orten vorüber, als wollten sie die letzten Wochen zurückspulen: der Laubengang, wohin Graham ihr in der Badehose nachgelaufen war, das Schaufenster des Sandwichladens, wo sie die Bonbons umgeworfen hatte, die Stelle, wo sie ihn am allerersten Tag gesehen hatte, als er so abwesend und erstaunlich traurig gewirkt hatte, dass sie den Blick nicht von ihm wenden konnte.

Diese Traurigkeit war aus seinen Augen verschwunden.

Jetzt lag etwas Leichteres, Friedliches darin.

Sie sprachen nicht darüber, wo sie hinwollten, doch sie waren sich einig, und als sie das Wäldchen erreichten, hinter dem der Strand lag – nicht irgendein Strand, sondern *ihr* Strand –, steuerten sie gemeinsam darauf zu. Vor den Bäumen blieb Graham kurz stehen, doch nur einen Augenblick, und Ellie zog ihn an der Hand über die Schwelle, wo der Weg unter die Bäume führte, von den Bäumen zum Sand, vom Sand schließlich ins Wasser.

Beim Anblick des Meeres ging Ellie das Herz auf. Das Spiegelbild des Mondes lag auf den Wellen wie das Kielwasser eines Bootes. Der Wind trug den salzig-brackigen Duft zu ihnen, und über ihnen leuchteten Sterne. Sie warfen ihre Sandalen ab und gingen zum Wasser, stellten sich an die Wasserlinie und hielten die Zehen ins Wasser.

»Das finde ich toll.« Ellie krümmte die Zehen, und Graham lächelte.

»Ich weiß«, sagte er. »Stand auf deiner Liste.«

Im Dunkeln war es nicht leicht, den Felsen zu finden, auf dem sie neulich gesessen hatten, der flach, breit und gerade übers Wasser ragte, als sei er genau dafür gemacht. Sie ließen die Beine baumeln, die Gischt spritzte ihnen an die Fußsohlen, und sie schauten den Mond und die blaue Wasserfläche an, die Sternenspuren am dunkelblauen Himmel.

»Und was jetzt?«, fragte Ellie, und Graham sah sie an. Sie hielt den Atem an und wartete auf seine Antwort, die sie beide kannten: Morgen würde er abreisen. Sie mussten Abschied nehmen.

»Jetzt«, er nahm ihre Hand, »jetzt warten wir.«

»Worauf?«

»Auf morgen.«

Sie warf ihm einen Blick von der Seite zu, und er grinste.

»Es ist gar nicht so unheimlich, wenn man es kommen sieht.«

»Stimmt.« Jetzt lächelte auch Ellie. Sie schwiegen einen Moment, dann sah sie ihn an. »Warten wir jetzt wirklich hier auf morgen?«

Graham schaute weiter aufs Wasser. Er sah ganz entspannt aus, die leichte Brise zerzauste die Haare auf seiner Stirn.

»Du hast doch gesagt, du verschläfst die Sonnenaufgänge immer. So kannst du ihn auf keinen Fall verpassen.«

Sie lachte. »Meinst du das ernst?«

Er nickte.

»Aber du musst doch morgen arbeiten.«

»Du auch.«

»Ja, aber ich muss dafür nicht gut aussehen.«

»Du siehst sowieso immer gut aus«, sagte er und zog sie an sich. Die Luft wurde kühl, und sie war froh, in seinen Armen zu liegen und seinen gleichmäßigen Atemzügen zu lauschen.

»Es dauert aber noch lange«, sagte sie, »bis die Sonne aufgeht.«

»Ungefähr acht Stunden.«

»So gesehen ist es nicht annähernd lange genug.«

»Meinst du, du kannst wach bleiben?«

Sie nickte an seiner Brust. »Und du?«

»Ja«, versprach er.

Aber ihre Lider wurden schon schwer, und die Wellen klangen wie ein Schlaflied. Sie zwinkerte ein paar Mal, dachte an die vielen Stunden, die vor ihnen lagen, auf diesem kleinen Felsen, der ihr wie eine Insel vorkam, so klein, dass es gerade für sie beide reichte, aber groß genug, den Rest der Welt in Schach zu halten.

Als sie gähnte, stupste Graham sie leicht an, so dass sie die Augen wieder aufschlug. »Ich bin wach«, murmelte sie, auch wenn es nicht stimmte.

Gemeinsam warteten sie darauf, dass der Himmel umschlug wie eine Buchseite, dass der knochenbleiche Mond der strahlenden Sonne Platz machte, dem Versprechen eines neuen Tages, und zu ihrer Verwunderung kam Ellie die kleine Stadt in Frankreich in den Sinn, in der die Wunder passiert waren. Sie konnte nur hoffen, dass man auch an einem Ort mit so vielen Wundern immer noch etwas so Bemerkenswertes und Gewöhnliches wie dies hier schätzen konnte.

»Mit den besten Empfehlungen«, sagte er, und sie lächelte.

»Guten Morgen.«

»Ja«, sagte er. »Es ist wirklich ein guter Morgen.«

Danksagungen

Vielen Dank an Jennifer Joel, Elizabeth Bewley, Stephanie Thwaites, Hannah Sheppard, Binky Urban, Megan Tingley, Pam Gruber, Liz Casal, Sam Eades, Josie Freedman, Catherine Saunders, Clay Ezell, Jennifer Hershey, Ryan Doherty und an alle bei LBYR, ICM, Headline, Curtis Brown und Random House. Und natürlich an meine Familie: Mom, Dad, Kelly und Errol.

PS: WER BIST DU?

Kasie West
PS: ICH MAG DICH
Hardcover
368 Seiten
ISBN 978-3-551-58366-6
Auch als Taschenbuch und E-Book erhältlich

IM CHEMIEUNTERRICHT KRITZELT LILY eine Zeile aus ihrem Lieblingslied auf den Tisch – und erlebt eine Überraschung: Am nächsten Tag hat jemand geantwortet, der den Song auch kennt! Schnell entwickelt sich zwischen ihr und dem namenlosen Schreiber eine Brieffreundschaft. Sie tauschen Musiktipps und lustige Geschichten aus, aber auch geheime Wünsche und Sorgen. Mit jedem Zettel verliert Lily ihr Herz ein bisschen mehr an den Unbekannten. Doch als sie herausfindet, wer ihr da schreibt, wird alles plötzlich ziemlich turbulent.

WWW.CARLSEN.DE

CARLSEN

EIN UNVERGESSLICHER SOMMER

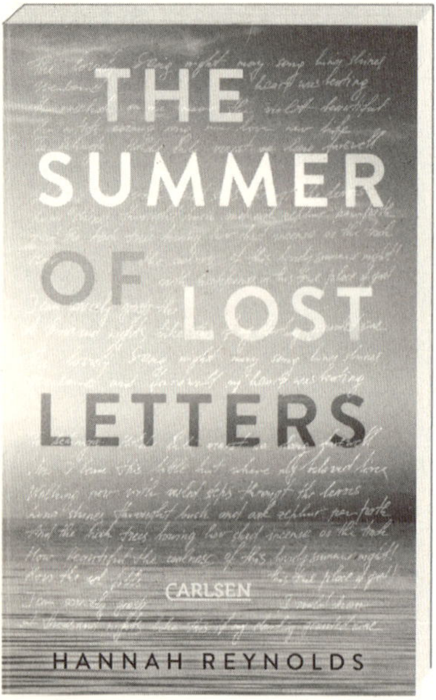

Hannah Reynolds
THE SUMMER OF LOST LETTERS
Softcover
480 Seiten
ISBN 978-3-551-32050-6
Auch als E-Book erhältlich

ALLES BEGINNT MIT EINER KISTE alter Liebesbriefe, deren Geheimnis die 17-jährige Abby zu entschlüsseln versucht. Kurzentschlossen reist sie nach Nantucket, von wo die Briefe damals an ihre Großmutter abgeschickt wurden. Hier trifft sie auf Noah, den charmanten Enkel des Briefeschreibers – in den sie sich Hals über Kopf verliebt. Doch je näher sich die beiden kommen, desto deutlicher wird, dass die Geschichte ihrer Großeltern sie stärker beeinflusst, als sie jemals gedacht hätten …

WWW.CARLSEN.DE